Über dieses Buch Die Journalistin Josefa Nadler fährt nach B., um über diese Stadt und ihr überaltertes und umweltgefährdendes Kraftwerk eine Reportage zu machen. Was aber soll sie schreiben? Josefa entscheidet sich für die Wahrheit: »B. ist die schmutzigste Stadt Europas«, und sie fordert, daß das neue Kraftwerk im Interesse der dort arbeitenden und wohnenden Menschen endlich fertiggestellt wird. Josefa muß sich vor den Kollegen und der Partei rechtfertigen. Als es ihr nicht gelingt, ihren – persönlichen und politischen – Standpunkt klarzumachen, zieht sie sich zurück. Das ist die eine Geschichte, die Monika Maron in ihrem Roman erzählt.

Die andere Geschichte der Josefa Nadler aber, ihre private, macht die Bedeutung dieses Romans aus. Sie ist 30 Jahre alt, lebt mit ihrem Sohn allein und schwankt zwischen beständiger Sehnsucht nach Geborgenheit und Freiheit und einer immerwährenden Angst vor Einsamkeit und Zwang. Wie leben, daß man sich selbst, seinen eigenen Gefühlen und Besonderheiten gerecht wird? Diese Frage möchte Josefa für sich und andere beantworten in Gesprächen mit ihrer Kollegin Luise, ihrem Freund Christian, dem Heizer Hodriwitzka. Sie leidet darunter, daß über ihr Leben bestimmt wird und daß es für alles Richtlinien gibt.

Luise hat noch den Faschismus miterlebt; für sie bedeutet der Sozialismus die historische Chance zur verwirklichten Humanität. Josefa aber mißt den erreichten gesellschaftlichen Zustand an ihren Bedürfnissen. Sie macht sich auf den eigenen Weg, weil sie nicht akzeptieren kann, daß die Geschichte schon an ihr Ziel gekommen sei. Sie verläßt den geliebten Freund, den Kollegenkreis und die große Gemeinschaft der Organisierten. Aber auch in ihren Träumen kommt sie nicht zur Ruhe.

Die Autorin Monika Maron, geboren 1941 in Berlin. Nach dem Abitur ein Jahr als Fräserin, danach zwei Jahre als Regieassistentin beim Fernsehen tätig. Studium der Theaterwissenschaft und Kunstgeschichte, dann drei Jahre wissenschaftliche Aspirantin an der Schauspielschule in Berlin. Reporterin bei der *Wochenpost*. Von 1976 bis 1988 lebte sie freiberuflich in Berlin/DDR. Im Frühjahr 1988 erhielt sie ein Dreijahresvisum für die Bundesrepublik und lebt seitdem in Hamburg. In der *Collection S. Fischer*, in der ›Flugasche‹ 1981 zuerst veröffentlicht wurde, erschien auch ihr zweites Buch ›Das Mißverständnis‹ (Band 2324). 1986 veröffentlichte sie ihren zweiten Roman ›Die Überläuferin‹ im S. Fischer Verlag.

Monika Maron

Flugasche

Roman

Fischer Taschenbuch Verlag

Die Frau in der Gesellschaft
Lektorat: Ingeborg Mues

52.–58. Tausend: November 1989

Veröffentlicht im Fischer Taschenbuch Verlag GmbH,
Frankfurt am Main, April 1981

Lizenzausgabe mit freundlicher Genehmigung des
S. Fischer Verlages GmbH, Frankfurt am Main
© 1981 S. Fischer Verlag GmbH, Frankfurt am Main
Umschlaggestaltung: Susanne Berner
unter Verwendung einer Grafik von Manfred Butzmann
Druck und Bindung: Clausen & Bosse, Leck
Printed in Germany
ISBN 3-596-23784-x

Für H. Kl.

ERSTER TEIL

I.

Meine Großmutter Josefa starb einen Monat vor meiner Geburt. Ihren Mann, den Großvater Pawel, hatte man ein Jahr zuvor in ein polnisches Kornfeld getrieben. Als der Großvater und die anderen Juden in der Mitte des Kornfeldes angekommen waren, hatte man es von allen Seiten angezündet. Meine Vorstellungen von der Großmutter Josefa sind nie zu trennen von einem langen Zopf, einem blauen Himmel, einer grünen Wiese, Zwillingen, einer Kuh und dem Vatikan. Auf dem Foto, das an einer Wand meines Zimmers hängt, wäscht die Großmutter ab in einer weißen Emailleschüssel mit einem schwarzen Rand. Am Hinterkopf der Großmutter hängt ein schwerer Dutt, der aus einem Zopf zusammengerollt ist. Die Großmutter ist untersetzt, hat kräftige Oberarme und schwarzes Haar.

Die Kindheit der Großmutter hat mir meine Mutter oft als mahnendes Beispiel ausgemalt, wenn ich mein Zimmer nicht aufräumen wollte oder Halsschmerzen simulierte, um nicht in die Schule gehen zu müssen. Deine Großmutter wäre froh gewesen, wenn sie in die Schule hätte gehen dürfen, sagte meine Mutter dann und erzählte die traurige Geschichte von der sechsjährigen Josefa, die nicht lesen und schreiben lernen durfte, weil sie die Zwillinge und die Kuh hüten mußte. Ich gab zu, es besser zu haben als die Großmutter, die arm war und darum bis an ihr Lebensende mit drei Kreuzen unterschreiben mußte. Nicht einmal mir selbst gestand ich, die arme Josefa zu beneiden. Aber ich muß sie beneidet haben, denn das Bild von dem beneidenswerten Bauernmädchen, das meine Phantasie mir malte, war bunt und fröhlich. Das Kind Josefa saß unter einem blauen Himmel auf einer grünen Wiese mit vielen

7

Butterblumen. Eine magere Kuh kaute stumpfsinnig vor sich hin. Die Zwillinge lagen nebeneinander im Gras und schliefen. Josefa hatte ihren weiten gestreiften Rock über die Knie gezogen, sie spielte an ihrem langen Zopf und sprach mit der Kuh. Sie war barfuß und mußte nicht in die Schule.

Später, als die Großmutter mit ihrem Mann aus Kurow bei Łodz nach Berlin gezogen war und vier Kinder geboren hatte, von denen meine Mutter das jüngste war, soll sie zu jedem Essen Sauerkraut gekocht haben, mit Speck, Zwiebeln und angebräuntem Mehl lange geschmort, bis es weich und bräunlich war. Noch heute lehnen meine Mutter und Tante Ida jede Zubereitung von Sauerkraut ab, die dem Rezept meiner Großmutter nicht absolut entspricht.

Warum mir im Zusammenhang mit der Großmutter immer das Wort Vatikan einfällt, weiß ich nicht genau. Die religiösen Verhältnisse der Familie waren für das ordentliche Preußen chaotisch. Der Großvater Jude, die Großmutter getaufte Katholikin, später einer Baptistensekte beigetreten, die Kinder Baptisten. Auf den Vatikan soll die Großmutter oft geschimpft haben. Sie soll, wenn auch Analphabetin, eine intelligente Frau gewesen sein.

Obwohl ich die Großmutter um ihre Kindheit auf der grünen Wiese beneidete und mit ihrer überlieferten Kochkunst sehr zufrieden war, beschloß ich an einem Tag gegen Ende meiner Kindheit, meine wesentlichen Charaktereigenschaften von ihrem Mann, dem Großvater Pawel, geerbt zu haben. Die Eltern meines Vaters zog ich für die genetische Zusammensetzung meiner Person nicht in Betracht. Er war ein biederer Pedell, sie eine biedere Zugehfrau. Beide hatten, soweit ich das aus Erzählungen schließen konnte, an erstrebenswerten Eigenschaften wenig zu bieten.

Im Wesen des Großvaters Pawel eröffneten sich mir eine Fülle charakterlicher Möglichkeiten, mit denen sich eine eigene Zukunft denken ließ und die zugleich geeignet waren, die

Kritik an meinem Wesen auf das großväterliche Erbteil zu verweisen. Der Großvater war verträumt, nervös, spontan, jähzornig. Er stand nicht auf, wenn die Katze auf seinem Schoß saß, kochte jeden Morgen jedem seiner Kinder, was es zum Frühstück trinken wollte, Tee, Milch, Kaffee oder Kakao, und soll überhaupt ein bißchen verrückt gewesen sein. Meine Mutter sprach von der ewigen Unruhe des Großvaters, der mal nach Rußland und mal nach Amerika auswandern wollte, was nur durch das rustikale Beharrungsvermögen der Groß-mutter Josefa verhindert wurde. Wenn der Großvater und die Großmutter sich stritten, drohte der Großvater, nun endgültig auf Wanderschaft zu gehen. Aber Mama packt mir ja nie die Wäsche, fügte er meistens hinzu, und blieb. Als er eines Tages wirklich gehen mußte, ging er nicht freiwillig, und die Großmutter ging mit ihm. Davor aber blieb seine Lust zu wandern auf die Sonntage beschränkt. Sonntags setzte sich der Großvater auf sein Fahrrad und besuchte Freunde. Wenn es Sommer war und die Freunde einen Garten hatten, brachte er der Großmutter abends Blumen mit.

Die Verrücktheit des Großvaters war verlockend. Verrückte Menschen erschienen mir freier als normale. Sie entzogen sich der lästigen Bewertung durch die Mitmenschen, die es bald aufgaben, die Verrückten verstehen zu wollen. Die sind verrückt, sagten sie und ließen sie in Ruhe. Bald nach meinem Entschluß, die Verrücktheit des Großvaters geerbt zu haben, konnte ich schon die Symptome an mir beobachten, die ich aus den Erzählungen meiner Mutter und meiner Tante Ida kannte. Ich wurde unruhig, jähzornig, verträumt. Als ich das erste Mal hörte, wie Ida meiner Mutter zuflüsterte: »Das muß sie von Papa haben«, genoß ich meinen Erfolg.

Selbst die Armut, in der die Familie meiner Mutter gelebt hatte, erschien mir reizvoll. Es war eine andere Armut als die, von der mein Vater sprach, wenn er mir zum Geburtstag ein Fahrrad schenkte und dabei vorwurfsvoll erklärte, daß man zum zehnten Geburtstag eigentlich noch kein Fahrrad bekommen dürfe, weil man sonst ein verwöhntes Gör würde. Er hätte sich sein Fahrrad erarbeiten müssen. Auch seinen Einsegnungsanzug hätte er sich erarbeiten müssen. Zeitungen hätte er austragen müssen, nach der Schule, und froh hätte er sein müssen, weil er sein verdientes Geld nicht zu Hause hätte abgeben müssen. Solche Reden konnte ich, ohne zu widersprechen, über mich ergehen lassen und ruhig auf den Einspruch meiner Mutter warten, der sich für gewöhnlich in einem ironischen Lächeln ankündigte, während sie meinem Vater noch zuhörte. Das verstünde sie nicht, begann sie scheinheilig, bei zwei Kindern, und Vater und Mutter hätten gearbeitet. Sie seien schließlich vier Kinder gewesen, der Vater Heimarbeiter für Konfektion, die Brüder arbeitslos. Aber sie hätte sich nichts selbst verdienen müssen als Kind und besaß mit zehn Jahren ein Fahrrad, ein altes zwar, aber ein Fahrrad, mit zwölf Jahren einen alten Fotoapparat, und als ihre Klasse in Skiurlaub fuhr und ihr die Ausrüstung fehlte, trieb ein Bruder Skier auf, der andere Stiefel, der Vater nähte nachts eine Hose, die Mutter trennte ihre Strickjacke auf und strickte einen Pullover. Die Brüder brachten sie zum Bahnhof und konstatierten zufrieden, daß ihre Schwester das hübscheste Mädchen in der Klasse war. Wir waren viel ärmer als ihr, sagte meine Mutter, aber wir waren keine Preußen.

Ohne zu wissen, was das Preußische an den Preußen eigentlich war, entwickelte ich eine ausgeprägte Verachtung für das Preußische, als dessen Gegenteil ich den Großvater Pawel ansah. Preußen waren nicht verrückt, das stand fest. Sie mußten ihre ersten Fahrräder selbst verdienen, wuschen sich den ganzen Tag die Hände und erfüllten ständig eine Pflicht. Preuße sein gefiel mir nicht. Da ich mich als genetische Alleinerbin des Großvaters fühlte, verdoppelte ich den Anteil jüdischen Blutes in mir und behauptete, eine Halbjüdin zu sein. Vierteljüdin klang nicht überzeugend. Bei jeder Gelegenheit verwies ich auf meine polnische Abstammung. Nicht, weil ich als Polin gelten wollte – ich kann mich nicht erinnern, jemals Stolz auf eine nationale Zugehörigkeit empfunden zu haben –, aber ich wollte keine Deutsche sein. Heute scheint mir, meine Abneigung gegen das Preußische gehörte zur Furcht vor dem Erwachsenwerden, das mich den geltenden Normen endgültig unterworfen hätte. Die Berufung auf meine Abstammung war die einfachste Möglichkeit, mich den drohenden Zwängen zu entziehen.

Der Großvater Pawel war tot, verbrannt in einem Kornfeld. Er gehörte mir. Er sagte, dachte und tat nichts, was mir nicht gefiel. Ich gab ihm alle Eigenschaften, die ich an einem Menschen für wichtig hielt. Der Großvater war klug, musisch, heiter, großmütig, ängstlich. Die Angst, die in ihm gelebt haben muß, war nicht zu leugnen, und es hat lange gedauert, ehe ich mich mit ihr abfinden konnte. Hätte ich nicht das Foto gefunden, das den Großvater vor einem kleinen Bauernhaus in Polen zeigt, wäre der Großvater für mich ein mutiger Mann geblieben. Auf dem Bild ist der Großvater mager und grauhaarig, den Mund verzieht er zu einem unsicheren Lächeln, die Augen blicken ängstlich und erschrocken. Das Bild wurde 1942 in dem Dorf aufgenommen, in dem die Großmutter Josefa geboren worden war und in dem der Großvater lebte, nachdem man ihn aus Deutschland ausgewiesen und bevor man ihn in ein Getto eingeliefert hatte. Die Angst des Großvaters bedrückte mich. Nachdem ich sie einmal entdeckt hatte, fand ich sie auch auf den älteren Bildern, die aus der Zeit in Berlin stammten, als der Großvater noch schneiderte und an den Sonntagen seine Freunde besuchte. Der skeptische, wachsame Blick und die Kopfhaltung, die auf fast allen Bildern die gleiche war und die den Eindruck erweckte, der Großvater wiche vor dem Betrachter des Bildes vorsichtig zurück. Als ich die Angst des Großvaters entdeckte, kannte ich selbst kaum eine andere Angst als die vor Mathematikarbeiten und dunklen Kellern. In den Büchern, die ich damals las, war auch mehr von Mut die Rede als von Angst, vom Mut der Widerstandskämpfer, der Neulanderoberer, der sowjetischen Partisanen. Angst war keine liebenswerte Eigenschaft, und ich versuchte sie zu unterdrücken, so gut ich konnte.

Später erkannte ich meine Verwandtschaft mit dem Großvater auch in der Angst. Als Mohnhaupt mich nicht in die Partei aufnehmen wollte, weil er, wie er sagte, befürchten müßte, von mir einen Schuß in den Rücken zu bekommen, hatte ich Angst vor ihm. Jeder Pförtner macht mir Angst, der mich angeifert, weil ein Blatt in meinem Personalausweis lose ist. Ich fürchte mich vor den alten Frauen, die mit ihren Krückstöcken die Kinder von den Wiesen jagen, damit ihre Hunde in Ruhe darauf scheißen können. Die Machtsucht primitiver Gemüter läßt mich zittern. Ich glaube, da der Großvater jähzornig war, muß auch auf seine Angst das Rauschen in den Ohren gefolgt sein, ein Rauschen, das den Kopf ausfüllt und alle Gedanken verdrängt außer dem Gedanken an die Angst. Die Angst wächst, wird größer als ich selbst, will aus mir hinaus. Sie bäumt sich und reckt sich, bis sie Wut ist und ich platze. Dann schreie ich den Pförtner an, bis er sich knurrend in sein Häuschen verzieht. Einer alten Vettel mit einem dicken Dackel habe ich sogar gedroht, sie zu verprügeln, falls sie nicht sofort das Kind losließe, das sie am Oberarm gepackt hielt.

Und die andere Angst, die abgründige, die schwarze, die ein großes finsteres Loch um mich reißt, in dem ich schwerelos schwebe. Jeder Versuch, einen Halt zu finden, ist zwecklos. Was ich berühre, löst sich von dem, zu dem es gehört, und schwebt wie ich durch den Abgrund. Wenn ich an den Tod denke. Wenn ich den unfaßbaren Sinn meines Lebens suche. Der Großvater fürchtete das Kornfeld, in das er getrieben wurde. Was habe ich zu befürchten? Das Bett, in dem ich sterben werde. Die Leben, die ich nicht lebe. Die Monotonie bis zum Verfall und danach.

II.

Morgen fahre ich nach B. Ich habe diese Stadt noch nie gesehen, weiß nur, daß es als Schicksalsschlag gilt, in B. geboren zu sein.

Im Plan steht: Reportage über B. Eine sympathische Formulierung. Hieße es statt dessen: Porträt über den Arbeiter Soundso, dahinter in Klammern: wurde am 7. Oktober mit dem ›Banner der Arbeit‹ ausgezeichnet, brauchte ich nicht nach B. zu fahren. Ich könnte einen ähnlichen Beitrag der letzten Jahre heraussuchen, telefonisch Alter, Haar- und Augenfarbe des Kollegen Soundso erkunden, eventuell auch einige auffällige Wesenszüge, und könnte beginnen: Der Kollege Soundso aus B. ist ein bescheidener (bzw. lebhafter) Mann um die Vierzig (bzw. Dreißig oder Fünfzig), der mich, während er über seine Arbeit spricht, aus seinen blauen (bzw. braunen) Augen ernst (bzw. heiter) ansieht. Undsoweiter, undsofort. Nicht, daß der Kollege Soundso den Orden nicht verdient hätte und nicht ein vorbildlicher Mensch wäre. Aber er hat nicht mehr viele Möglichkeiten, sich zu verhalten, nachdem sein Name in der Zeitung stand.

Entweder empfängt er mich mit herablassendem Lächeln, nicht arrogant, eher mitleidig und amüsiert, weil ich die sechste oder siebente bin und weil er weiß: Was immer ich an ihm finde, ich werde Gutes schreiben. Aber der Kollege Soundso ist ein freundlicher Mensch, erspart mir die Skrupel, erzählt von seinem guten Kollektiv, seinem guten Meister, seiner guten Ehe und arbeitet weiter.

Oder er ist inzwischen ein Opfer meiner Kollegen geworden. Dann erzählt er so, wie er über sich gelesen hat, nimmt die Legende als seine Vergangenheit an, fürchtet, sich seiner eigenen Sprache zu bedienen und dem ungewohnten Anspruch, eine öffentliche Persönlichkeit zu sein, nicht gerecht zu werden.

Der Unglücksfall wäre die Ausnahme: ein Undankbarer, der den Orden für verdient hält statt für geschenkt, der auch darauf hätte verzichten können, weil er sich und seine Arbeit schon vorher hoch schätzte.

Morgen fahre ich nach B. »Kuck mal. Mach mal«, hat Luise gesagt in ihrem gedehnten Berliner Dialekt. In solchen Fällen bin ich nie sicher, ob sie einfach keine Lust hat, ihren Kopf für mich zu bemühen, oder ob sie an diesem Tag Absprachen jeder Art ohnehin für nutzlos hält. Oder aber sie vertraut mir in solchem Augenblick bedenkenlos.

Sie sah mich ermutigend, beinahe liebevoll an. In ihrem von Falten und Fältchen karierten Gesicht verblüfften mich wieder einmal die blauen Kinderaugen: »Fahr mal. Mach mal.«

Ich packe meinen Koffer, seit sechs Jahren jeden Monat einmal. Zwei Paar Jeans, vier Blusen, Wäsche, Bücher. Das obligate Telefongespräch mit meiner Mutter, ja, sie holt den Sohn morgen aus dem Kindergarten, bis Donnerstag also. Ja, den Pullover zum Wechseln gebe ich ihm mit.

Ich müßte in den Keller gehen, Kohlen holen. Wenn ich am Donnerstag komme, ist die Wohnung kalt, und ich bin müde. Aber das Licht in meinem Keller brennt nicht, und ich graule mich zuweilen. Eine unbestimmte Furcht, Kindheitsgruseln, das aber Herzklopfen verursacht und verkrampfte Schultern, das mich den Kopf einziehen läßt. Bis Donnerstag ist lang, laß es kalt sein.

Ich müßte etwas essen.

Dienstreisen bereiten mir Heimweh, ehe ich überhaupt abgefahren bin. Drei Tage oder vier in einer fremden Stadt, immerzu Türen, hinter denen fremde Menschen sitzen. »Guten Tag, mein Name ist Josefa Nadler, ich komme von der Illustrierten Woche . . .« Erlebnisse, Eindrücke, Bestürzendes, und keiner, mit dem ich es teilen, dem ich es auch nur mitteilen könnte. Spätestens nach einem Tag beneide ich alle Leute auf der Straße, die offenbar einander näher kennen. Vielleicht mögen sie sich gar nicht, aber sie kennen sich.

Ich gucke gierig in alle Fenster, hinter denen Familien Abendbrot essen, die Münder zum Sprechen bewegen und aussehen wie Leute im Fernsehen, denen man die Stimme weggedreht hat.

Ich beobachte mit wachsender Wehmut, wie vor Kinos Zweifüßer zu Vierfüßern verschmelzen, lachen und rauchen. Ich würde auch gerne rauchen, aber eine Frau allein auf der Straße mit einer Zigarette? In Ungarn vielleicht oder in Paris.

Manchmal frage ich nach einer Straße oder nach der Zeit, nur um sprechen zu können.

Meine innigsten Verbündeten werden die Überlebensgroßen, die Steinernen, die berühmten Toten der Stadt, die einzigen Stummen außer mir. Meine letzte Rettung: die Verlassenheit zum Genuß steigern, die höchste Stufe der Einsamkeit erklimmen: ich, die Verlorenste der Menschen.

Ich sollte es nutzen, daß ich zu Hause bin. Das Telefon steht griffbereit vor mir auf dem Tisch. Ich nehme den Hörer ab, um zu kontrollieren, ob das künstliche Herz unserer Kommunikation auch schlägt. Aber offenbar will niemand mit mir sprechen. Ich drehe den Filter meiner Zigarette zwischen Zeigefinger und Daumen, betrachte die Struktur der Fasern, schnippe die Asche ab, die nicht da ist.

Diese dreimal verfluchte Warterei. Worauf denn?

Auf den berühmten Märchenprinzen, der klingelt: Guten Tag, schöne Frau, Sie fahren morgen nach B. und fürchten sich vor der Einsamkeit? Bitte erweisen Sie mir die Huld und verfügen Sie über mich.

Bleibt der Ausweg der Trostlosen. Ich hole mein Bett aus der Truhe, beziehe es frisch, stelle eine Vase mit einer welken Rose daneben, ziehe mein schönstes und längstes Nachthemd an – ein sinniges Geburtstagsgeschenk der Frau Mama für ihre

15

dreißigjährige Tochter. Für eine Leidende sehe ich zu frisch aus. Ich schminke mir eine angemessene Blässe auf die Haut, die Lider etwas dunkler, verbrauche den Rest meines besten Parfüms und betrachte mich im Spiegel, wohlgefällig, mißtrauisch, voller Schadenfreude gegen Märchenprinzen und andere. Das haben sie davon. Eines Tages ist das vorbei, und sie haben es nicht gesehen. Ich gieße ein Glas Rotwein ein, stelle es wie einen Gifttrunk behutsam neben die Rose und lege mich ins Bett wie Schneewittchen in den Sarg.

Ach, Luise, du warst klug wie immer. Du hast gewußt, warum du mich mit Optimismus und Arbeitsfreude gepolstert hast, ehe du mich in dieses jammervolle Nest schicktest. Diese Schornsteine, die wie Kanonenrohre in den Himmel zielen und ihre Dreckladung Tag für Tag und Nacht für Nacht auf die Stadt schießen, nicht mit Gedröhn, nein, sachte wie Schnee, der langsam und sanft fällt, der die Regenrinnen verstopft, die Dächer bedeckt, in den der Wind kleine Wellen weht. Im Sommer wirbelt er durch die Luft, trockener, schwarzer Staub, der dir in die Augen fliegt, denn auch du bist fremd hier, Luise, wie ich. Nur die Fremden bleiben stehen und reiben sich den Ruß aus den Augen. Die Einwohner von B. laufen mit zusammengekniffenen Lidern durch ihre Stadt; du könntest denken, sie lächeln.

Und diese Dünste, die als Wegweiser dienen könnten. Bitte gehen Sie geradeaus bis zum Ammoniak, dann links bis zur Salpetersäure. Wenn Sie einen stechenden Schmerz in Hals und Bronchien verspüren, kehren Sie um und rufen den Arzt, das war dann Schwefeldioxyd.

Und wie die Leute ihre Fenster putzen. Jede Woche, jeden Tag am besten. Überall saubere Fenster bei diesem gottserbärmlichen Dreck. Sie tragen weiße Hemden, weiße Strümpfe die Kinder. Das mußt du dir vorstellen, mit weißen Strümpfen durch schwarzes, schmieriges Regenwasser. Weiße Pullover werden hier am liebsten gekauft, hat die Verkäuferin gesagt. Fahr mal, guck mal – ich gucke mir die Augen aus dem Kopf, überall dieser Dreck. Wenn du die Zwerge aus dem Kindergarten in Reih und Glied auf der Straße triffst, mußt du daran denken, wie viele von ihnen wohl Bronchitis haben. Du wunderst dich über jeden Baum, der nicht eingegangen ist. Was soll ich hier, Luise, wenn ich nichts ändern kann. Jedes Wort, das ich höre, jedes Gesicht, das ich sehe, verwandelt sich in mein Mitleid. Und in meine Scham. Ich schäme mich, weil ich gewußt habe, daß es diese Stadt gibt, und gegeizt habe mit meiner Phantasie, auf die ich so stolz bin. Auf der bin ich inzwischen durch Venedig gegondelt oder hab mich in New York zu Tode gefürchtet oder habe in Marokko die Orangen von den Bäumen gepflückt. Aber in dieses jederzeit betretbare B. habe ich sie nicht gelassen.

Der kleine Mann hinter dem Schreibtisch mustert mich mit traurigen Eulenaugen hinter dicken Brillengläsern, als ich ihm sage, ich wolle über den Dreck in B. schreiben und über die Leute, die darin leben. Alfred Thal ist Pressebeauftragter des Direktors. Ein unscheinbares Männchen, glattes Haar, strähnig in den Nacken gekämmt, dünne, abfallende Schultern. Wenn er lacht, hält er sich die Hand vor den Mund wegen seiner schlechten Zähne.
Hätte ich nach dem Kollegen Soundso, Ordensträger, verlangt, wäre er sicher nicht erstaunt gewesen. Das passiert ihm jeden Tag, wenn meine Kollegen von Presse, Funk und Fernsehen auf der Suche nach dem Neuen in sein verwinkeltes Zimmerchen geraten. Der Kollege Soundso kommt ihnen gerade recht. Wann gab es das schon, ein Arbeiter bekommt einen Staatsorden, fährt zum Bankett in die Hauptstadt. Ihm wird die Ehre erwiesen, die der herrschenden Klasse gebührt. Noch sein Vater starb mit vierzig Jahren an einer Berufskrankheit. Der Kollege Soundso wird in der Betriebspoliklinik

dispensaire betreut. Seine Mutter sah als Rentnerin zum ersten Mal das Meer. Die Kinder des Kollegen Soundso fahren jedes Jahr in ein Ferienlager an die See. Glaube nicht, Luise, ich sähe das nicht oder ich wüßte das nicht zu schätzen! Aber ich stelle mir vor, wie der Kollege Soundso mit seiner Frau einen schwarzen Anzug kauft, nicht zu teuer, wann braucht er ihn schon, aber auch nicht zu billig, schließlich wird an dieses Jackett der Orden gesteckt. Die alten schwarzen Schuhe machen es auch nicht mehr, besonders nicht zu dem neuen Anzug. Dann fährt der Kollege Soundso nach Berlin. Er darf sogar den großen schwarzen Wagen des Direktors benutzen. Wenn unter dem Buchstaben S sein Name aufgerufen wird, laut, es klingt, durch den ganzen Saal: Kollege Soundso aus dem Chemiebetrieb in B., könnte er fast weinen. Vielleicht denkt er an seinen Vater, der an einer Berufskrankheit gestorben ist, dessen Name nur einmal in der Zeitung stand: als er gestorben war. Vielleicht verzeiht er in diesem Augenblick sogar die Güterzüge voll Dreck, die ihm jeden Tag auf den Kopf rieseln. Beim Bankett läuft er unsicher am Büfett entlang. Von dem Geflügel nimmt er nichts. Er fürchtet, vor Aufregung könnte er sich ungeschickt anstellen, und das Tier landete auf dem neuen Anzug; er will sich nicht blamieren. Er tut sich von allem wenig auf, weil er nicht unbescheiden sein will. Und zu Hause wird er erzählen, wie einmalig das alles war, der Empfang, das Büfett, Champignons, Sekt, alles da. Und wie der Minister ihm die Hand gedrückt hat. Jemand wird fragen, ob er den Minister an den heißen Sommertag erinnert hat, an dem er ihre Werkhalle besichtigte, sich den heißesten Platz zeigen ließ, an dem 76 Grad gemessen wurden, die Beschaffung einiger Kisten Orangensaft für die Arbeiter anordnete und wieder verschwand. Alle werden über die Frage lachen wie über einen guten Witz. Selbstverständlich hat der Kollege Soundso nichts davon zu dem Minister gesagt, wie keiner von ihnen darüber gesprochen hätte.

Nein, ich werde den Kollegen Soundso verschonen.

Alfred Thal wiegt den Kopf. Selbst wenn er lächelt, sieht er traurig aus. »Sie können ins alte Kraftwerk gehn. Sehn Sie, dahinten, die vier Schornsteine, das ist es. Da kommt der Dreck her. Wir sollten längst ein neues haben, aber irgendwie waren die Mittel nie da. Und wenn sie gerade da waren, ist woanders ein Kraftwerk zusammengebrochen. Dann haben die unser neues gekriegt, und wir haben unser altes behalten. Nun kriegen wir ja eins, auf Erdgasbasis.« In Thals Stimme schwingt ein zynischer Ton.

»Wann?« frage ich.

»In einem halben Jahr soll es fertig sein, aber wer weiß. Haben Sie die Baustelle nicht gesehn? Das große hellblaue Gebäude.« Thal kichert. »Hellblau war eine Empfehlung der Landschaftsgestalter. Wenn wir hier schon keinen blauen Himmel haben, dann baun sie uns wenigstens ein himmelblaues Kraftwerk –«

»Und dann hört das auf mit dem Ruß?«

Thal lacht, ohne dabei seine gelben Zahnstummel zu entblößen. Aber lachen ist nicht der richtige Ausdruck für seinen gespitzten Mund und das ironische Glitzern in seinen Augen. Er kostet seinen Vorteil aus, wartet ab, bis ich Ungeduld zeige.

»Der bleibt«, sagt Thal, spitzt wieder den Mund und freut sich, weil ich überrascht bin. In seinem grinsenden Schweigen liegt Herausforderung. Ich soll weiterfragen, freiwillig erzählt er nichts.

»Warum?« frage ich.

»Das alte wird trotzdem gebraucht.«

»Wer sagt das?«

Thals Grinsen wird breit. Er macht eine Faust, stellt den Daumen senkrecht und zeigt mit ihm nach oben, wobei er den Blick an die Decke richtet, was wohl heißen soll: ganz oben.

Die Straße, die vom Kraftwerk zum Hotel führt, ist jetzt leer. Die zweite Schicht hat vor einer Stunde begonnen. Nur einige Lastwagen und Baufahrzeuge fahren mit lautem Getöse über die Brücke, vorbei an der Werkmauer, die das Geräusch hart zurückschlägt auf die andere Seite der Straße, wo es weit über die ebne Baufläche hallt und sich allmählich im Sand und in der Ferne verliert. Hinter der Mauer zischt und dröhnt es, steigen Dämpfe auf, klingt dumpfes, rhythmisches Stampfen.

Wie ein Golem, denke ich, ein unheimlicher Koloß, zwar gebändigt, aber in jedem Augenblick bereit, sich loszureißen, auszubrechen und mit heißem Atem alles niederzubrennen, was ihm vor die giftgrünen Augen kommt.

Ich laufe schneller, weg hier, weg von dem Gestank, dem Dreck, weg von den gebeugten Menschen in den Aschekammern, von dem sanftmütigen Heldentum, mit dem sie bei sengender Hitze Kohle in die aufgerissenen Feuerrachen schütten. Weg von meinem Mitleid, das in mir schwappt wie lauwarmes Wasser, das mir in den Hals steigt und in die Augen. Weg von Hodriwitzka, ohne den das Kraftwerk längst zusammengebrochen wäre, wie der Ingenieur gesagt hat.

Darum also hat Thal gelächelt, als er mir gestern vorschlug, das Kraftwerk zu besichtigen. Darum seine Bemerkung, länger als zwei, drei Stunden hätte es noch kein Journalist darin ausgehalten. Erbaut 1890 oder 95, was machen die fünf Jahre schon aus. Damals war es neu, jetzt ist es verschlissen, vor zwanzig Jahren heizte ein Heizer zwei Öfen, jetzt heizt er vier, und die meisten Heizer sind inzwischen Frauen. Dafür sind sie jetzt ein sozialistisches Kollektiv. Ist das der Fortschritt, Luise? Liegt darin unsere höhere Gerechtigkeit, die gerechtere Verteilung des Reichtums, der Arbeit, der Luft? Und wer wagt es, zu entscheiden, daß dieses Ungetüm nicht stillgelegt wird, obwohl das neue Kraftwerk bald steht? Wer hat das Recht, Menschen im vorigen Jahrhundert arbeiten zu lassen, weil er synthetische Pullover braucht oder eine bestimmte Art von

Fliegentöter? Ich wage es nicht, ich will das Recht nicht haben, ich werde keinen Weichspüler mehr sehen können, ohne an diese brüchigen Wände zu denken, an graue Hallen, durch die der Wind pfeift, gegen den die Frauen alte Bleche aufgestellt haben. Und an die Aschekammern, die Hitze und die erdige Kohle. Und warum habe ich das alles nicht gewußt? Jede Woche steht etwas in der Zeitung über B., über ein neues Produkt, über eine Veranstaltung im Kulturpalast, über vorfristig erfüllte Pläne, über den Orden des Kollegen Soundso. Nichts über das Kraftwerk, kein Wort von den Aschekammern, die das Schlimmste sind. Warum sollen die waschwütigen Hausfrauen, die ihre Waschmaschinen schon für zwei Hemden in Gang setzen, nicht wissen, wer ihren löblichen Sauberkeitssinn bezahlt? Warum sollen die strebsamen Kleingärtner nicht daran denken, wessen Gesundheit ihre gut gedüngte Rosenzucht kostet? Vielleicht wollen sie es sogar wissen, vielleicht gingen sie vorsichtiger um mit ihresgleichen.

In zwei Stunden fährt mein Zug, und ich bin froh, B. verlassen zu können. Mir ist, als hätte ich einen Schlag vor den Kopf bekommen, jetzt ist mir schwindlig, ich muß ausruhn und nachdenken, das vor allem, nachdenken. Der Gedanke an Thals Lächeln, das beim Abschied um seinen Mund zu finden sein wird, läßt Peinlichkeit in mir aufkommen. Er wird mich entlassen wie meine Kollegen, die vor mir hier waren, die ähnlich betroffen und erschüttert abgefahren sind wie ich. Thal glaubt zu wissen, was ich schreiben werde, und er wird lächeln.

Ich sitze in meinem Sessel, eine Zigarette zwischen den klammen Fingern, den Mantel habe ich anbehalten. Im Keller brennt immer noch kein Licht, die Blumen sind verwelkt, die Butter ist ranzig.
Ich will allein leben. Als würde mich dieses Postulat wärmen.

Mein Gott, nicht auszudenken, ich komme nach Hause in eine geheizte Wohnung, an einen gedeckten Tisch. Ach Liebling, da bist du endlich, würde er sagen. Ich würde mich in die Arme nehmen lassen. Es war so fürchterlich, Liebster. Er gießt mir einen Kognak ein, erhol dich erst einmal, du bist ja ganz blaß. Nach kurzer Zeit schwebe ich in einer Wolke von Wohlbefinden. Mit warmen Füßen und Kognak im Magen läßt es sich ganz anders an B. denken. Gewiß, es ist schlimm, aber die Menschen haben sich gewöhnt, und es geht eben nicht alles auf einmal, historische Notwendigkeiten undsoweiter, gieß noch mal nach, Liebster, gleich geht es mir besser.

Aber ich habe keine warmen Füße, und B. steckt mir in den müden, durchfrorenen Knochen, und eingießen müßte ich selbst.

Ich vergesse langsam, wie es war, als jemand auf mich wartete. Es kostet schon Mühe, Konkretes zu erinnern aus fünf Jahren. Nachsichtige Verklärung breitet sich darüber, manchmal sogar schon der Gedanke, es könne so schlimm nicht gewesen sein, wie ich es vor drei Jahren empfunden haben muß, als ich mein Gelübde ablegte: Ich will allein leben. Ich weiß nur, ich wollte das alles nicht mehr gefragt werden: wasdenkstdu, woherkommstdu, wohingehstdu, wannkommstduwieder, warumlachstdu. Ich wollte kein siamesischer Zwilling sein, der nur zweiköpfig denken kann, vierfüßig tanzen, zweistimmig entscheiden und einherzig fühlen. Aber emanzipierte Frauen frieren nicht, heulen schon gar nicht, und das Wort Sehnsucht haben sie aus ihrem Vokabular gestrichen. Ich friere, ich heule, ich habe Sehnsucht. Ich blättere in meinem Notizbuch, wem kann ich mein angeschlagenes Gemüt und meine verheulten Augen schon zumuten. Unbestreitbarer Vorzug eines Meinmanns: der muß, ob er will oder nicht. G. – Grellmann, Christian.

Meine Mutter nannte ihn immer einen netten Jungen und Tante Ida eine treue Seele. Noch heute behauptet Ida wehmütig, ich wäre längst eine glückliche Frau, hätte ich diesen hübschen und netten Christian geheiratet. Wie sie diesem lieben, hübschen Christian eine solche Bosheit wünschen könne, frage ich zurück. Und dann hat Ida, die an mein einsames Alter denkt, Tränen in ihren hellblauen Augen.

Daß ich Christian niemals heiraten würde, entschied sich an dem Tag, an dem die Schule uns entließ und wir dieses ungeheure, langersehnte Ereignis feierten. Damals liebte ich den schönen Hartmut, bester Sportler der Schule, obendrein Pianist einer erfolgreichen Jazzband. Aber Hartmut liebten viele, auch diese blaßgesichtige Blondine mit weißer Spitzenbluse und schwarzem Taftrock, die er an diesem Abend siegreich in den Armen hielt. Ich saß in einer Ecke und heulte. Christian brachte mich nach Hause. Es war schon hell, die S-Bahn hallte von irgendwo, auf der anderen Straßenseite hielt ein Milchauto. Ich liebte die Milchautos, die ihre Klapperkästen vor die Läden stellten, während wir noch schliefen. Sie verbreiteten eine großstädtische Geborgenheit und waren mir der Inbegriff eines romantischen Morgens. Ich hatte inzwischen aufgehört zu weinen, fühlte mich nur untröstlich und leidend in meiner verlorenen Liebe. Plötzlich, kurz vor unserem Haus, streichelte mir Christian, der bis dahin geschwiegen hatte, verlegen den Kopf und sagte: »Sei nicht traurig, ich liebe dich doch.«

Christian als Ersatz für Hartmut. Diese Vorstellung machte mein Unglück perfekt, steigerte es fast zur Katastrophe. Ich rannte nach Hause, aß drei Tage nichts und fuhr dann in die Ferien.

Hartmut habe ich nicht wiedergesehen. Und seit damals ist entschieden, daß der sehnlichste Wunsch meiner Tante Ida sich nicht erfüllen wird. Christian studierte in Halle. Nach einem Jahr kamen wieder Briefe, dann kam er selbst. Eines Tages mit einem Mädchen. Sie hatte kurzes, dunkles Haar, breite, etwas eckige Schultern, graue Augen, sie wirkte kräftig, obwohl sie schmal war, und alle Welt behauptete, sie sähe mir ähnlich. Später heirateten die beiden, noch später ließen sie sich scheiden, schmerzlos, sie ging weg, und Christian versuchte nicht, sie zu hindern. Seitdem lebt er allein in seiner Einzimmerwohnung, Altbau, Außentoilette. Ohne Ehe keine Wohnung, hatte die Frau vom Wohnungsamt gesagt. Über den Milchautomorgen haben wir nie gesprochen.

Christians Wohnung wirkt auf mich beruhigend. Der erste Eindruck ist chaotisch: bis zur Decke vollgestopfte Bücherregale, in den Ecken Zeitschriften und Karteikästen, Bilder an jedem Stückchen freier Wand, als Schreibtisch ein riesiges massives Brett, das von einer grellen Lampe beleuchtet wird, ein altes Plüschsofa und zwei Sessel in der Nähe des braunen Kachelofens. Bei näherem Hinsehen erweisen sich die Bücher als pedantisch geordnet, die Ecken als aufgeräumt und staubfrei, jeder Zentimeter des Zimmers ist genutzt, das Chaos hat System.
Seit jeher beneide ich Leute um ihre Fähigkeit, Harmonie und Wärme um sich zu verbreiten, innere Ausgeglichenheit auf Räume zu übertragen. Alle meine Versuche, Häuslichkeit zu schaffen, scheiterten. In anderer Zuordnung erschuf ich immer wieder die gleiche Kühle, Disharmonie und Halbheit, obwohl ich meine Unfähigkeit sogar auszugleichen suchte, indem ich andere nachahmte.
Die Heizsonne strahlt auf meine Füße, die in zu großen Filzlatschen stecken, ich löffle Gulaschsuppe aus der Büchse, erzähle über den traurigen Alfred Thal, über die weißen Kniestrümpfe und über das Kraftwerk.
»Was willst du schreiben?« fragt Christian.
»Ich weiß nicht.«
»Schreib doch zwei Varianten. Die erste, wie es war, und eine zweite, die gedruckt werden kann.«
Das sei verrückt, sage ich, Schizophrenie als Lebenshilfe – als

wäre kultivierte Doppelzüngigkeit weniger abscheulich als ordinäre. Ein zynischer Verzicht auf Wahrheit. Intellektuelle Perversion.

Christan winkt ab. »Hör auf, so zu krakeelen.« Um seine Mundwinkel zuckt für einen Moment der berüchtigte Grellmannsche Spott, sanft und hochmütig. »Ist immerhin besser als deine Selbstzensur: rechts der Kugelschreiber, links der Rotstift.«

Gleich wird er mir raten, die Zeitung doch einmal zu vergessen beim Schreiben, meine eigene Logik nicht selbst zu zerstören durch mögliche Einwände des Chefredakteurs, dabei wird er mich belauern, ob der Stachel endlich sitzt. Und bei meiner ersten spürbaren Unsicherheit ändert er den Ton, zieht seinen Vorschlag zurück oder bezichtigt mich sogar der Unfähigkeit. Und schon schnappt die Falle zu. Plötzlich werde ich zum Fürsprecher seiner Idee, und er bezieht die Position des Zweiflers. Irgendwann werde ich sagen: gut, ich versuch's, und Christian wird seinen Triumph mühsam verbergen. Nein, mein Lieber, heute nicht. Was habe ich von deiner Wahrheit, wenn niemand sie erfährt. Und was sollte übrigbleiben für den verlogenen Aufguß. Ich schweige, biege verbissen an einer Büroklammer, bis sie endlich zerbricht.

Christian gähnt, er ärgert sich über seinen Mißerfolg. »Geh schlafen«, sagt er, »du siehst aus wie ein Huhn.«

Ich fühle mich auch wie ein Huhn, aber wie ein totes Huhn, kalt, gerupft und kopflos.

Heute also nicht Schneewittchen im Sarg, sondern Huhn in der Tiefkühltruhe.

Christian macht sein Bett auf dem Sofa. Sorgfältig zieht er das Laken glatt, bis keine Falte mehr zu sehen ist. Ich rolle mich zusammen, wärme meine Hände an meinem Bauch, ein Bein am andern. Das Bettzeug ist kühl. Es ist albern, in zwei Betten zu schlafen, wenn man friert.

»Zwei Betten sind albern«, sage ich.

Christian guckt für einen Augenblick hoch. Dann zieht er weiter an der Decke, die längst glatt und ordentlich auf dem Sofa liegt.

»Sei froh, daß du ein Bett hast. Hühner schlafen nämlich auf der Stange.«

»Ich bin aber ein totes Huhn, ohne Flügel zum Wärmen.«

»Tote Hühner frieren nicht.«

Ich drehe mich zur Wand. Er hat recht. Seit einem Milchautomorgen vor hundert Jahren sind wir füreinander geschlechtslos. Daran ändern auch Außentemperaturen nichts.

Und dann fließt ein warmer Strom von meiner rechten Schulter in Arm und Hals. Christian liegt neben mir, und mich überfällt eine lähmende Angst. Das ist nicht mehr Christian, das ist ein Mann, fremd wie andere. Gleich werden seine Hände prüfend über Haut und Fleisch fahren, ob sie den allgemeinen Ansprüchen auch standhalten, wird er auf Höhepunkte warten und wird, bleiben sie aus, das Prädikat frigide oder anorgastisch registrieren. Von mir bleibt nichts als das Stück Frau, das unter der Decke liegt, verkrampft vor Kälte und Anspannung.

Christian zündet eine Zigarette an, steckt sie mir in den Mund, schiebt seinen Arm unter meinen Hals, lacht still vor sich hin.

»So ähnlich hast du ausgesehn, wenn du in Mathe an die Tafel mußtest.«

Schon möglich. Das schneidende Gefühl im Magen, wenn mein Name aufgerufen wurde, die vor Aufregung blauen Hände auf dem Rücken, Blessins genüßliche Stimme: »Na, Fräulein Nadler, immer noch nicht der Groschen gefallen?«, in meinem Kopf nichts außer einem schmerzhaften Druck. Wenn ich mich setzte, hatte ich an beiden Daumennägeln die Haut weggerissen, daß sie bluteten. Aber ich stehe nicht an der Tafel. Ich müßte nur die Hand ausstrecken und Christians warme Haut berühren. Ich müßte nicht einmal tun, was ich nicht will. Statt dessen fühle ich mich mißbraucht, bevor ich angerührt wurde.

Durch das angelehnte Fenster klingen die monotonen Stimmen Betrunkener, die Kneipe an der Ecke schließt. »Zieh dein Hosenbein hoch, du«, lallt jemand, »ich hab gesagt, du sollst dein Hosenbein hochziehen, damit ich dich anpissen kann.«

Wir lachen, wohl lauter, als die Sache verdient, und ich strecke meinen Arm aus. Bei Robert Merle habe ich gelesen, daß die Haitier spielen nennen, wozu wir miteinander schlafen sagen. Spielen ist schöner. Es erinnert an Wiese und Blumen, an Spaß und Lachen, nicht an stickige Schlafzimmer, sentimentale Schwüre oder müden Griff neben sich kurz vor dem Einschlafen. Komm, Christian, wir spielen, vergessen B. und Blessin, und auch dich, Luise. Nicht Leben denken, Leben fühlen, bis zum Schmerz, bis zur Erschöpfung, alle Gedanken wegfühlen, nur Bein und Bauch und Mund und Haut sein.

Der Friseur zieht gerade seine Jalousie hoch, steht als frisiertes Vorbild im Türrahmen mit Animierlächeln unter dem blonden Bärtchen. Nein, nein, ich bin kein Kunde. Ich lächle auch, statt meinen Kopf hinzuhalten. Diesiges, sonniges Gelb hängt in der Luft, müder Wind schaukelt welke Blätter an den Bäumen und die Bommeln der Platanen. Der Weltuntergang hat nicht stattgefunden, oder ich habe ihn verschlafen. Soll die Straßenbahn abfahren, ich laufe. Auf der Promenade zwischen Kirche und Rathaus ist Markt. Dicke, angepummelte Frauen mit roten Händen stehen in den Buden, treten von einem Bein aufs andere. Vor der Kirche wartet eine weiße Kutsche, vor dem Rathaus ein blumengeschmücktes Taxi; es wird geheiratet. »Prima Fisch, feiner Fisch«, ruft es. Und: »Meine Dame, Sie haben Hühneraugen, det seh ick von hier. Kommse her.« Eine Wolke verschiedener Gerüche schwebt über dem Platz,

Orangen, Fisch, Gewürze, Currywurst und Blumen, alles ganz nah, auch die vielen Leute, die einander drängen und beiseite schieben, um Stoffe zu befühlen und Äpfel zu prüfen. Gerade über die Straße ist der Gemüsekonsum, fast leer. Nur auf dem Markt gibt es zu riechen und zu fühlen und zu wählen. Anschließend geht man in die Apotheke an der Ecke, versorgt sich für eine Woche mit Tabletten aller Art. An Markttagen ist die Apotheke immer überfüllt. Ich kaufe drei Sträuße von den letzten Herbstastern, violett, weiß und gelb.

Der Pappstreifen an meiner Tür ist wieder einmal zerrissen, diese Gören. Josefa links, Nadler rechts, jeder Namensteil hängt an einer Reißzwecke. Das Bild verführt zu symbolischen Deutungen. Aber heute nichts davon, heute stehen niedere Arbeiten auf dem Programm. Und am Montag rufe ich endlich den Klempner an. »Du hast so viele Freunde«, sagt Tante Ida immer, »und trotzdem ist bei dir alles kaputt.« Stimmt, Ida, das lerne ich wohl nie. Ich muß sogar allein die Kohlen holen. Und prompt geht bei der Rickertschen die Tür auf. »Fräulein Nadler«, sagt sie. Wenn ich das schon höre. Dreißig Jahre alt, Mutter eines fünfjährigen Kindes, geschieden und Fräulein. »Fräulein Nadler, die Hausgemeinschaft baut heute das Zäunchen für den Vorgarten.« Ob ich vielleicht beim Streichen helfen könnte. Nein, kann ich nicht, will ich auch nicht. Ich brauche kein Zäunchen. Warum diese Leute unentwegt Zäune bauen, um dieses Gärtchen und jenes Höfchen, am besten um jedes Bäumchen. »Ich bin alleinstehend mit Kind«, sage ich, registriere meine Inkonsequenz, und die Rickertsche kneift ihren Mund zusammen, so daß zwischen Oberlippe und Nase lauter senkrechte Falten stehen und sie aussieht wie eine Ziege. »Vorgestern um siebzehn Uhr hat ein Mann bei Ihnen geklingelt, aber nicht der große dunkle mit dem Bart«, sagt sie und verschwindet wieder hinter ihrer Tür. Ich höre, wie sie die Kette vorhängt.

Und am Abend pünktlich um acht wird sie die Haustür zuschließen. Nach acht sind wir nicht mehr zu sprechen. Da sperren wir uns ein in unsere Höhlen oder sperren uns aus – aus der Menschengesellschaft. Da hilft kein Klopfen, lieber Freund, und auch kein Rufen, die Autos überschreist du nicht. Geh nach Hause. Ordnung muß sein.

Als mein Atem sich nicht mehr in Dampfschwaden verwandelt, gehe ich in den Kindergarten.

»Mama!« Ein gewaltiger Ansturm gegen meinen Körper, feste, warme, weiche Haut, das berauschende Gefühl, unersetzlich zu sein, das Liebste, nicht wegdenkbar, das große Glück eines anderen. Ich weiß, die Ernüchterung kommt gleich: »Was hast du mir mitgebracht?« Aber ich habe vorgesorgt, will keine Freude verderben, seine nicht und meine nicht. Ich lege den roten Traktor auf die Opferbank unserer Liebe und werde belohnt mit einem gellenden Freudenschrei: »Mama, du bist lieb.«

Auf der Straße frage ich: »Na, gehen wir noch ein Bier trinken?«

Ein kurzer Blick zur Verständigung, Antwort mit tiefster Stimme: »Ja, ich trinke ein ganz großes Bier.« Ein Passant dreht sich um, der Sohn kichert: »Der Mann denkt bestimmt, ich trinke wirklich Bier.«

Wir bestellen Eis und Kaffee.

»Der Andreas hat mich gehaun.«

»Hau ihn doch wieder.«

»Der ist aber größer.«

»Na und? Vielleicht ist er schwach.«

»Nein, aber er kann nicht so schnell rennen, da renn ich lieber weg.«

»Wiederhaun ist aber besser.«

»Ich habe aber Angst.«

»Mach ihm auch Angst. Sag, wenn du ganz wütend bist, kannst du Feuer spucken.«

Der Sohn ist begeistert, führt vor, wie er Feuer spucken wird, spuckt statt dessen Eis über den Tisch.

Abends im Bett fragt er: »Kann ich wirklich Feuer spukken?«

»Ja, wenn du ganz schrecklich wütend bist, bestimmt.«

»Und du?«

Ich? Nein, bedaure. mit Zauberkräften kann ich nicht dienen, davon kann ich nur reden. Armes Kind.

»Ja. Ich auch«, sage ich.

Als der Sohn schläft, hängt im Raum jene beängstigende, unausgefüllte Stille, die Unruhe verbreitet, die provoziert; abgebrochenes Leben. Ich lege eine Schallplatte auf, böhmische Barockmusik, empfinde heute keine Verwandtschaft, versuche es mit Chopin, aber es bleibt das beängstigende Gefühl, irgendwo geschieht etwas, lebt es, lebt es an mir vorbei. Ich versäume Menschen, Ereignisse, Tage. Weiß dabei längst, wie es endet, wenn ich einem Tag Gewalt antun will, mich nicht abfinden kann mit seinem geplanten, normalen Verlauf, nicht mein Leben suche, sondern ein anderes, fremdes, wenn ich plötzlich, todmüde eigentlich, die Wohnung verlasse, in irgendein Lokal fahre, in dem ich Freunde vermute, und eine Stunde später wieder nach Hause komme, ohne ein Erlebnis reicher, aber um zwanzig Mark ärmer, die ich für ein Taxi bezahlt habe.

Eines Tages gründe ich mein Haus, ein großes Mietshaus, in dem nur Leute wohnen, die miteinander befreundet sind. Nicht so eine künstliche Hausgemeinschaft, die immer nur Zäunchen baut und in der jeder Mühe hat, sich seine Nachbarn schönzugucken. Acht oder neun oder zehn Parteien, jeder hat seine eigene Wohnung, man kann allein sein, muß aber nicht. An den Türen hängen Schilder, auf der einen Seite rot, auf der anderen grün. Bei Grün darf man klingeln, Rot heißt: nicht stören. Zu Weihnachten und zu Geburtstagen kocht jede Wohnung einen Gang. Der Boden wird ein Spielzimmer für die Kinder. Niemand muß von einer Dienstreise in eine kalte Wohnung kommen. Und wenn einer ein Buch schreiben will, kann er aufhören zu arbeiten. und die anderen bezahlen ihm einen einjährigen Arbeitsurlaub. Wenn jeder fünfzig Mark gibt, hat er ein Mordsstipendium. Dafür hütet er manchmal die Kinder. Und wenn sein Buch fertig ist, kann er vorn reinschreiben, daß er uns allen dankt. Wenn keiner es drucken will, ist es auch nicht schlimm, dann liest er es den andern vor.

Heute hätte ich mein Schild auf die grüne Seite gedreht.

Die weiße Wintersonne, abgeblendet durch ungeputzte Fensterscheiben, fängt sich im Kaffeelöffel. Ich starre in die eingefangene Sonne, spiele mit ihr, indem ich den Löffel hin und herschaukele, spanne dann ein weißes Blatt Papier in die Maschine, blicke abwechselnd auf Sonne und Papier, suche den ersten Satz über B. Auf dem runden Tisch vor mir Tabellen und Analysen über Staubemissionen, meine Notizen, Zeitungsausschnitte, ungeordnet, über- und untereinander, daneben die Kaffeetasse, sanfter Übergang vom Frühstück zur Arbeit. Um Himmels willen keinen Schreibtisch, keine viereckigen Abmessungen vor mir, keine geordneten Bleistife und Schnellhefter.

Ein leeres weißes Blatt, voller Möglichkeiten, Vorsätze, Selbstverpflichtungen: Diesmal wird es ganz anders als bisher, alte Fehler werden vermieden, wohl wissend: es werden neue Fehler sein. Aber noch besteht die Chance, die Klippen heil zu passieren. Noch sind die Hindernisse nicht in Sicht. Noch liegt B. als spiegelglattes Wasser von Fakten und Erlebnissen vor mir.

Ich sitze mit angezogenen Beinen in dem großen, alten, harten Sessel, sehe auf den Ahornbaum vor dem Fenster, lasse das Bild unscharf werden, stelle mir den Weg vom Bahnhof in B. zum Kombinat vor, meinen ersten Schreck über diese Stadt, denke an Alfred Thal, der gesagt hat: »B. ist die schmutzigste Stadt Europas.« Das wäre der erste Satz, so müßte ich anfangen. Aber das würde selbst Luise streichen. Die dreckigste europäische Stadt ausgerechnet in einem sozialistischen Land. Wenn wir uns schon die traurige Tatsache leisten, so wenigstens nicht ihre öffentliche Bekanntmachung. Mögliche Variante: B. ist eine schmutzige Stadt. Quatsch, das ist nichts, das weiß jeder.

Wenn schon nicht die ganze Wahrheit, dann wenigstens einen schönen Satz. Also: In B. steigt nur aus, wer hier aussteigen muß, wer hier wohnt oder arbeitet oder sonst hier zu tun hat. – Das ist mein erster Satz. Ich bin zufrieden.

Der Himmel. Welches Gefühl war das, als ich ihn auf mich niedersinken ließ, den gelbgrauen giftigen Nebel in mein Bewußtsein aufnahm, die hochgemauerten Öffnungen abzählte, aus denen er zusammenfloß, um dann wie ein Dach über der Stadt zu hängen? Bestürzt war ich oder entsetzt, Angst hatte ich bei dem Gedanken an das viele Gift. In B. habe ich weniger geraucht. Angst scheidet aus. Wir schreiben nicht, um die Leute zu ängstigen, auch nicht, um sie zu entsetzen. Bestürzung – noch zu viel. Betroffen, das geht. »Fremde sehen betroffen in den Himmel über der Stadt . . .« usw.

Nach einer Stunde habe ich zwei Sätze geschrieben. Mühsam geht das. Zu mühsam. Ich suche ein Wort, das Wort, das treffende, einzige. Um es zu verwerfen, sobald ich es gefunden habe, es auszutauschen gegen seine mildere Variante, nicht zu milde, die nächstliegende Nuance, aber druckbar. Nichtdruckbares wird nicht zu Ende gedacht. Es ist nur ein kurzer Weg von undruckbar zu undenkbar, sobald man sich darauf eingelassen hat, die Wirklichkeit an diesem Maß zu messen; dazwischen liegt nur unaussprechlich. Ich habe mir fast schon abgewöhnt, öffentlich über Alternativen zu reden, Gedanken auszusprechen, deren Undruckbarkeit ich ermessen kann. Wozu auch? Ich weiß vorher, was man mir antworten würde, und es hängt mir zum Halse raus: Damit lieferst du dem Gegner die Argumente. Du kannst alles schreiben, wenn du es nur richtig einordnest. Und wenn ich es richtig eingeordnet habe, dann hat alles seine unantastbare Ordnung, und nichts kann anders sein als es ist. Und immer wieder dieses Duhastjarecht, Mädchen, aber wir konnten noch nicht ... es gab Wichtigeres ... glaubst du, wir kennen die Probleme nicht? Diese Genossen »Wir«. Gegen mein klägliches »Ich habe gesehn« stellen sie ihr unerschütterliches »Wir«, und schon bin ich der Querulant, der Einzelgänger, der gegen den Strom schwimmt, unbelehrbar, arrogant, selbstherrlich. Sie verschanzen sich hinter ihrem »Wir«, machen sich unsichtbar, unangreifbar. Aber wehe, ich gehe auf ihre majestätische Grammatik ein und nenne sie »ihr« oder »sie«, dann hageln ihre strengen Fragen: Wer sind »sie«? Wen meinst du konkret? Warum sagst du »ihr« und nicht »wir«? Von wem distanzierst du dich?

Ein für allemal sage ich das: Wer von sich in der Mehrzahl spricht, muß mir gestatten, ihn in der Mehrzahl zu nennen. Wer ein »wir« ist, muß auch ein »ihr« sein oder ein »sie«. Und wenn sie ihre Meinung unerlaubt zu der meinen machen wollen, wenn sie mich ohne mein Einverständnis in ihr »wir« einsaugen wollen, werde ich zu mir »ich« sagen und zu ihnen »sie«.

Vielleicht trennen mich nur einige Jahre von ihnen, die Jahre, in denen der *Un*-Mechanismus endgültig einrastet und mir das *Un*druckbare, das *Un*aussprechliche, das *Un*denkbare zur *Un*wahrheit werden wird, weil ich es so wenig wie die anderen ausgehalten habe, das Bewegendste und das Aufregendste nicht zu schreiben, nicht zu sagen, nicht zu bedenken. Dann sage ich »wir« – »wir haben nicht gekonnt«, weil *ich* nicht gekonnt habe, und ich werde einen Neuen zurechtweisen, der wieder »ich« sagt und für den ich »sie« bin.

Ich bin ihnen gar nicht so fern. Ich bin schon unsicher, ob sie nicht recht haben, die Strutzers und die Mesekes. Die Leute in B. haben sich eingerichtet, haben sich gewöhnt, Einwohner von B. zu sein und vom Dreck berieselt zu werden. Vielleicht ist es nichts als grob und herzlos, ihnen zu sagen: ihr seid vergessen worden, geopfert für Wichtigeres, und ich kann es nicht ändern.

Aber was ist wichtiger, Luise? Jeder Säugling in B. zahlt seinen Tribut an unseren Wohlstand. Dabei würde ein kleines Kraftwerk genügen, 160 Megawatt nur.

Ich aber schreibe betroffen statt entsetzt und verstecke die Wahrheit hinter schönen Sätzen.

Wenn der Kollege Soundso den Beitrag liest (vielleicht liest er ihn, weil es um seine Stadt geht), wird er die Zeitung geringschätzig beiseite legen, den Fernsehapparat einschalten und zu seiner Frau sagen, diese Leute von der Zeitung sollten mal alle eine Weile hier leben, dann vergingen ihnen ihre Sprüche schon. Dabei hätte die, die das geschrieben hat, ganz schön blaß ausgesehen, als sie aus dem Kraftwerk kam. »Aber Papier ist geduldig«, wird er noch sagen, und seine Frau wird ihm recht geben.

Wem nützen unsere Schwindeleien, Luise? Glaubst du, der Kollege Soundso ließe sich von uns einreden, es sei so unerträglich gar nicht in seiner Stadt? Meinst du, er denkt nicht nach über die ungebauten Kraftwerke und verworfenen Konzeptionen, weil wir nicht von ihnen sprechen?

Oder glaubt jemand, 180 Tonnen Flugasche wögen auf Zeitungspapier schwerer als auf der eigenen Haut?

Stell dir vor, Luise, Christians Falle schnappte zu und ich schriebe zwei Beiträge: einen, wie es wirklich war, und einen, der gedruckt werden kann. Und du müßtest entscheiden. Bestimmt wärst du wütend, weil ich dir wieder einmal den Schwarzen Peter zugespielt hätte. So, wie du dich früher geärgert hast über die Sätze, die ich nur geschrieben habe, damit du sie streichen mußtest. Du hast sie immer gefunden, und sie haben dir immer gefallen, und du warst wütend, weil ich dich in die Rolle des Zensors gedrängt habe. Wenn du aber durch mich gezwungen wärst, von zwei Reportagen die schlechtere zu wählen, Luise, ich wüßte nicht, gegen wen dein Zorn sich richten würde. Vielleicht gegen mich, denn ich hätte die Situation geschaffen. Vielleicht aber auch gegen andere, die nicht zulassen, daß wir den Dreck einer Stadt in der Zeitung ausbreiten. Du könntest den Schwarzen Peter auch weiterreichen, an Rudi Goldammer. Dann wärst du deine Rolle als Rausschmeißer los, und einen Skandal brauchtest du auch nicht zu fürchten, denn auf Rudi Goldammers Zaghaftigkeit ist Verlaß.

Ich bin ungerecht. Ich lasse ihr keine ehrenhafte Variante, und das hat sie nicht verdient. Luise zieht sich nicht aus Affären. Und es ist sinnlos, Luises Verhalten berechnen zu wollen. Zu oft haben sich meine sicheren Erwartungen in ihr Verhalten als Irrtümer erwiesen. Nicht, daß sie immer toleranter oder gütiger reagiert hätte, als ich angenommen habe, ganz und gar nicht, aber anders, so, wie es mir bei allen Spekulationen eben nicht eingefallen war. Inzwischen ist es für mich fast ein Spiel, mir alle möglichen Reaktionen auszudenken, die schlimmsten zuerst, um sie auszuschließen. Denn wie gesagt: Luise ist nicht berechenbar, was nicht heißt, sie sei unberechenbar. In einer Sache habe ich mich bisher nie geirrt: Luise ist ehrlich.

So viel weiß ich, aber auch nicht mehr, und ich weiß eben nicht, was Luise tatsächlich täte, würde ich Christians idiotischen Vorschlag wahrmachen.

Zwei Sätze habe ich, immer noch zwei Sätze. Nichts ist mit dem spiegelglatten Wasser aus Fakten und Erlebnissen. Statt dessen Klippe an Klippe.

Es ist dunkel geworden im Zimmer. Die Sonne ist verschwunden hinter einer gleichmäßigen grauweißen Wolkendecke, die über den Straßen hängt wie ein großes flaches Dach. Es ist Schnee angesagt, der erste Schnee in diesem Jahr. In meinem

Kopf formen sich Sätze, sinnlose, unkontrolliert schieben sich Wörter zusammen: ... haben wir unter Aufbietung aller Kräfte daran gearbeitet ... bleibt uns unter den gegebenen Möglichkeiten keine Wahl ... überbringen wir die herzlichsten Glückwünsche zum – wirres, zusammenhangloses Zeug, Floskeln, die irgendwo in meinem Hinterkopf ihren Platz haben und ihn jetzt unaufgefordert verlassen. Es hat keinen Sinn. Ich kann nicht von einem Satz in den anderen stolpern, ohne zu wissen, was ich schreiben will. Aber was soll ich denn wollen? Diese kastrierte Wahrheit vielleicht, diese Kompromisse, auf die wir immer so stolz sind, wenn wir es wagen, öffentlich darüber zu sprechen, daß Schichtarbeit schwer ist, daß irgendwo ein Schulessen noch nicht schmeckt, oder daß es hin und wieder noch subjektive Schwächen bei einigen Funktionären gibt. Mein Gott, in welcher Zeit leben wir denn, daß solche belanglosen Feststellungen ausreichen, um zu einem kritischen Geist und zu einem kämpferischen Charakter ernannt zu werden.

Ich spanne einen neuen Bogen in die Maschine und schreibe: B. ist die schmutzigste Stadt Europas.

Nur diesen einen Satz, mehr nicht, heute nicht.

III.

Zum ersten Mal seit fünfzehn Jahren fürchte ich mich, an Christians Tür zu klopfen. Blödsinnig. Was ist denn passiert, wovor wir uns fürchten müßten? Wir waren uns ein Stückchen näher als sonst, unendlich näher. Nichts zum Fürchten also. Und trotzdem das beklemmende Gefühl: Es wird anders sein als vorher. Die Angst vor Erwartungen, seinen und meinen, vor einer neuen Verletzbarkeit, die vertraute Töne nicht mehr zuläßt. Auch die eigene Unsicherheit, welchen Christian ich hier suche – den alten, zuverlässigen Freund oder diesen neuen Christian mit den warmen, kräftigen Händen.

Oder ich weiß es längst und gebe es nicht zu, weil ich enttäuscht werden könnte. Vielleicht ist es für Christian bei der einen Josefa geblieben, der geschlechtslosen lebenslänglichen Freundin, die ermutigt werden mußte, als sie verzagt war, als sie fror, als Worte nicht ausreichten, als sie fühlen wollte, daß sie lebt. Es fällt schwer, sich selbst der Unredlichkeit zu verdächtigen. Aber ich komme nicht umhin, mich zu fragen, ob es mir nicht ordinär und einfach nur unerträglich wäre, nichts hinterlassen zu haben als die freundliche Erinnerung oder die Möglichkeit zu vergessen.

Manchmal erschrecke ich, wie wenig ich über mich weiß, wie perfekt der Selbstbetrug eingespielt ist, wie mühevoll nur Lüge und Wahrheit und Scham über die Lüge sich voneinander trennen lassen.

Wie verzweifelt beschwöre ich zuweilen noch ein ehrenhaftes Motiv, wenn ich mich längst durchschaut habe, wenn ich die Eitelkeit oder die Sucht zu gefallen schon aufgespürt habe in mir. Und will es doch nicht wahrhaben, suche nach einer annehmbaren Auslegung, heische um Verständnis bei mir selbst, ehe ich mich, wenn überhaupt, geschlagen gebe, in den eigenen Abgrund sehe und das Entsetzlichste finde: nicht anders zu sein als andere.

Aus Christians Wohnung klingt Musik, ». . . Why don't we do it in the road . . .?«, ein Stockwerk tiefer geht eine Tür auf, es riecht nach Sauerkraut. »Aber häng die Wäsche nicht wieder auf Schreibers Leine, sonst regt die sich wieder uff«, ruft eine Frauenstimme. Irgendwer schlurft in Pantoffeln die Treppe rauf.

Ich klopfe.

Ehe Christian auch nur Guten Tag sagen kann, erzähle ich irgendwas von einem Stoffladen, in dem ich zufällig gerade war, ganz hier in der Nähe. Frage, ob ich störe, warte die

37

Antwort nicht ab, weil ich keinen fremden Mantel an der Garderobe finde, schimpfe auf das langweilige Stoffangebot. Ich sehe, wie Christian lächelt. »Ist ja gut, hör doch mal auf zu reden«, sagt er und küßt mich auf die Wange, wie immer. Oder nicht wie immer. Er schiebt die Zigaretten über den Tisch.

»Tee oder Kaffee?«

»Schnaps.«

»Was macht deine Reportage?«

»Du hast es geschafft, ich bin bei Variante eins.«

Christian rutscht ein Stück tiefer in seinen Sessel, schlägt die Beine übereinander, die grauen Kieselaugen leuchten, nur einen Moment und nicht triumphierend, nur froh. Er sieht müde aus. Solange wir uns kennen, war Christian der Vernünftigere, der immer um ein paar Jahre erwachsener war als ich. Ich war daran gewöhnt, ihm den größten Teil der Verantwortung für unsere Freundschaft zu überlassen. Hin und wieder hatte ich ein schlechtes Gewissen, weil ich wußte, daß Christian sich nicht wehren würde, auch wenn ich ihn überforderte. Aber ich nahm ihn an als etwas Sicheres, Schönes, das es für mich auf der Welt gab. Vergleichbar mit einer Mutter oder einem großen Bruder. Zu Beginn unserer Freundschaft ging dieses Gefühl der Geborgenheit nur mittelbar von Christian aus. Mich faszinierte die intellektuelle, kultivierte Atmosphäre des Grellmannschen Haushalts. Und ich verehrte Christians Vater, ein Gefühl, das ich für Werner Grellmann bis heute empfinde. Als ich ihn kennenlernte, war er vierzig Jahre alt. In meiner Erinnerung hat er sich seither wenig verändert. Damals erschien mir ein Vierzigjähriger älter als heute ein Fünfundfünfzigjähriger, da ich das Altern als eigene Perspektive noch nicht in Erwägung zog.

Das war gegen Ende der fünfziger Jahre. Zwei Jahre zuvor noch hielt Professor Werner Grellmann an der Philosophischen Fakultät Vorlesungen, die immer überfüllt waren, obwohl der größte Teil der Studenten nur die Hälfte verstand, wenn der Marxist Grellmann Sartre und Kierkegaard sezierte, mit der eleganten Grobheit des sicheren Chirurgen, aber nicht ohne den unabdingbaren Respekt des Wissenschaftlers vor der fremden Denkleistung.

Es war wohl der gleiche Respekt vor den Gedanken anderer, der ihn bewog, als einziger nicht seinen Arm zu heben, als der Ausschluß eines jungen Genossen beschlossen wurde, der infolge ständiger Lektüre westlicher dekadenter Literatur erhebliche ideologische Schwächen gezeigt haben sollte. Werner Grellmann wurde deshalb nicht aus der Partei ausgeschlossen, aber die Fähigkeit, junge Wissenschaftler zu erziehen, sprach man ihm ab. Er avancierte vom Professor für Philosophie zum Bürgermeister von Wetzin, einem schlammigen Dorf im Oderbruch, aus dem er ein Musterdorf machen sollte. Seine Frau und die drei Söhne, Christian war der älteste, blieben in Berlin. Ruth Grellmann unterbrach die Arbeit an ihrer Dissertation und ernährte die Familie von Schreibarbeiten, denn die fünfhundert Mark, die Werner Grellmann als Bürgermeister verdiente, reichten nicht aus für zwei Haushalte.

Ich versuche mich zu erinnern, ob damals, als ich Werner Grellmann kennenlernte, Spuren von Bitternis an ihm zu finden waren. Ich glaube nicht. Auch in den Bildern aus jener Zeit trägt er für mich die weisen clownesken Züge in dem feinen, sensiblen Gesicht mit den grauen Augen.

An einem der Wochenenden, die ich bei den Grellmanns verbrachte, erzählte uns Werner Grellmann, wie er die Dorfstraße von Wetzin pflastern ließ. Wir saßen um den großen runden Tisch auf alten hochlehnigen Lederstühlen. Es war ein naßkalter Tag kurz vor Weihnachten, das einzige Licht im Zimmer verbreitete der Chanukkaleuchter, der auf dem kleinen Bücherregal rechts neben der Tür stand. Den Leuchter hatte Ruth Grellmann, die vor ihrer Hochzeit Ruth Katzenheimer hieß, als einziges in die Ehe eingebracht. Werner Grellmann, der keine Weihnachtsbäume duldetete, dem alles zutiefst fragwürdig war, das auf irgendeiner Art von Gläubigkeit beruhte, der die schmalen Augenbrauen skeptisch hochzog, sobald sein Gesprächspartner das Wort Glauben bemühte, Werner Grellmann hing an diesem Leuchter auf mir bis heute unerklärliche, fast mystische Weise.

Ruth brühte die dritte oder vierte Kanne Tee, während Werner Grellmann Christián und mir die Geschichte vom Straßenbau in Wetzin erzählte. Im Frühjahr hatte er gesehen, wie seine Wetziner Mühe hatten, ihre Stiefel und Fahrräder aus dem Schlamm zu ziehen, in den tagelangen Regen die Wetziner Dorfstraße verwandelt hatte. Zwar war die Fahrbahn mit grobem Kopfstein gepflastert, aber die Bürgersteige waren nichts als festgetretener Lehmboden, auf dem das Wasser nach heftigen Regengüssen noch tagelang stand. Werner Grellmann, ein leidenschaftlicher Fußgänger und Radfahrer, vor allem aber immer auf die Rechte der Mehrheit bedacht, beschloß: Die Wetziner Bürgersteige werden gepflastert. Ihm fehlte nur das nötige Geld. Zufällig, erzählte er uns, sei er einige Tage nach diesem Entschluß, der das öffentliche Leben Wetzins einschneidend verändern sollte, über den Dorffriedhof gegangen. Ich war sicher, daß dieser Spaziergang auf dem Friedhof kein Zufall war. Werner Grellmann verabscheut Friedhöfe ebenso wie Weihnachtsbäume und verblüffte uns einmal, als wir Friedhofsidylle gegen seine spöttischen pietätlosen Attacken verteidigt hatten, mit der Frage, wo sich eigentlich das Grab von Friedrich Engels befände. In London, vermuteten wir. Und Werner Grellmann lachte vergnügt und listig, blies mit spitzem Mund etwas Imaginäres von seiner Handfläche und sagte: »Da ist es. Im Wind.« Ich bin also sicher, er ist nicht zufällig über den Friedhof gegangen, sondern hat gewußt, was er dort suchte, und hat es auch gefunden. Er hatte auf das ländliche Traditionsbewußtsein und die bäuerische

Trägheit spekuliert, die er in Gestalt kostbarer uralter Marmorsteine auf dem Wetziner Friedhof fand. Das Recht auf Grabstätten verjährt nach dreißig Jahren, erfuhr Werner Grellmann von dem Finanzverantwortlichen des Dorfes, einem schlauen, mit allen Wetziner Regenwassern gewaschenen Mann. Mit seiner nächsten Maßnahme setzte Werner Grellmann auf den Geiz seiner Wetziner, die seit eh und je arme Leute waren. Er veröffentlichte eine Annonce in der Kreiszeitung: »Wer Anspruch erhebt auf den Fortbestand der Ruhestätten seiner Anverwandten, zahlt bitte bis zum Letzten des Monats die Miete für die nächsten dreißig Jahre. Anderenfalls wird die Grabstätte eingeebnet. Für den Abtransport der Steine sind die Verwandten verantwortlich. Kommen diese ihren Pflichten nicht nach, sieht sich die Gemeinde gezwungen, die Abfuhr der Steine selbst vorzunehmen. Unterschrift: Der Bürgermeister.« Wenn der Bürgermeister die Steine nicht haben will, dann soll er sie man auch selbst wegschleppen, werden die Bauern gedacht haben, und Werner Grellmann unternahm einen zweiten Spaziergang über den Friedhof, diesmal in Begleitung des Steinmetzes, der den Wert der Steine schätzen sollte. Mit der Schätzsumme des Wetziner Steinmetzes fuhr der ungläubige Werner Grellmann in die Bezirkshauptstadt, lud auch den dort ansässigen Steinmetz zu einem Friedhofsspaziergang ein. Der verdoppelte das Angebot. Diese Summe teilte Werner Grellmann nun wieder dem Wetziner Steinmetz mit, und ich weiß heute nicht mehr, wie viele Steinmetze er noch über den Friedhof führte, ehe ihm das Gebot ausreichend erschien. Wetzin jedenfalls bekam gepflasterte Bürgersteige, die für mich inzwischen zum Inbegriff nützlicher, wahrhaft atheistischer Denkmäler geworden sind. – Dieser trübe vorweihnachtliche Nachmittag bei Grellmanns ist mir deutlicher in Erinnerung als alle anderen. An dem Tag wurde mir bewußt, daß ich Christian um seine Familie beneidete, wenn sich dieses Gefühl auch mischte mit der Dankbarkeit, teilhaben zu dürfen an einer Gemeinsamkeit, die mehr war als bloßer Familiensinn, wie ich ihn kannte.

Später, als Werner Grellmann wieder wissenschaftlich arbeiten durfte, zog die Familie nach Halle. Seitdem habe ich Werner und Ruth Grellmann nur einmal wiedergesehen. Aber die Freundschaft zu Christian blieb immer verbunden mit dem Gefühl intellektueller Geborgenheit, das ich im Haus seiner Eltern kennengelernt hatte.

Christian schweigt. Er spielt mit einem Blatt Papier, faltet es kunstvoll, glättet es wieder, zerknüllt es langsam. Nein, es ist nicht wie vorher, und es ist auch nicht anders. Nur beklemmende Unsicherheit statt unbekümmerter Vertrautheit. Vielleicht würde ein Satz ausreichen, um den alten Ton wiederzufinden; oder einen neuen. »Bleibst du hier?« Christian sieht mich an, blaß und müde, graue Augen unter schmalen Brauen, kein Funken von Spott darin.

Ich fürchte, was immer ich antworte, ist falsch. Was suche ich hier und wen? Plötzlich ist Nähe wieder unvorstellbar, trotzdem der Wunsch zu bleiben, hier zu bleiben, wo ich bekannt bin, wo ich mich nicht immer aufs neue erklären muß. Dann wieder die Angst, ein Vierbeiner zu sein, der Gedanke an den Milchautomorgen, an die Abende mit Werner Grellmann, wenn er seine Wetziner Geschichten erzählte, Kindheitserinnerungen, Christian, mein Bruder.

»Nein, ich weiß nicht, heute nicht.«

Ich will nach Hause.

Die Platzordnung während der Redaktionssitzungen wird streng eingehalten, und obwohl ich zu spät komme, ist mein Platz neben Luise noch frei. Rechts von ihr sitzt Günter Rassow, ein hagerer, kränklicher Mann, der, obwohl erst etwas über vierzig, in der gebeugten Haltung eines Greises läuft, wobei er sich mittels kleiner tapsiger Schritte vorwärtsbewegt, so, als würde er jeweils von einem Fuß auf den anderen fallen. Hin und wieder verfügt er über den skurrilen Humor eines alten Engländers. Während die dicke Elli Meseke sich mit mütterlicher Stimme gerade müht, die neueste Ausgabe der Illustrierten Woche einzuschätzen, schiebt Günter Rassow Luise die Zeitung zu, in der er mit Rotstift zwei Zeilen unterstrichen hat. »Hast du das gelesen?« fragt er leise, die Empörung in der Stimme nur mühsam gedämpft. ›Wie Frankfurter Eisenbahner dem Frost das Spiel versalzen‹, stand da. Günter leidet unter solchem Mißbrauch der Sprache fast physisch. Siegfried Strutzer als einziger Vertreter der Chefredaktion sitzt am Präsidiumstisch und klopft energisch mit dem Bleistift auf den Tisch. Luise senkt ihr grauhaariges Haupt schuldbewußt wie ein Schulmädchen, das beim Schwatzen ertappt wurde. »Wo ist Rudi?« – »Rudi hat Zahnweh, der kommt nicht«, flüstert Luise und verzieht dabei ihr Gesicht, als müsse sie ein lautes Lachen unterdrücken.

Rudi Goldammers Wehleidigkeit ist bekannt, wird von den meisten belächelt, aber kaum verübelt. Als ich Rudi Goldammers Geschichte erfuhr, konnte ich mir kaum vorstellen, wie dieser zierliche Mann mit dem weichen Gesicht, das durch die traurigen Augen und den vergrämten Zug um den Mund bestimmt wird, elf Jahre Konzentrationslager überstanden hatte. Er war neunzehn, als er verhaftet wurde, und als er mit dreißig wieder nach Hause kam, hatte er ein schwaches Herz, einen kranken Magen und konnte keine Nacht mehr schlafen. Mit siebzehn hatte er sich in ein Mädchen verliebt, das er aus der Arbeitersportbewegung kannte. Zwei Jahre nach seiner Verhaftung heiratete sie einen SA-Mann, nach dem Krieg ließ sie sich scheiden, kam mit ihrer Tochter zu Rudi Goldammer, und Rudi, der, als sei er plötzlich erwacht, mit naivem Staunen seine Jugend suchte, die er hinter Stacheldraht verloren hatte, heiratete sie. Es ist eine merkwürdig schweigsame Ehe geworden, und Luise, die Rudi Goldammer zuweilen besucht, spricht von der Frau nie ohne eine Spur von mitleidigem Abscheu.

Rudi hat sich über die Katastrophen seines Lebens hinweg ein feinfühliges Verständnis für andere bewahrt und eine Güte, die die Grenze zur Schwäche oft überschreitet. Als sei das Maß an Schmerz und Bösem voll, das er in seinem Leben zu ertragen fähig war, war er außerstande, Schmerzen oder Böses zuzufügen. Alles Gründe, Rudi zu lieben, für den Chefredakteur der Illustrierten Woche aber verhängnisvolle Eigenschaften, deren Konsequenzen Rudi Goldammer sich immer wieder durch Magenkrämpfe oder Zahnweh entzieht.

Dumpfes Geraune quillt aus der versammelten Runde. Offenbar ist man nicht einverstanden mit Elli Mesekes zufriedener Feststellung, die Kolumne sei diesmal besonders leserfreundlich, der Illustrierten Woche gemäß, und sie stünde uns gut zu Gesicht – stereotype Floskeln, die mit Sicherheit auf jeder Sitzung zu hören sind. Es erstaunt mich immer wieder, wie ein Mensch sie noch aussprechen kann, ohne zu lachen, wenigstens zu lächeln.

»Zur Diskussion später.« Siegfried Strutzer läßt seinen Bleistift klopfen. Sooft Rudi Goldammer unter Zahnweh oder Magenschmerzen leidet, amtiert Siegfried Strutzer, und fast immer zieht er dann ins Zimmer des Chefredakteurs. Angeblich, weil das Telefon besetzt sein muß. Eine scheinheilige Ausrede, denn die Anschlüsse von Rudi und Siegfried Strutzer laufen über das gleiche Sekretariat, und seinen direkten Apparat benutzt Rudi ausschließlich für private Gespräche.

»Paß auf, jetzt bist du dran«, flüstert Luise.

». . . Reportage von Josefa Nadler«, hörte ich Elli Mesekes mütterliche Stimme und zucke zusammen wie immer, wenn mein Name öffentlich genannt wird, ein eingeschliffenes Gefühl aus der Schulzeit, wo ich gelernt habe, vor meinem eigenen Namen zu erschrecken. Josefa Nadler, schwatz nicht!

... Josefa Nadler, kipple nicht mit dem Stuhl! ... Josefa Nadler, warum kommst du zu spät!

»Josefa Nadler gibt mit ihrem Beitrag über das Berliner Stadtzentrum eine treffende Schilderung hauptstädtischer Atmosphäre«, sagt Elli Meseke und unterstreicht die Bedeutung ihrer Worte, indem sie langsam und gedehnt spricht, als müsse sie jedes einzelne Wort erst suchen. Sie hätte sich gefreut über den herzerfrischenden Realismus, sagt Elli, obwohl – aha, jetzt kommt's, hätte mich auch sehr gewundert – obwohl, das müsse sie der Wahrheit halber doch sagen, der Realismus manchmal etwas sehr weit gehe. Luise grinst mich mit schiefem Mundwinkel an und rollt die Augen.

»Ich denke da an die Sache mit dem Tunnel und ähnliche Anspielungen. Ich meine, das geht zu weit«, sagt Elli mit der milden Strenge einer Unterstufenlehrerin.

Ich hatte einen Beitrag über den Alex geschrieben und darin meinen Ärger über die zugigen, tristen Fußgängertunnel auf zehn Zeilen ausgebreitet, harmlos, ich hatte freiwillig darauf verzichtet, unsere Zukunft unter den gepanzerten Städten auszumalen, obwohl ich meine Visionen, die sich zeigten, sobald ich die Augen schloß und meiner Phantasie das Thema Städte und Autos in Auftrag gab, für durchaus mitteilenswert hielt. Auf der Erde dreistöckige Straßenzüge, in kunstvoller Statik über- und untereinandergeleitet, Serpentinen um Hochhäuser, Parkplätze auf Korridoren, Autoschleusen, Autolifts, in den Fenstern der alten Häuser Luftfilter statt der Glasscheiben, die neuen Häuser fensterlos, an den Fahrbahnrändern auf den Balustraden aus Beton in hohen Steintöpfen kümmerliche Bäumchen, die jede Woche ausgewechselt werden, länger leben sie nicht. Auf den achtspurigen Fahrbahnen käferförmige Einmannautos mit Hängevorrichtung für ein Kind, ein neues Modell, das entwickelt wurde, um die katastrophale Parkplatzlage zu mildern. Die Statistik wies in den letzten beiden Jahren einen sprunghaften Anstieg der Tötungsdelikte auf Grund von Parkplatzstreitigkeiten auf. Außer den Einsitzern die alten Viersitzer, die nur noch zu offiziellen Zwecken und als Taxen benutzt werden. Kinder dürfen ausschließlich in Autos mit leuchtend roter Warnfarbe fahren. Kindern unter acht Jahren ist das selbständige Führen eines Pkw gänzlich untersagt. Unter der Erde die Fußgängerkatakomben. Die Wände sonnengelb, die Decken himmelblau, der Fußboden grasgrün, es riecht nach Farbe. Überall Hinweisschilder auf Ausstiege, Geschäftstunnel, Arztpraxen, Großgaststätten, die auf allen ehemaligen U-Bahnhöfen eingerichtet wurden. Kinder toben in Spielzeugautos durch die Gänge, die kleinen Kinder haben Tretautos, die größeren fahren batteriebetriebene. Die Erwachsenen laufen langsam, sehr langsam, sie kriechen fast, manche tragen Stützschienen, andere stützen sich auf Krücken, viele haben krumme Rücken und muskellose hängende Bäuche. Alle hundert Meter ein Lift, der in eins der Parkhäuser führt. An einer gelben Wand steht in roter Farbe eine hastig gemalte Losung: Wir fordern ein öffentliches Verkehrsmittel!

Elli lächelt mir milde zu. »Josefa, sicher wären Rolltreppen schöner. Aber ob in diesem Zusammenhang wirklich von einer inhumanen Konzeption gesprochen werden kann?«

Rolltreppen, wer spricht von Rolltreppen. Da krauchen Menschen wie durch Madengänge von einer Straßenseite auf die andere, damit sie den Autos nicht vor den teuren Gürtelreifen herumspringen, und Elli Meseke will nur darüber nachdenken, wie man sie bequemer in ihre Kriechtunnel befördern kann.

Luise murmelt vor sich hin: »Die mit ihrem dicken Hintern kann ja ruhig Treppen steigen.«

Die »inhumane Konzeption« hat Luise schon ein knappes und denkwürdiges Telefongespräch eingebracht, obwohl Gespräch nicht die richtige Bezeichnung ist für einen Vorgang, der im Reden des einen und im Zuhören des anderen besteht.

Ich war gerade in Luises Zimmer, als das Telefon klingelte.

»Bezirksleitung«, zischelte Luise mir zu. Ein Ausdruck gespannter Konzentration breitete sich auf ihrem Gesicht aus und grub die Falten und Fältchen um eine Spur deutlicher in die Haut. »Am Apparat«, sagte sie.

Von der anderen Seite hörte ich nichts, offenbar sprach der Genosse oder die Genossin leise. Dafür lange. Ich beobachtete Luises Gesicht, in dem die Spannung langsam von einem renitenten Lächeln verdrängt wurde.

»Ist gut, Genosse . . . ist gut, wir werden darüber nachdenken.«

Sie legte den Hörer langsam mit spitzen Fingern auf die Gabel, drehte sich mit dem schwarzen Kunstledersessel auf dem metallenen Hühnerbein zu mir und sagte, breit lächelnd: »Der Genosse Kunze empört sich über deine inhumanen Tunnel.«

»Ich hab sie doch nicht gebaut.«

»Reg dich bloß nicht auf«, sagte Luise wie zu ihrer eigenen Beruhigung, »es ist gedruckt, das ist die Hauptsache.«

Luise kann rechnen wie eine Geschäftsfrau. Sie prüft genau, was eine Sache einbringt, wägt die Gewinnchancen, kalkuliert das Risiko, sichert den Ausgleich, vorher. Für die nächste Woche hat sie ein Interview mit dem Stadtarchitekten einer Bezirksstadt eingeplant, das den aufgeregten Genossen Kunze gewiß besänftigen und von unserer Einsicht überzeugen wird.

Luise holte eine Zellophantüte mit Lakritze aus ihrer Handtasche, steckte sich, nachdem sie es liebevoll betrachtet hatte, ein Stück in den Mund und reichte mir die Tüte hin, eine besondere Gunst, denn mit ihrer Lakritze ist Luise geizig.

Elli Meseke erklärt versöhnlich, sie hielte meine Arbeit trotz dieser Einschränkung für sehr gelungen, und Luise sagt leise: »Na siehste.«

Das konnte heißen: Na siehste, jetzt haben wir's hinter uns; oder: na siehste, es geht doch, man muß sich nur traun; oder: na siehste, so schlimm ist die Dicke doch gar nicht . . . Weiß der Teufel, was sich hinter Luises Nasiehste alles verbergen kann. In jedem Fall aber ist sie zufrieden.

Es war ja auch nur ein kleiner Seufzer, den ich über die Unterwelt der Fußgänger ausgestoßen hatte. Stell dir vor, Luise, ich hätte von meiner Begegnung mit dem Heizer Hodriwitzka aus B. berichtet. Aber davon habe ich bisher nicht einmal dir etwas erzählt, nur Christian. Der hat gelacht und gefragt, ob ich wirklich sicher sei, die Prinzipien der sozialistischen Demokratie richtig verstanden zu haben.

Der Heizer Hodriwitzka aus B. ist ein kleiner, breitschultriger Mann, der auf den ersten Blick viereckig aussieht. Der gedrungene, massige Körper, der große kantige Schädel auf dem breitnackigen Hals, selbst die Hände mit den kurzen Fingern wirken viereckig. Um so mehr verwundern dich die weichen Linien in seinem runden Gesicht. Freundliche, naive Augen, die er nie zusammenkneift, wenn er dich ansieht, eine kleine, knollige Nase, breite, nicht lange Lippen. Er ist über vierzig, aber du kannst dir genau vorstellen, wie er als Kind ausgesehen hat, als er mit seinen Eltern noch in den Sudeten lebte. Ich lernte den Heizer Hodriwitzka kennen, als der leitende Ingenieur mich durch das Kraftwerk führte. Wir hatten ihn auf unserem Rundgang nicht getroffen, aber der Ingenieur meinte, wenn ich den Hodriwitzka nicht kenne, kann ich nicht verstehen, warum das Kraftwerk noch nicht zusammengebrochen ist. Ich hielt diese Floskel für einen mageren Scherz des leitenden Ingenieurs. Ich konnte nicht verhindern, daß der Ingenieur den Hodriwitzka telefonisch suchen und in sein Büro bestellen ließ. Es war mir peinlich, weil er ihn vorlud, als wäre ich ein Vorgesetzter oder eine Amtsperson und als wollte der Heizer Hodriwitzka mit mir sprechen und nicht ich mit ihm. Nach fünf Minuten kam er,

Gesicht und Hände schwarz von der grubenfeuchten Kohle, die hier verheizt wurde. Er wischte die rechte Hand an seiner dunkelblauen Montur ab, ehe er sie mir mit entschuldigendem Lächeln reichte. Plötzlich, Luise, sah ich auf meine rechte Hand. Im gleichen Moment hätte ich unsichtbar sein wollen vor Scham. Heimlich, wie zufällig, hatte ich einen Blick auf meine rechte Hand geworfen. Nicht, weil ich mich vor dem Dreck geekelt hätte. Das war frischer, sauberer Kohlendreck, nicht der unsichtbare Staub auf einer schwitzigen Bürohand. Nein, mehr aus Neugier guckte ich, ob der Händedruck des Heizers Hodriwitzka seine Spuren hinterlassen hatte. Ich versuchte, die Geste zu kaschieren, indem ich mir an dem Ärmel meiner Bluse zu schaffen machte, sagte irgendeinen Blödsinn von zu engem Bund, spürte, wie mein Gesicht eine andere Färbung annahm. Hodriwitzka hatte seine schwarzen rissigen Hände auf den Schreibtisch gelegt. Er nahm sie zögernd wieder weg und hielt sich an den Kanten seines Stuhls fest, so daß die Hände nicht mehr zu sehen waren.

»Also, Kollege Hodriwitzka«, sagte der Ingenieur, der von unserer Verlegenheit nichts zu bemerken schien, »das ist eine Kollegin von der Illustrierten Woche aus Berlin. Und wir haben Sie hergebeten, damit Sie der Kollegin von der Zeitung etwas über Ihre Arbeit hier im Kraftwerk erzählen. Nicht schöngefärbt. So, wie es ist.«

»Dreckig ist's«, sagte Hodriwitzka und lächelte mich aus seinen blanken braunen Augen an.

Was sollte ich ihn fragen, Luise. Mir reichte, was ich gesehen hatte, uralte Anlagen, zugige Hallen, schwere, schmutzige Arbeit, gebeugte Männer in den Aschekammern, in denen nur Zwerge hätten stehen können, Frauen mit fünf Meter langen Feuerhaken vor den Öfen. Was hätte ich den Heizer Hodriwitzka fragen können?

»Wohnen Sie gern in B.?« fragte ich.

Hodriwitzka saß verkrampft und plump auf seinem Stuhl,

zuckte mit den Schultern, lächelte hilflos. Er sah mich an wie ein höflicher Chinese, mit dem man türkisch sprechen wollte. Ich hatte ihm wohl eine bemerkenswert dumme Frage gestellt.

Was kann ein Mensch auf diese einfältige Journalistenfrage schon antworten? Was könnte ich sagen auf die Frage, ob ich gern in diesem Land lebe.

»Wir haben gerade das Häuschen von den Schwiegereltern geerbt«, sagte Hodriwitzka, und damit schien für ihn die Frage, ob er gern oder ungern in B. lebe, beantwortet zu sein.

Und dann, Luise, hatte ich genug von dem peinlichen abgekarteten Arbeiter-Journalisten-Spiel. Der eine weiß, was der andere fragen wird, und der andere weiß, was der eine antworten wird, und der eine weiß, daß der andere weiß, daß der eine weiß.

Diese verkrampfte sinnlose Zirkusvorstellung, in der man sich gegenseitig begafft wie durch Gitter und jeder vom anderen denkt, der stünde im Käfig.

»Warum wehren Sie sich nicht?« fragte ich, »Sie sind doch schließlich die herrschende Klasse.«

Für Hodriwitzka, der nichts ahnen konnte von meinem spontanen inneren Protest gegen die Journalistenrolle, in der ich mich befand, kam die Frage unvermittelt. Er sah überrascht auf. »Wehren? Wogegen?«

»Gegen das alte Kraftwerk. Warum fordern Sie nicht die Stillegung?«

Der Ausdruck in Hodriwitzkas runden braunen Augen schwankte zwischen Unglauben, Belustigung und Interesse. »Das muß schon der Generaldirektor machen. Der soll wohl sogar schon einen Brief geschrieben haben«, sagte er und blickte sich dabei nach dem Ingenieur um, der schräg hinter ihm stand, an einen Schrank gelehnt, und die Auskunft durch Kopfnicken bestätigte.

»Ich bin hier nur ein kleines Licht«, fügte Hodriwitzka hinzu, nicht böse oder verbittert; eine Feststellung, bescheiden und sachlich. Aber zum Kombinat gehören tausend Kraftwerker. Du mußt nicht erschrecken, Luise, ich wollte ihn nicht zum Streik aufrufen. Aber Hodriwitzkas Gelassenheit provozierte mich und regte mich auf. Später erst begriff ich, wie wenig dieser scheinbare Gleichmut mit Gelassenheit zu tun hatte.

»Und wie meinen Sie denn, daß so ein Protest aussehen müßte?« fragte Hodriwitzka lächelnd.

Sie müßten eine Erklärung verlangen, sagte ich, warum sie weiter in einem unsicheren, dreckspuckenden Kraftwerk arbeiten sollten, wenn ein neues gebaut wird. Und wenn der Betriebsleiter nicht antworten kann, müßten sie den Generaldirektor fragen. Und wenn der auch nichts weiß, sollten sie den Minister einladen, hierher, nach B.

Hodriwitzka rückte mit seinem Stuhl dichter an den Schreibtisch und stützte den Kopf in seine schwarzen Hände. »Man weiß ja nun nicht, was da alles reinspielt«, sagte er nachdenklich. »Wenn sie nicht stillegen, werden sie wohl nicht können. Mit Absicht werden sie uns ja nicht im Dreck sitzenlassen.«

»Aber erklären muß man es Ihnen«, redete ich auf ihn ein, »das müssen Sie verlangen. Verstehen Sie doch, das ist nichts Verbotenes, mit Streik hat das nichts zu tun. Im Gegenteil: Sie verderben sonst die ganze Demokratie.«

Hodriwitzka mußte lachen, und ich beteuerte ihm, wie ernst das sei. Seinen Generaldirektor könne der Minister mit ein paar Sätzen zur Ordnung und Disziplin rufen, ein Telefonat oder ein Brief, und dann ist Ruhe. Was soll ein Generaldirektor schon machen, wenn er Generaldirektor bleiben will. »Und was müssen Sie machen, wenn Sie Kraftwerker bleiben wollen?« fragte ich Hodriwitzka. Ich hatte erwartet, er würde auf diese Frage ironisch reagieren, auf seine Dummheit anspielen, in einer solchen Bruchbude überhaupt seine Haut zu

Markte zu tragen. Aber er sah mich aufmerksam an, fast verwundert, und sagte leise: »Ich muß ja hier bleiben. Die finden ja keinen für die Arbeit. Ist ja sowieso jeder vierte Arbeitsplatz unbesetzt.«

»Denken Sie, der Minister weiß das nicht? Und glauben Sie, er würde es wagen, nicht zu kommen, wenn tausend Kraftwerker aus B. mit ihm über ihre Zukunft sprechen wollen?«

Hodriwitzka antwortete nicht. Er sah verlegen auf seine Hände, hob plötzlich den Kopf, sagte mehr zu sich selbst als zu mir: »Ohne das Kraftwerk läuft ja keine Anlage, im ganzen Werk nicht.« Dann lachte er kurz auf, schüttelte seinen eckigen Kopf, meinte, noch halb ungläubig: »Vielleicht würde er wirklich kommen, wer weiß.« Diese Vorstellung schien ihn zu amüsieren. Vielleicht sah er in Gedanken alle Kraftwerker im großen Kulturraum sitzen, in blauen Monturen, mit schmutzigen Händen und Gesichtern, wie man eben aussieht, wenn man seinen Arbeitsplatz für eine Stunde oder zwei verläßt. Der Minister würde in seinem großen schwarzen Auto vorfahren, würde nicht im Präsidium Platz nehmen, denn sie hätten keins aufgebaut. Er würde an einem der Tische sitzen wie sie alle und ihre Fragen beantworten. Die Einschätzung der weltpolitischen Lage könnte der Minister sich diesmal sparen, die Würdigung der Erfolge auch. Er sollte ihnen nur erklären, welche Havarie in der staatlichen Planung verhinderte, ihr altes unsicheres Kraftwerk stillzulegen. Falls der Minister einen triftigen Grund nennen könnte, wollten sie mit sich reden lassen. Von Energieversorgung verstanden sie was, er würde ihnen nichts vormachen können.

Hodriwitzkas Wangen röteten sich, die Augen glänzten, wodurch er noch kindlicher aussah. »Aber es kann sich doch nicht einfach einer von uns hinsetzen und an den Minister schreiben«, sagte er. Ich wußte auch nicht, wie Hodriwitzka es machen sollte, was ich ihm in meiner Wut über diese dreckige

Stadt vorgeschlagen hatte, ohne daß er konterrevolutionärer Umtriebe verdächtigt wurde. Ich war nur überzeugt, es mußte möglich sein. Also sagte ich, diese Einladung an den Minister müsse die Gewerkschaft schicken.

»Ach so«, sagte Hodriwitzka ernüchtert. Du hättest seinem Gesicht ansehen können, wie er den Platz im großen Kulturraum ohne Präsidium verließ und sich auf dem nackten Bürostuhl im Zimmer des Ingenieurs wiederfand. »Ach so«, sagte er noch einmal, »na, dann wirds nichts. Unser Vertrauensmann traut sich nichts.«

Es war das alte Lied. Sie wählen den Dümmsten oder den Feigsten, weil der sich wählen läßt, und später, wenn der ein dummer oder feiger Vertrauensmann geworden ist, schimpfen sie auf die Gewerkschaftsfunktionäre, die alle dumm oder feige sind.

Warum sie ihn gewählt hätten, fragte ich.

»Der andere wollte nicht mehr«, sagte Hodriwitzka. Sie hätten einen gehabt, einen Rothaarigen mit Sommersprossen. »Der war ein richtiger Anarchist«, meinte Hodriwitzka. »Der hat was geschafft, warmes Essen in der Nacht, renovierte Waschräume und Garderoben. Aber dem haben sie ewig was am Zeuge zu flicken gehabt. Bis er die Nase voll hatte.«

Hodriwitzka sah auf die Uhr. Er müsse nun gehen, sagte er, stand langsam auf, rückte seinen Stuhl ordentlich an den Schreibtisch, stand unschlüssig im Raum. »Tja, dann werd ich mal.« Jetzt hat er genug von meinen Volksreden, dachte ich. Ich fühlte mich lächerlich. Was hatte ich mir eigentlich gedacht, kam aus meinem vollklimatisierten Großraum in diese Höhle und wollte den Leuten beibringen, wie sie zu leben haben. »Sonst verderben Sie die ganze Demokratie!« Dümmer ging es nicht. Als würden Hodriwitzka oder sein rothaariger Anarchist die Demokratie verderben. Hätte ich mich bloß nicht wie ein Wanderprediger aufgespielt, der gekommen war, die Auferstehung zu verkündigen.

Hodriwitzka reichte mir seine schwere, viereckige Hand. »Auf Wiedersehen«, sagte er, und plötzlich, als hätte er sich mühsam überwinden müssen, fügte er hinzu: »Ich wollte mich bei Ihnen bedanken.« In mir zog es sich schmerzhaft zusammen, vor Freude und Betroffenheit. Man sähe manches nicht mehr, sagte Hodriwitzka, wenn man jeden Tag den gleichen Weg ginge. Ich hätte ihn auf ein paar Gedanken gebracht. Ich hätte heulen können oder ihn umarmen, oder küssen. Er hatte mich richtig verstanden. Verdächtigte mich nicht, ein Spinner zu sein, ein neunmalkluger Angeber oder hirnverbrannter Weltverbesserer.

»Danke«, sagte ich. Dann verließ Hodriwitzka schnell das Zimmer.

Der Ingenieur stand still lächelnd am Schrank. »Glauben Sie jetzt, daß ohne Leute wie Hodriwitzka das Kraftwerk längst zusammengebrochen wäre?« Mich ärgerte der Zynismus, der sich hinter dieser Bemerkung verbarg.

Stell dir vor, Luise, Elli Meseke und Siegfried Strutzer erführen etwas von meinem Gespräch mit dem Heizer Hodriwitzka aus B. Was ist ein inhumaner Tunnel gegen einen Brief von tausend Kraftwerkern an den Minister? Oder ginge das selbst dir zu weit? Nein, sicher nicht. Ich werde dir die Geschichte erzählen, gleich nach der Sitzung, wenn Strutzer endlich seine letzten Bemerkungen zur Arbeitsdisziplin in unsere müden, gelangweilten Köpfe gehämmert hat.

IV.

Ich hasse das alles: pfeifende Teekessel, vollgedampfte Küchen, verklebte Teller, verkrusteten Zucker in den Tassen, Fettaugen auf dem Abwaschwasser, Essenreste, vergessene Wurstpellen, die durch die Finger glitschen. Und kaum hat man den großen Berg abgetragen, häuft sich schon ein neuer. Sisyphus Nadler. Da klettern sie auf dem Mond herum, bedauern zutiefst, daß es noch nicht der Saturn ist, und ich stehe in einer kalten, nicht heizbaren Küche, zwei Pullover übereinander, Opalatschen an den Füßen, und kratze mit aufgeweichten Fingernägeln das Eigelb von den Tellern. Du mußt nur regelmäßig abwaschen, sagt Ida immer, einmal am Tag wenigstens, dann hast du die halbe Arbeit. So ein Quatsch, dann würde ich mich jeden Tag ekeln, so nur zweimal in der Woche.

Das Telefon. Michael Timm, Cheflayouter der Illustrierten Woche, die Stimme klingt verdächtig fröhlich, der Lärm im Hintergrund auch.

Sie sitzen bei Reni. Reni ist eine düstere Kneipe in einer Seitenstraße hinter dem Verlagsgebäude, die nach dem Umzug in den Neubau schnell und ohne Absprache zur Stammkneipe fast aller Redaktionen wurde. Es gibt hervorragende Knackwurst, man sitzt auf Stühlen aus Holz statt aus Plaste und Stahlrohr, und das plötzliche Erscheinen des Chefs ist in dieser finsteren Stampe kaum zu befürchten.

»Abwaschen kannst du auch morgen«, sagt Michael, »komm her, wir feiern jetzt ein Fest.«

Blind und taub stehe ich zwischen Qualm und Bierdunst und unartikuliertem Gegröle. Am Stehtisch gleich neben dem Eingang heben sich langsam drei Gestalten aus dem stinkenden Dunst ab, die aussehen, als hätte man ihre Ellenbogen auf der Tischplatte festgenagelt und hielte sie so auf den Beinen. Sie glotzen mich aus tränigen Augen an.

»Hallo, Puppe«, grölt einer, reißt seinen Arm von der Tischplatte los, um nach mir zu greifen, stößt dabei sein volles Glas um und sieht traurig zu, wie das Bier vom Tisch auf seinen Bauch fließt, der sich unter einem braunen Nylonanorak wölbt.

In der linken Ecke der vorderen Gaststube heben sich drei oder vier Arme. Ich erkenne Michael Timm an seinem hellblauen Hemd. Er trägt nur hellblaue Hemden aus derbem Leinen. Manche behaupten, er besäße nur eins, aber als ich ihn einmal besuchte, hingen allein sieben hellblaue Hemden im Bad auf der Leine. Ein achtes hatte er an. Die schöne Ulrike Kuwiak aus der Leserbriefabteilung sitzt neben ihm. Günter Rassow holt vom Nebentisch einen Stuhl und schiebt ihn zwischen Hans Schütz und Eva Sommer. Eva Sommer spricht mit ihrer rauhen Stimme gerade auf Fred Müller ein, der in sein Bierglas starrt und mit stereotyper Bewegung die schale Neige hin und herschaukelt. Fred Müller gilt als Trinker. Manche sagen, er hätte seine Scheidung nicht verwunden, andere behaupten, sie hätten diese Neigung an ihm schon vorher bemerkt. Nüchtern und im Stadium leichter Trunkenheit ist er zurückhaltend mit einem Hang zur Melancholie. Hans Schütz schiebt mir sein Glas zu: »Trink mal, sonst hältst du den Blödsinn nicht aus, den die von sich geben.«

Ich kann kaum verstehen, worüber Michael Timm und Günter Rassow so verbissen miteinander streiten, aber es sieht beängstigend aus. Sie brüllen sich gegenseitig an, schlagen mit den Fäusten auf den Tisch, daß die Gläser hochspringen, unterbrechen sich ständig. Günter Rassow versucht, Michael mit seiner scharfen Stimme zu übertönen, indem er pedantisch genau artikuliert.

»Das ist es doch«, brüllt Michael und sieht Günter Rassow dabei wütend an.

Hans Schütz grinst genüßlich, während er die beiden genau beobachtet. »Das komische ist«, sagt er, »die geben sich die ganze Zeit gegenseitig recht.«

Plötzlich dröhnt Eva Sommers rauchige Stimme an mein Ohr: »Also hört mal, wohin gehen wir jetzt?«

Der Abend verläuft gesetzmäßig. Irgendwann stellte irgendwer immer diese Frage, und dann endete es in einer Sauferei.

Einen Korn und noch einen Korn, sie rieben sich die Gänsehäute von den Armen und tranken weiter. Manchmal hatten sie Angst, trösteten sich durch krampfhafte Scherze, wenn sie von ihrer Leber sprachen, die, Gott sei Dank, noch nie geschwollen war, führten todernste Erörterungen über die Grenze zwischen einem Alkoholiker und einem Geselligkeitstrinker, an deren Ende sie alle erleichtert feststellten, in keinem Fall als echte Alkoholiker bezeichnet werden zu können. Die Unsicherheit, langsam und unmerklich die Grenze vom geselligen Zecher zum süchtigen, einsamen, heimlichen Säufer zu überschreiten, blieb. Vielleicht waren sie schon süchtig, nicht im Sinne der Medizin, aber süchtig nach der Leichtigkeit, dem Schwebezustand, dem Zustand der Kinder, in den sie sich nur noch künstlich versetzen konnten. Was sie hemmte, ließen sie wegschwimmen auf hundertfünfzig Gramm Doppelkorn. Sie vergaßen den kommenden Tag, den ausstehenden Ärger wegen eines versäumten Termins, die unausgesprochenen Gedanken, die Kinderschuhe, die es wieder einmal nicht in der richtigen Größe geben würde, die Schlange, die sie morgens auf der Post erwartete, sie vergaßen sogar die tägliche Wut über den zugigen kalkweißen Großraum, in dem es schepperte, schwätzte, klapperte. Sie spülten ihre Seelen vierzigprozentig, bis sie arglos waren vor Vergeßlichkeit.

Man einigte sich, das Gelage in die Wohnung von Hans Schütz zu verlegen. Hans Schütz' Frau ist Schauspielerin an einem Provinztheater und selten zu Hause. Hans behauptet, wenn überhaupt, könne er nur so verheiratet sein, und ein Berliner Engagement für seine Frau wäre die sichere Scheidung.

Zwanzig Minuten Fußweg bis zur Wohnung von Hans Schütz.

»Da werden die wenigstens wieder nüchtern«, sagt Hans, der seit einem einschlägigen Leberleiden kaum noch trinkt, und schiebt mir den Mantel über die Arme. Ich lasse mir nicht gern in den Mantel helfen. Die meisten Männer zwingen mich dabei zu gymnastischen Übungen, indem sie die Ärmel in Kopfhöhe halten.

Auf der Straße ist es still, die Luft kalt und feucht, für die Nacht ist Schnee angesagt. Wir laufen hintereinander auf dem schmalen Bürgersteig, von dem die parkenden Autos, die mit den rechten Rädern auf dem Fußweg stehen, nur einen halbmeterbreiten Pfad gelassen haben. Ulrike Kuwiak bleibt plötzlich stehen, so daß ich ihr in die Hacken trete, sie legt den Kopf in den Nacken, blickt sehnsüchtig in den Himmel, an dem nicht ein einziger Stern zu sehen ist. »Ich liebe solche Winternächte«, sagt sie, »da sieht man, wie vergänglich alles ist.« Sie seufzt und geht weiter.

Hans Schütz putzt im Gehen seine Brillengläser, prüft sie im Licht einer Straßenlaterne und fragt, ohne mich dabei anzusehn:

»Bei welcher Variante von B. bist du denn?«

»Bei der einzigen.«

»Das ist vernünftig.«

»Ich schreibe aber die unvernünftige.«

Hans Schütz schweigt. Ein vorüberfahrendes Auto beleuchtet für einige Sekunden sein Gesicht. Er kaut nachdenklich auf seiner Pfeife herum, seine Haut ist leicht gerötet von der feuchten Luft. Den Kragen der derben, unmodernen Lederjacke hochgeschlagen, den Hals eingezogen, sieht er aus wie eine Schildkröte in ihrem Panzer. »Ging es dabei nicht um eine Ratsentscheidung?« fragt er.

»Na und?«

»Hoffentlich übernimmst du dich nicht.«

»Ich muß es eben versuchen. Vielleicht ist so ein Beitrag das eine winzige Gramm, das fehlt, um die Waagschale zum Sinken zu bringen. Stell dir vor, das steht in der Zeitung: In B. gibt es zwar ein neues Kraftwerk, aber das alte wird nicht stillgelegt. Fünfmal häufiger Bronchitis als anderswo, Bäume, die über Nacht ihre Blüte verlieren, als wäre ein böser Zauber über sie hinweggefegt oder eben eine Windladung voll Schwefeldioxyd, ein Kraftwerk, in dem das Wort Sicherheit nicht erwähnt werden darf, aber es wird nicht stillgelegt. Und das lesen zwei Millionen Leute, das muß doch etwas bewirken.«

»Vielleicht«, sagt Hans Schütz. »Aber sie werden es nicht lesen, weil es nicht in der Zeitung stehen wird.«

»Dann eben nicht. Aber das ist nicht meine Entscheidung. Ich schreibe, was ich gefunden habe. Dann hätte Luise mich nicht nach B. schicken dürfen. Ich kann nicht über eine Stadt schreiben und das Wichtigste verschweigen. Das Wichtigste an B. ist das neue Kraftwerk und der Dreck vom alten.«

Schütz zeigt sich von meiner Konsequenz wenig beeindruckt. »Du kennst den Laden lange genug, um dir den Ärger auszurechnen, den es geben kann.«

»Kann, nicht muß.«

»Du bist ein unverbesserlicher Optimist«, sagt Schütz. Er legt seinen Arm um meine Schulter. »Frierst du?« fragt er.

»Ein bißchen.«

Am Bahnhof kaufen wir Schnaps und Zigaretten. Ulrike besteht auf gesalzenen Erdnüssen.

Das Zimmer, in das Hans uns führt, ist warm und verblüffend ordentlich. Allerdings findet sich darin auch kaum eine Möglichkeit, Unordnung zu schaffen. In dem großen Raum nichts außer wandhohen Bücherregalen, einem etwa zwei Meter langen ovalen Tisch, dessen Höhe den sechs dicken, uralten Ledersesseln und einigen Hockern angepaßt ist, die um ihn herumstehen. An den Fenstern dunkelgrüne Cordsamtvorhänge. Sonst nichts.

Ulrike zieht sich einen Hocker dicht an meinen Sessel und sieht mich mit ihren vom Alkohol glitzernden Augen lange an.

»Sag mal, Josefa, warum willst du nicht wieder heiraten?«

Ach du lieber Gott, die alte Platte.

»Weil ich nicht hören kann, wenn jemand neben mir Äpfel kaut.«

Ulrike lächelt, mißbilligt aber offensichtlich meine schnöde Art, über ihr Heiligstes zu sprechen.

»Denkst du nie daran, wie du in zehn oder zwanzig Jahren leben willst?« fragt sie besorgt.

»Woher weißt du denn, wie du in zwanzig Jahren lebst? Vielleicht läßt sich dein Mann scheiden oder kriegt mit fünfundvierzig einen Herzinfarkt und stirbt.«

Ulrike sieht mich entsetzt an. »Du bist zynisch.« Fanatisch Verheiratete wie Ulrike sind wie alle Gläubigen. Sie fühlen sich persönlich gekränkt, sobald jemand ihren Glauben nicht teilt. Schon der Gedanke ist ihnen unerträglich. Ohne Rücksicht auf die Überzeugung des anderen attackieren sie ihn mit Lehrsätzen und Bekenntnissen, malen ihm in düstersten Farben aus, was alles geschehen könnte im Falle seiner Ungläubigkeit. Die einen drohen mit dem Fegefeuer, die anderen mit Sektierertum, Ulrike droht mit dem einsamen Alter. Wie Tante Ida, die dann Tränen hat in ihren hellblauen Augen.

Ulrike kann den größten Unfug erzählen, und jeder Mann wird es ihr nachsehen, weil ihre schmalschultrige weiche Erscheinung in ihnen sofort den Beschützer alarmiert, und sei es, um Ulrikchen vor ihrer eigenen Dummheit zu beschützen. Bestimmt mußte sie ihre Kohlen nicht allein aus dem Keller holen, als sie geschieden war. Ulrike kann auf eine so unvergleichlich hilflose Weise von einem tropfenden Wasserhahn erzählen, daß ihre Zuhörer nach kurzer Zeit überzeugt sind, Ulrike lande mit Gewißheit im Nervensanatorium, sollte dieser stete Tropfen weiter in ihr zartes Köpfchen fallen. Sie empfinden aufrichtiges Mitgefühl, auch wenn sie selbst seit zehn Jahren den Schwamm hinter der Tapete abkratzen und jeden Dienstag auf dem Wohnungsamt sitzen. Aber so zarte Geschöpfe wie Ulrike brauchen einen Schonplatz im Leben.

Ich bin sicher, Frauen mit schmalen Schultern leben leichter. Und obwohl breite Schultern jetzt in Mode gekommen sind, kann ich mich mit meiner Anatomie nicht versöhnen.

Ulrike lächelt selig vor sich hin. »Weißt du, die Männer behandeln dich auch viel besser, wenn du verheiratet bist. Vor einer verheirateten Frau haben sie einfach mehr Achtung.«

Durch meinen Kopf rieselt warmer Schnee. Noch einen Korn, dann rieselt er durch den ganzen Körper bis in die Zehen. Sie hat ja recht, aber sie soll mich jetzt in Ruhe lassen mit ihren Bekehrungsversuchen. Ich habe doch nichts gegen das Heiraten. Und wenn ich noch drei Schnäpse trinke, verlobe ich mich auf der Stelle mit Hans Schütz oder Michael oder Günter Rassow. Ist doch egal mit wem, stimmt's, Ulrike? Die Hauptsache ist: heiraten. Sofort würde ich wieder heiraten, wenn ich so schmale Schultern hätte wie Ulrike. Dann wäre ich wie sie zusammengebrochen als unverheiratete Frau. Zusammengebrochen oder auseinandergefallen. Nichts Sichtbares blieb damals an Ulrike, wie es war. Sie schminkte sich wie eine Operettensängerin, ließ ihr langes dunkles Haar kaltwellen, trug grelle Farben oder Lurex. Wir beobachteten diese plötzliche erschreckende Verwandlung fassungslos und widerwillig. Sogar ihre Stimme veränderte sich. Der frühere mädchenhafte Klang wurde übertönt von einer schrillen künstlichen Munterkeit, die sich hin und wieder in hohem Juchzen entlud. Ulrike kämpfte um eine neue Persönlichkeit. Ihre angestrengten Emanzipationsversuche erschöpften sich in grellen Äußerlichkeiten und demonstrativen Kneipenbesuchen. Ihre Tochter überließ sie dann ihrer Mutter. Bei jeder Gelegenheit erging sie sich, zu oft, um es tatsächlich so zu empfinden, über das unbekannte Glück der Freiheit, das sie nun kennenlernen und genießen wolle. Meistens endeten ihre Ausflüge in die Freiheit in fürchterlichen Weinkrämpfen. Zweimal war ich dabei, als Ulrike bei Reni plötzlich den Kopf auf den Tisch fallen ließ und losheulte. Warum sie weinte, wußte sie selbst nicht genau. Wahrscheinlich war ihr die Rolle, die zu spielen sie beschlossen hatte, zu anstrengend und zu qualvoll. Sie lebte ganz und gar gegen die Natur. Dieser Zustand dauerte ein Jahr, bis Ulrike einen neuen Mann fand, den sie drei Monate später heiratete. Jetzt sieht sie wieder aus wie früher, kokettiert mit ihrer ehelichen Würde und scheint glücklich zu sein, obwohl sie mir einmal gesagt hat, die große Liebe sei der neue Mann nicht. Aber Ulrike wird wohl weniger durch die Liebe glücklich als durch die Ehe.

Müßte ich nicht meine breiten, eckigen Schultern mit mir herumschleppen, die offenbar dazu animieren, freundschaftlich darauf herumzuklopfen, während man ebenso freundschaftlich die Erfahrungen über die Unbilden des Kohlenschleppens austauscht, könnte ich mich wie Ulrike durch Heirat der Verantwortung für mich entziehen. Hier hast du sie, würde ich zum Meinmann sagen. Und wäre ich nach zehn Jahren nicht glücklich oder hätte mich nicht beruflich qualifiziert, würde ich sagen, er sei schuld, hätte mein Vertrauen enttäuscht und sei seiner Verantwortung nicht genügend nachgekommen. So aber muß ich armer Mensch selbst für mein Glück sorgen, muß meine Grenzen als solche akzeptieren. Ich darf nicht mit leichtem Seufzen und verklärter Erinnerung darauf verweisen, was aus mir alles hätte werden können, hätte ich nicht so selbstlos und aufopferungsvoll Studium und Karriere des Meinmanns unterstützt. Niemand außer mit ist zuständig für meine Unfähigkeiten. Weil ich so breite Schultern habe.

Günter Rassow erzählt gerade gestenreich die Geschichte eines Chefredakteurs, der sich am 17. Juni, als die brüllende Menge vor dem Gebäude der Redaktion randalierte, in einem Kleiderschrank einschloß. Immer, wenn er getrunken hat, erzählt Günter diese Geschichte. Günter Rassow selbst, damals Volontär an dieser Bezirkszeitung, erlebte vom 17. Juni nur eine Stunde, dann traf ihn eine Bauklammer am Hinter-kopf.

»Ja, stellt euch vor, im Schrank verkroch der sich. Aber ich bitte euch: das bleibt unter uns.«

Mit dieser Beschwörung endet die Geschichte immer. Natür-lich, kein Wort, versprechen wir, auch wie immer.

Fred Müller, der bis dahin mit einem abwesenden Lächeln zugehört hat, krümmt sich plötzlich, als sei ihm übel, streckt dann sein Kreuz und schlägt mit der zusammengekrampften Faust auf den Tisch. Ein Glas fällt um. Dann sagt er leise und lallend: »Ich habe die ganze Scheiße satt. Diese Arschlöcher. Schleimscheißende Kriechtiere. Alles fette Ärsche und hohle Eierköpfe, Hirnaussauger!«

Die letzten Worte brüllt er. Dann sinkt er in sich zusammen, wischt sich mit dem Handrücken den Speichel von der Unterlippe und stiert vor sich hin. Alle schweigen betroffen. Eva Sommer und Michael tanzen nicht mehr. Hans Schütz stellt das Glas wieder hin, gießt einen Schnaps ein und schiebt ihn Fred Müller hin. »Na, trink einen und beruhige dich«, sagt er zu Fred, der apathisch und volltrunken in seinem Sessel hängt. Mit dumpfem Geräusch läßt er den Kopf auf die Tischplatte fallen und schläft ein.

Und morgen wird er pünktlich um dreiviertel acht in den Fahrstuhl steigen. Mit teilnahmslosen, rotgeäderten Augen wird er die angezeigten Stockwerke verfolgen, wird nicht wagen, tief auszuatmen, weil der üble Geruch nach unverdau-tem Schnaps die mißbilligenden, angeekelten Blicke der Mitreisenden auf ihn lenken würde. In der 16. Etage steigt er aus, verschwindet, froh, niemanden auf dem Gang getroffen zu haben, hinter der Tür mit der Nummer 16 007. Er hängt seinen Mantel in den Schrank. Ihm ist übel, und eine Schwäche überfällt ihn, die ihm Beine und Hände zittern läßt. Er holt die halbe Flasche Wodka aus dem Versteck, trinkt hastig ein Glas aus, gießt es zum zweiten Mal voll und stellt es in seinen

Schreibtisch. Dann öffnet er das Fenster, durch das kalte Luft dringt und Straßenlärm, der das sechzehnte Stockwerk als diffuses Dröhnen erreicht, nicht mehr zerlegbar in seine Bestandteile. Auf dem Schreibtisch liegen Zeitschriften und Manuskripte, die er zu bearbeiten oder zu begutachten hat, aber er sucht noch nach Möglichkeiten, sich dem Ekel zu entziehen, der ihn befallen wird, sobald er das Papier zwischen den Fingern spürt und die ersten Sätze gelesen hat. Fünf Minuten Aufschub noch. Er geht auf die Toilette, wäscht sich die Hände, trocknet sie unter der Luftdusche, bleibt stehen, bis der Apparat sich wieder ausschaltet. Morgens ist die Toilette ein sicherer Raum, um allein zu sein. Man kommt von zu Hause, hat sich dort aller Bedürfnisse entledigt, morgens sind die Toiletten auch noch sauber. Er kämmt sich vor dem Spiegel, vermeidet, dabei in sein Gesicht zu sehen. Er weiß, wie er aussieht, morgens nach einer durchsoffenen Nacht. Er schiebt sich einen Pfefferminzbonbon in den Mund, geht langsam zurück in die 16 007. Zwei mal drei Meter.

Er ordnet die Eingangspost. Dann bleibt nichts mehr. Er setzt sich an den Schreibtisch. Schluckt an dem Ekel, der ihm in den Hals steigt, jeden Morgen. Er greift nach dem Glas im Schreibtisch, trinkt den Schnaps in einem Zug. Die nervös zuckende Muskulatur des Magens und der Speiseröhre entspannt sich, der Ekel läßt nach. Noch einen Schnaps, dann ist Ruhe in ihm, dann kann er gleichmütig, als handele es sich um mathematische Formeln, die Sätze durch sein taubes Gehirn strömen lassen.

Die immer bessere Durchführung komplexer Wettbewerbsmethoden, das immer offene Ohr eines Bürgermeisters, die immer neueren Neuerermethoden befreit er vom gröbsten grammatikalischen und syntaktischen Unsinn. Die verbleibenden sprachlichen Ungereimtheiten folgen den eigenen Gesetzen einer Formelsprache und lassen sich nicht redigieren.

So verbringt er seinen Arbeitstag bis 17 Uhr, unterbrochen von Sitzungen, Schnaps, Gesprächen. So oder so ähnlich.

Hans Schütz führt Fred Müller in ein Nebenzimmer. Günter Rassow sieht ihnen schuldbewußt nach. Schade um den schönen Abend, sagt er, es sei gerade so gemütlich gewesen.

»Ach du«, sage ich, schärfer als ich wollte, »als sähe es in dir anders aus. Ihr lebt doch alle schon nach dem Sündenfall. Aber ihr könnt es nicht lassen. Immer wieder wollt ihr euch ins Paradies der Unschuldigen schmuggeln. Dabei seid ihr längst auf der Höllenfahrt. Hörst du nicht, wie es heiß und kalt um deine Ohren pfeift?«

Günter lacht hysterisch auf. »Nur unser Engel Josefa sitzt auf einer schneeweißen Wolke hoch über unsern abgründigen Gedanken. Laß nur, Mädchen, noch zehn Jahre in dem Beruf, und du sparst dir deine klugen Reden. Nichts für ungut, Josefa, wir wissen ja, wie wir's meinen. Stimmt doch, oder?«

Ich will nach Hause zu meinen dreckigen Gläsern. Bevor ich einschlafe, werde ich in roten und goldenen Farben meine Zukunft träumen. Die Augen schließen und warten, was sich zeigt. Die sonderbarsten Dinge erscheinen dabei. Die schwarzweiße Ziege, die immer auf dem Kopf steht. Sie läuft stumm durch den Wald auf in die Luft gestreckten Beinen. Manchmal kommt auch ein marmorner Schreibtischelefant mit einem weißen Häkeldeckchen auf dem Rücken, und darauf sitze ich in einem glitzernden Zirkuskostüm. Oder ich gehe wieder durch die sandfarbene Ruinenstadt. Sie muß weit im Süden liegen, in Spanien oder Italien, vielleicht sogar in Afrika, denn es ist irrsinnig heiß dort. Und der Himmel ist blau, so blau wie über dem Meer. Er scheint gleichmäßig durch die leeren Fensteröffnungen der Ruinen, als hätte man einen blauen Prospekt hinter die Wände gestellt. Die Straßen sind schmale steile Treppen aus gelbem Sandstein, denn die Stadt liegt an einem Hügel. Ich bin immer allein dort, aber es stört mich nicht. Ich steige langsam die Treppen zur höchsten Stelle des Hügels, weil ich von da auf die Stadt sehen will. Jedesmal. Aber jedesmal, wenn ich oben angelangt bin und mich umdrehe, zerspringt das Bild oder schrumpft zusammen, und ich finde mich wieder auf einer Treppe, die auf halber Höhe des Hügels liegt, und ich beginne meinen Aufstieg von neuem.

Der Taxifahrer rast durch die Schönhauser. Er fährt nur nachts, sagt er, wegen der Ruhe. Denn ein Mensch, der nachts arbeitet, braucht am Tag seine Ruhe. Das hätte er seiner Frau beigebracht. Und die Mäuse, sagt er, da sei nachts auch mehr drin. Vor einer Woche hätte er sich einen Papagei gekauft, für viertausend Mark.

Gibt es denn Papageien für viertausend Mark?

Klar, sagt der Taxifahrer.

Bestimmt schwindelt er. Warum sollte ein Mensch viertausend Mark für einen Papagei ausgeben?

»Fünf dreißig«, sagt der Taxifahrer.

Ich zähle genau ab, entschuldige mich, weil ich kein Trinkgeld gebe, aber das sei doch albern, fünfzig Pfennige und ein Papagei für viertausend.

»Lassen Sie mal, Fräulein, von Ihrem Fünfziger könnt ick den bestimmt nicht bezahlen«, sagt der Taxifahrer und lacht mitleidig.

Hinter den geschlossenen Lidern zucken Lichter wie Flammen, rot und blaßblau. Versuchen, nicht zu denken, dann läuft es ab wie ein Film.

Ich sehe eine breite graue Straße, die am anderen Ende durch eine orangefarbene Barriere begrenzt wird. Die Straße ist leer. Nur ich laufe in der Mitte der Straße auf die Barriere zu. In den Rinnsteinen zu beiden Seiten liegen rote und blaue Papierfetzen und zerknickte Blumen aus Wachspapier. Ich höre meine Schritte nicht. Plötzlich bemerke ich, daß sich der orangefarbene Streifen langsam auf mich zubewegt. Ich gehe weiter. Bei geringerer Entfernung löst sich der Streifen in einzelne orangefarbene monströse Fahrzeuge auf, die in einer Reihe nebeneinander fahren. Die Fahrzeuge erinnern an die Autos der Straßenreinigung. Hinter ihnen sind die Straßen sauber, und die Papierfetzen sind aus den Rinnsteinen verschwunden. Ich gehe weiter. Ich habe Angst. Ich will nicht weitergehen, aber ich gehe. Ich gehe schneller, lautlos. Lautlos nähern sich die Monstren. Noch dreißig Meter zwischen ihnen und mir oder nur zwanzig. Ich will weglaufen, seitwärts, aber einen Fuß setze ich vor den anderen in Richtung der Monstren. Ich weiß: das ist die Bedrohung, die ich seit langem fürchte. Im Schrittempo nähert sie sich. Ich kann nicht ausweichen. Der Wind begleitet mich. Wir gehen zusammen. Jetzt weiß ich: darauf habe ich gewartet. Noch zehn Meter. In den Fahrzeugen sitzen keine Menschen. Sie werden nicht anhalten. Niemand sieht mich. Ich habe keine Angst mehr. Ich muß weitergehn, muß. . .

Als ich kam, war Luise nicht in ihrem Zimmer. Zwei Tage hatte ich an dem Manuskript geschrieben, ohne Unterbrechung von morgens bis abends, obwohl es noch eine Woche war bis zum Abgabetermin. Aber ich wollte Zeit haben für die zweite Variante, falls mir selbst Zweifel kommen sollten an dem Sinn einer ungemilderten Schilderung meiner Erlebnisse in B.
Erst als ich den letzten Satz geschrieben hatte, wußte ich, daß ich nichts anderes mehr würde schreiben können über B. Ich hätte zuerst die halbe Wahrheit sagen müssen, um danach noch Lust auf die ganze zu haben. Aber nachdem ich geschrieben hatte, was mir als die ganze Wahrheit erschien, war ich unfähig, ein vernünftiges und glaubhaftes Maß an Unwahrheit zu finden. Ich wollte es so schnell wie möglich perfekt machen, wollte keinen Spielraum lassen für kleinmütige Grübeleien über eine Entscheidung, die ich als endgültig betrachtete.
Am anderen Morgen um acht fuhr ich in die Redaktion, und

als ich kam, war Luise nicht da. Nur ihre Handtasche stand neben dem Stuhl und auf dem Schreibtisch die kleine braune Teekanne. Ich legte das Manuskript daneben und schrieb einen Zettel: »Komme in zwei Stunden wieder und bin auf alles gefaßt. Sei du es bitte auch, bevor du liest. J.«

Ich holte meinen Mantel aus dem Großraum und beschloß, spazierenzugehen. Auf keinen Fall wollte ich mich in den Großraum setzen und auf den Rücken von Günter Rassow starren, dessen Schreibtisch vor meinem stand. Ich kannte Günters mageren Rücken ganz genau, jede Muskelbewegung, wenn er den Arm ausstreckte, um nach dem Telefon zu greifen, die hervortretenden Schulterblätter, wenn er den Kopf in die Hände stützte, und die spitzen Wirbel, die unter dem Hemd sichtbar wurden, wenn er sich nach vorn beugte.

In den drei Jahren, die ich täglich, außer Sonnabend und Sonntag und außer an Tagen, an denen ich auf Dienstreisen bin, auf Günter Rassows Rücken starre, habe ich zu diesem Rücken eine eigenständige Beziehung entwickelt. Es gibt Tage, an denen mich seine kränkliche Magerkeit rührt, geradezu mitleidig stimmt. An anderen Tagen verachte ich diesen schwächlichen, ewig leicht gebeugten Rücken, der über so armselige Ausdrucksmöglichkeiten verfügt, der kaum das Bedürfnis verspürt, sich zu strecken und zu weiten. An solchen Tagen weckt der Rücken in mir alle schlummernden Aggressionen, und ich muß mich beherrschen, ihn nicht mit Radiergummi oder Bleistift zu bewerfen.

Es kommt auch vor, allerdings selten, daß ich den Rücken gar nicht wahrnehme, daß er mir gleichgültig ist. Zwischen diesen drei Möglichkeiten liegen zahlreiche Nuancen, in denen sich meine Beziehung zu Günter Rassows Rücken bewegt. Und heute hätte ich ihn nicht ertragen.

Ohne zu erwarten, daß sie mir glaubt, sagte ich der Sekretärin, ich müsse zur Pressestelle des Ministeriums für Kohle und Energie, und verließ das Haus.

Das Warenhaus am Alex hatte noch geschlossen. Über den Platz wehte ein bissiger Wind, der in unregelmäßigen Intervallen die Passanten anfiel und ihnen mit spitzen Zähnen in die Gesichter biß. Eine Bockwurstbude war dicht umlagert von Hungrigen. Die armen Menschen. Was mußte ihnen Schreckliches widerfahren sein, daß sie bereit waren, am frühen Morgen schon Bockwurst zu essen, in dieser Kälte. Die Sonne schien noch unschlüssig, ob sie nun heute zur Arbeit antreten oder im Wolkenbett liegenbleiben wolle, um aus einem halbgeöffneten Auge ein Notlicht auf die Erde zu blinzeln.

Ich lief eilig, als hätte ich ein bestimmtes Ziel, durch die S-Bahn-Unterführung in Richtung der Rathauspassagen, wickelte meinen Schal fester um den Hals und wußte nicht mehr, warum ich Nordwestwind sonst haßte. Aus dem Schaufenster des Schuhgeschäfts, vor dem ich ohne besondere Absicht, mehr aus Routine, stehengeblieben war, lächelte ich mich blöde und selig an. Es war wieder dieses Gefühl, das ich einmal als Glück identifiziert hatte, das sich jetzt übermütig und feierlich in mir ausbreitete.

Ich studierte damals im zweiten Semester und hatte mich drei Tage lang an einem Referat über Shakespeare gequält. Ich war einige Tage zuvor neunzehn geworden, wohnte im rechten Seitenflügel eines verkommenen Mietshauses im Prenzlauer Berg. Außentoilette, Wasserleitung im Treppenhaus, Stube und Küche. Für mich Attribute demonstrativer Emanzipation von Eltern, Obhut und vorgezeichnetem Lebensweg. Kälte oder Geldmangel galten als willkommene Beweise meiner Selbständigkeit und wurden nicht als lästig empfunden. Das Wort lernen hatte ich durch das Wort arbeiten ersetzt. Lernen – das war die Schulzeit. Ich war erwachsen.

Drei Tage Qual um Shakespeare und um Tadeus, den ich liebte, mehr liebte als alle davor und die meisten danach, und den ich drei Tage nicht hatte sehen wollen, weil ich damals, zu Beginn meines Arbeitslebens, noch glaubte, ernsthafte Arbeit ließe Liebe nicht zu. Inzwischen weiß ich es besser oder habe auch nur die zermürbenden Konsequenzen derartiger Postulate nicht ertragen.

Als ich neunzehn war, mußte ich sie wohl ertragen haben, denn ich erinnere mich genau, wie ich nach Ablauf der drei Tage, deren sichtbares Ergebnis gebündelt auf dem schwarzlackierten Tisch lag, zur Telefonzelle ging, um Tadeus anzurufen.

Ein sonniger Abend im späten Frühling. Milde, staubige Luft, die mich langsam erwärmte, als ich erschöpft, matt, mit mir zufrieden, die Promenade entlanglief. Der Drachentöter nach bestandenem Kampf. Das versinkende Licht, die noch ungewohnte Wärme, der Duft, den die Linden verbreiteten, trennten mich von der übrigen Welt. Nur von Tadeus nicht. Ich spürte mich nicht beim Laufen, schwebte über der sandigen Erde, versank in ihr wie in Wattebergen, löste mich auf in der warmen, dicken Luft. Das ist Glück, dachte ich, so ist Glück.

Seit diesen fünf Minuten auf der Promenade hat mein Glück Gestalt, Geruch und Farbe. Glück ist die Abendsonne im Spätfrühling, sind blühende Linden, Shakespeare, Erschöpfung, Auflösung.

Mein »B.« lag neben der braunen Teekanne auf Luises Schreibtisch. Der Wind bläst meinen Mantel auf wie einen Fallschirm. Ich mache mich leicht, lege mich in die Strömung, strecke die Arme vor, als wollte ich schwimmen, und schwebe. Im Schaufenster des Schuhgeschäfts sehe ich, wie meine Füße sich von der Erde lösen. Einen Meter, zwei Meter, langsam noch. Der Wind trägt mich über die Straße zum Neptunbrunnen. Ich umkreise ihn in halber Höhe, dann steiler Aufstieg, einmal kurz um die Spitze der Marienkirche, und schon fliege ich schnurgerade über den Linden. Aus dieser

Höhe bekommen die kostbaren Kolosse ein menschliches Maß, nur die Menschen sind nicht mehr zu sehen. Achtung, ein Windloch, zu spät, ich falle. Schrecklichster Gedanke an den Tod: sterben, wenn ich glücklich bin. Scharfer Aufprall, das Dach, nein, eine Gegenströmung, sanft hebt sie mich aus der Gefahr. Und jetzt zur Sonne, Dädalus, ach, ich weiß schon, das darf man nicht. Brüder, zur Sonne, zur Freiheit; Brüder, zum Lichte empor. Wir haben keine Zeit zum Fliegen. Wir müssen uns beeilen, immerzu beeilen. Zum Wurstladen, zur Sparkasse, ins Büro, in den Kindergarten, zur S-Bahn. Überall können wir zu spät kommen. Das Geld ist ausverkauft, die Sparkasse abgefahren, der Chef hat geschlossen, das Kind weint.

Über mir rauscht es, und durch eine zerteilte Wolke fällt helles Sonnenlicht. Eine Hand legt sich auf meine Schulter. Als ich den Kopf hebe, sehe ich in dunkelblaue Augen, blau wie der Nachthimmel und tief wie die Erde unter mir.

»Guten Tag«, sagt der Junge.

»Guten Tag.«

»Ich gehe spazieren.«

»Ich gehe auch spazieren.«

Der Junge schwingt zweimal kräftig die Arme und fliegt ein Stück voraus. Er fliegt wunderschön.

»Ich habe dich hier noch nie gesehn«, sagt er.

»Fliege ich wirklich? Ich dachte, es ist ein Traum.«

Der Junge lacht und fliegt einen kleinen Looping. »Du bist schön. Schön bist du, deine Augen sind wie Taubenaugen. Du bist Josefa, ich erkenne dich.«

Das ist die Stimme meines Freundes, er kommt und fliegt durch die Wolken und schwebt über den Dächern.

»Ich sehe, ich sehe, und ich glaube nicht. Ich fliege unter dem Eishimmel, und die Wintersonne wärmt mich.«

Mein Freund antwortet und spricht zu mir: »Stehe auf, meine Freundin, meine Schöne, und komme her. Denn siehe, der

Winter ist vergangen, der Regen ist weg und dahin. Die Blumen sind hervorgekommen im Lande, der Lenz ist herbeigekommen, und die Turteltaube läßt sich hören in unserem Lande.«

»Komm, mein Freund, laß uns über die Stadt fliegen, bis der Tag kühl wird und die Schatten weichen.«

Der Junge nimmt meine Hand, und wir fliegen zusammen, fallen in Wolkenberge und fliegen weiter. Ich schließe die Augen und schwebe durch Finsternis, die silbern durch meine Lider zuckt. Stehe auf, Nordwind, und komm, Südwind, und wehe durch meinen Garten. Auf einer weißen Wolke ruhen wir aus.

»Und du heißt Pawel.«

»Wenn du willst, heiße ich Pawel.«

»Sag mir noch mehr von den schönen Sätzen.«

»Du kennst sie doch selbst.«

»Ich will sie von dir hören.«

Der Junge sagt: »Wo ist denn dein Freund hingegangen, o du Schönste unter den Weibern? Wo hat sich dein Freund hingewandt? So will ich mit dir ihn suchen.«

»Ich suchte ihn, aber ich fand ihn nicht; ich rief ihn, aber er antwortete mir nicht. Es fanden mich die Hüter, die in der Stadt umgehen, die schlugen mich wund, die Hüter auf der Mauer nahmen mir meinen Schleier.«

Der Junge küßt mich auf den Mund.

»Ich muß jetzt gehn.«

»Bleib noch.«

»Luise wartet schon.«

»Kommst du wieder?«

»Vielleicht.«

»Komm wieder, du triffst mich bei Nordwind.« Er winkt.

Ich fliege schnell, ohne noch einen Blick auf die Erde zu werfen, zurück zum Verlagsgebäude. Ich werde lieber in der fünfzehnten Etage landen und in die sechzehnte laufen. Sonst erschrecke ich Luise, und wer weiß, ob ihr Fenster geöffnet ist. Ich klopfe, öffne die Tür, ehe Luises Ja es erlaubt hätte. Sie sitzt wie immer in dem schwarzen Kunstledersessel auf dem metallenen Hühnerbein. Sie mustert mich, zieht ärgerlich die Stirn kraus und sagt streng: »Wie siehst du denn aus? Kämm dich erst mal.« Ich würde ihr gern von meinem Flug erzählen und von der Begegnung mit Pawel, aber ich weiß, Luise würde mir nicht glauben. Sie würde sich mit dem Zeigefinger an die Stirn tippen, ungeduldig den Mund verziehen und mit deutlicher Verachtung sagen: »Du spinnst ja.« Also erzähle ich ihr lieber von dem fürchterlichen Sturm, der einen fast glauben machte, man flöge weg wie ein Stück Papier. Und dann kann ich es doch nicht lassen, wage mich einen Schritt vor, ermutigt durch die Hoffnung auf unerwartete Reaktionen, die Luise immer läßt: »Stell dir vor, du würdest plötzlich um den Neptunbrunnen fliegen und dann um die Marienkirche . . .«

»Bleib mal lieber auf der Erde«, sagt Luise nüchtern und greift nach meinem Manuskript, das nun nicht mehr neben der Teekanne, sondern aufgeblättert vor ihr liegt. Neun Seiten. Neunmal dreißig Zeilen zu je sechzig Anschlägen. Nichts Sensationelles, keine Entdeckung, kein Gedanke, den nicht jeder denken könnte, der einmal durch B. gelaufen ist. Nichts als der zaghafte Versuch, die Verhältnisse zu beschreiben, wie sie vorgefunden wurden. Trotzdem Grund genug zu fliegen, wichtig genug, jetzt ordentlich und gekämmt vor Luise zu sitzen wie vor der Standesbeamtin. Nur sind die Rollen vertauscht. Luise gibt ihr Jawort, oder sie gibt es nicht.

Die Kälte, die ich von draußen in den Raum gebracht habe, ist schon aufgesogen von trockner Zentralheizungsluft, die mich durstig macht. Oder der Durst kommt von der Aufregung. Immer, wenn ich aufgeregt bin, habe ich Durst, ausgetrocknete Schleimhäute, die zusammenkleben und beim Sprechen Mund und Stimme verzerren. Zehnmal oder öfter habe ich dieses Gespräch durchdacht und durchgespielt, bis ich sicher war, jeder Überraschung vorgebeugt zu haben und jedem Verlauf gewachsen zu sein. Und jetzt kraucht Angst an mir hoch. Die Angst, mit Luise streiten zu müssen. Diese verfluchte, sentimentale Sehnsucht nach Harmonie. Menschen, habt euch lieb! Das unausrottbare Rudiment der Kindheit: die Suche nach Geborgenheit. Nichts korrumpiert uns so gründlich und schmerzlos wie Liebe oder Freundschaft. Ich will mich nicht mit Luise streiten.

Luise steckt ein Stück Lakritze in den Mund, streicht sorgfältig einige Krümel von ihrem Rock und sieht mich dann endlich an. Wo nimmt sie nur plötzlich, von einer Sekunde zur anderen, dieses Lächeln her? Nicht nur ein vor Verlegenheit oder wohlmeinender Freundlichkeit verzogener Mund; ein tiefes, nicht austauschbares Lächeln, das nicht schlechthin mir gilt, sondern mir und meiner Reportage über B.

»Das ist eine Reportage so ganz nach meinem Herzen«, sagt Luise. Noch nie habe ich von ihr eine ähnlich schwülstige Formulierung gehört. Sie zitiert einige Passagen, die ihr besonders gut gefallen haben. Ich versuche krampfhaft, ein breites Grinsen zu unterdrücken, um nicht auszusehen wie ein Kind unterm Weihnachtsbaum. Es tut mir so leid, Luise, daß ich dich verdächtigt habe. Ich hätte es wissen müssen, du bist nicht feige. Und Christian hat recht. Wir streichen uns selbst die Hälfte weg, weil wir zu wissen glauben, andere würden es streichen. Wir sehen Gespenster. Wir benehmen uns wie dressierte Hofhunde, die letztlich nur ihre eigene Kette bewachen.

»Also von mir aus gleich und sofort«, sagt Luise, »aber wir müssen es Rudi zeigen. Ärger kriegen wir mit Sicherheit. Mir macht das nichts, wenn es sich lohnt. Und das lohnt sich. Wenn es gedruckt ist, streu ich mir auch Asche aufs Haupt.

Aber du kennst Rudi. Und wir können ihm das nicht einfach unter die Weste jubeln.«

»Nein?«

»Nein.«

»Dann wird es nichts.« Unser Vertrauensmann traut sich nichts, hatte Hodriwitzka gesagt, als er hörte, die Einladung an den Minister müsse die Gewerkschaft schreiben, und hatte den Traum vom großen Kulturraum ohne Präsidium schnell vergessen.

Luise sieht mich an, als erwarte sie von mir eine Bestätigung, ein verbales Einverständnis. Ich habe Lust, unbeherrscht und laut, daß es durch die Pappwände in die Chefredaktion schallt, Scheiße zu schreien.

»Hör mal, was hast du eigentlich erwartet. Ich habe nichts dagegen, daß du das alles schreibst, bestimmt nicht. Aber ich habe etwas dagegen, daß jemand so etwas schreibt und nicht weiß, worauf er sich einläßt. Dann soll er es lieber gleich lassen. Diese Lamentiererei über die schrecklichen Zeiten, in denen wir leben, und über die fürchterlichen Leute, mit denen wir zu tun haben, kann ich nicht mehr hören. Das halten meine Nerven nicht aus. Du bist bei der Zeitung. Zeitung ist so. Wenn du das nicht aushältst, such dir einen anderen Beruf.«

Ich schweige. Luise rührt mit dem Teelöffel in ihrer Tasse herum, beobachtet diesen Vorgang aufmerksam. Sie dreht sich auf dem Hühnerbein zu mir, lächelt resignierend, »ist doch wahr«, sagt sie und legt den Löffel aus der Hand.

Die Situationen, in denen Luise auf emotionale Ausbrüche ihrer Mitarbeiter ungehalten und reizbar reagiert, ähneln einander fast immer. Wutausbrüche, die Luise sich selbst versagt, dürfen auch andere nicht austoben, nicht in Luises Gegenwart.

Ich saß daneben, als sie, grau vor Wut, zu Günter Rassow in den Großraum kam, ihm sein Manuskript über ein Dorf, unter dem Braunkohle lagerte und das darum abgerissen werden mußte, zurückgab mit der Bemerkung, sie hätte eben eine Stunde mit Strutzer gestritten. Ohne Erfolg. Der Beitrag sei gestorben, weil Strutzer meinte, die Dorfbewohner müßten ihre Häuser und Stachelbeersträucher mit mehr Optimismus verlassen, als im Text zu finden sei. Ihr sei vor Wut ganz schlecht, sagte Luise und ließ sich erschöpft auf einen Stuhl fallen.

Günter Rassow sah Luise an, als erwarte er im nächsten Augenblick den Widerruf dieser Mitteilung, ein fröhliches April-April oder eine ähnliche Albernheit. Dann begriff er, sprang auf, knallte sein Lineal, das immer am gleichen Platz rechtwinklig zur Tischkante liegt, auf den Schreibtisch, und schrie wie wild, er wolle nun endgültig nichts mehr mit dieser Zeitung zu tun haben, er werde kündigen, das werde man sehen. Nach jedem unserer Versuche, ihn zu besänftigen, wurde Günter um einige Phon lauter. »Da geh ich doch lieber auf den Bau oder backe Brötchen«, schrie er.

»Mach das«, sagte Luise scharf und verließ mit einem verletzten Lächeln in dem eingefallenen Gesicht den Großraum. Günter Rassow kündigte nicht, Luise erwähnte diesen Vorfall nicht mehr, blieb aber Günter gegenüber einige Wochen spürbar zurückhaltend.

Seitdem versuchte ich in ähnlichen Situationen, Luise zu schonen, wenn mir derartige Beherrschung auch gegen die Natur geht. Ich glaube, ein Mensch hat ein Recht auf seine Wut. Und eigentlich war Luises Ärger über Günter Rassow nicht gerechter als Günters Rücksichtslosigkeit gegen Luise. Weder Günter noch Luise hatten die Situation verursacht. Sie führten einen Ersatzstreit, der nichts war als Ausdruck ihrer Wehrlosigkeit gegen Strutzer. Trotzdem war Luise gekränkt, aber weniger durch Günters Auftritt als durch die zwiespältige Lage, in die er sie brachte. Sie war der Chef, sie mußte Günter die Änderung des Manuskripts anweisen, obwohl das ihrer eignen Meinung widersprach. Sie erwartete Günters Verständnis und Einsicht. Statt dessen zwang er sie in eine Rolle, die fünf Minuten vorher Siegfried Strutzer gegenüber Luise eingenommen hatte. Das hatte sie verletzt. Und wenn ich vor einigen Augenblicken wirklich Scheiße geschrien hätte, wäre sie es auch, obwohl sie genau wüßte, daß es nicht ihr gegolten hätte.

Aber ich will keinen Streit mit Luise, auch keinen Ersatzstreit. »Fahr noch mal nach B.«, sagt sie, »sprich das mit dem Parteisekretär ab oder mit deinem Alfred Thal oder wie der heißt, der war doch vernünftig. Wenn die einverstanden sind, ist Rudi die halbe Verantwortung los, verstehste, und dann kann ich mit ihm reden.«

Luise hält mir die Lakritzentüte hin, ich nehme zwei, aber außer einem befremdlichen Blick auf meine Fingerspitzen, zwischen denen zwei schwarze Katzenköpfe klemmen, erfolgt nichts. »Na gut«, sagt sie und meint damit entweder die beiden Katzenköpfe oder meinen Beitrag.

Ich sitze steif auf dem schwarzen Kunstlederstuhl, die Jeans kneifen mich in den Bauch, obwohl ich außer zwei Tassen Kaffee nichts im Magen habe. Der Pullover kratzt. Die Stiefel drücken. Ich fühle Arme, Hände, Beine, Rumpf, plump und schwer, alles hängt an einem hohlen, aufgeblasenen Ding, meinem Kopf.

Nein, das bin ich nicht. Seit heute morgen weiß ich wieder: Ich kann fliegen. Die Arme ausbreiten, als wollte ich schwimmen, und ich fliege. Es muß eine böse Verwandlung mit mir vorgehen, sobald ich dieses Haus betrete, den Betonquader, in dem mir schwindlig wird von dem vielen Weiß. Weiße Decken, weiße Wände, Gänge, Zimmer, alles weiß und darin schwarze Kunstledersessel auf blanken Hühnerbeinen. Ich kann fliegen, so hoch, daß die Prunkbauten aller Jahrhunderte bis zur Erträglichkeit schrumpfen und ihr mich nicht mehr sehen könnt.

»Manchmal fühle ich mich um mein Leben betrogen«, sage ich.

Luise sieht auf, mit leichter Abwehr in den Augen. »Nun übertreib mal nicht.«

»Ich übertreibe nicht. Ich werde um mich selbst betrogen. Ich rede gar nicht davon, daß ich im Zeitalter der Weltraumforschung sterben werde, ohne auf dem Montmartre spazierengegangen zu sein, ohne zu wissen, wie es in einer Wüste riecht oder wie eine frische Auster schmeckt. Darüber kann ich mich trösten. In ihren Postkutschen sind unsere Vorfahren auch nicht allzu weit gekommen und haben trotzdem etwas begriffen von ihrer Welt. Der größere Betrug ist: Sie betrügen mich um mich, um meine Eigenschaften. Alles, was ich bin, darf ich nicht sein. Vor jedes meiner Attribute setzen sie ein ›zu‹: du bist zu spontan, zu naiv, zu ehrlich, zu schnell im Urteil . . . Sie fordern mein Verständnis, wo ich nicht verstehen kann; meine Einsicht, wo ich nicht einsehen will, meine Geduld, wo ich vor Ungeduld zittere. Ich darf nicht entscheiden, wenn ich entscheiden muß. Ich soll mir abgewöhnen, ich zu sein. Warum können sie mich nicht gebrauchen, wie ich bin? Manchmal denke ich, vielleicht wäre ich in anderen Zeiten nützlicher gewesen, als Ordnung, Disziplin und Treue nicht als die obersten Gebote galten. Luise, ein Auto, das man hundert Kilometer mit angezogener Handbremse fährt, geht kaputt. Und ein Mensch, glaubst du, der bleibt heil? Der geht auch kaputt. Er bleibt nicht stehen, fällt nicht um, aber er wird immer schwächer, bringt nichts mehr zustande. Seine wichtigste Beschäftigung wird die Kontrolle über sich selbst, das Verleugnen seiner Mentalität, seiner Gefühle. Er reibt sich auf in dem Kampf gegen sich selbst, stutzt seine Gedanken, ehe er sie denkt, verwirft die Worte, bevor er sie gesprochen hat, mißtraut seinen eignen Urteilen, schämt sich seiner Besonderheiten, verbietet sich seine Gefühle; und wenn sie sich nicht verbieten lassen, verschweigt er sie. Schlimmer noch: Allmählich beginnt er unter der künstlichen Armut seiner Persönlichkeit zu leiden und erfindet sich neue Eigenschaften, die ihm Lob und Anerkennung einbringen. Er wird vernünftig, bedächtig, ordentlich, geschäftig. Anfangs zuckt sein mißhandelter Charakter noch unter den Zwängen, aber langsam stirbt er ab, wagt sich nur noch in den Träumen hervor. Aber am Tag trägt unser armer gebremster Mensch einen Einheitscharakter, ein schön gemäßigtes, einsichtiges Wesen, bis er eines Tages seine ursprüngliche Art vergessen hat oder schreit vor Schmerz oder stirbt.

Noch vierzig oder fünfzig solcher Jahre, Luise, und die Menschen langweilen sich an sich selbst zu Tode. Dann sind die letzten Aufsässigen ausgestorben, und niemand wird die Kinder mehr ermutigen, mit der Welt zu spielen. Sie werden vom ersten Tag ihres Lebens an den knöchernen Ernst dieses Lebens kennenlernen. Ihre Lust wird getilgt durch maßvolle Regelung des Essens, des Spiels, des Lernens. Sie lernen Vernunft, ohne je unvernünftig gewesen zu sein. Armselige kretinöse Geschöpfe werden heranwachsen, und die Schöpferischen unter ihnen werden eine unbestimmte Trauer empfinden und eine Sehnsucht nach Lebendigem. Und wehe, sie finden es in sich selbst. Verstoßene und verlachte Außenseiter werden sie sein. Verrückte, Spinner, Unverbesserliche. Du bist zu lebendig, wird man so einem sagen als schlimmsten Vorwurf. Ich denke nur, unsere Natur ist stärker als jedes noch so perfekte System der Nivellierung und bäumt sich auf, wenn sie zu tief gebeugt wird.«

Luise hat mir die ganze Zeit still zugehört, ohne ihre blauen erschrockenen Kinderaugen in dem faltigen Gesicht auch nur einen Augenblick von mir abzuwenden.

»Meinst du das wirklich alles, was du eben gesagt hast?«
»Ich weiß nicht. Vielleicht. Heute bestimmt.«

Luise sieht mich immer noch an, als wolle sie in mich hineinsehen. Still und nachdenklich, den Kopf leicht in die

Hand gestützt, starrt sie auf einen Punkt über meinen Augen.

»Ich weiß nicht, ob du recht hast. Mit manchem sicher. Aber ich muß das anders sehen, verstehst du. Ich habe den Faschismus erlebt. Euer Grunderlebnis ist ein anderes, ich weiß. Ihr könnt die Vorteile des Sozialismus nicht an der Vergangenheit messen, die habt ihr nicht erlebt. Aber wenn du von einem perfekten System zur Nivellierung sprichst, muß ich dir sagen: das kenne ich unvergleichlich schlimmer. Für mich ist das, was wir hier haben, das Beste, was ich erlebt habe. Nicht, was ich mir vorstellen kann, weiß Gott nicht, aber was ich erlebt habe. Aber vielleicht müßt ihr das einfach als Ausgangspunkt für etwas Besseres betrachten. Vielleicht muß man die Gegenwart an der Zukunft messen, solange man keine Vergangenheit hat. Und es ist nichts als Sentimentalität des Alters, die Gegenwart als das Ziel zu deklarieren, weil einem viel Zukunft nicht mehr bleibt. Trotzdem, Josefa, es tut weh, wenn du mir sagst, du wirst um dein Leben betrogen, wenn du einfach vergißt, wieviel brutaler alle Generationen vor dir betrogen wurden.«

»Willst du ernstlich, daß wir unsere Vorzüge im Vergleich mit dem Faschismus beweisen? Als ihr angefangen habt 45, da hattet ihr doch ganz andere Ansprüche, oder? Als du plötzlich, antifaschistisch und sozialdemokratisch, für die Kommunisten Zeitung machen wolltest, haben sie dich nicht mit offenen Armen empfangen? Sie konnten dich gebrauchen, so wie du warst. Ich weiß das alles: Ihr hattet wenig zu essen, ihr habt bis nachts gearbeitet, und am Sonntag habt ihr auch noch Steine geklopft. Und warum bekommt ihr trotzdem alle leuchtende Augen, wenn ihr von dieser Zeit erzählt? Warum nicht, wenn ihr von 55 sprecht oder von 65? Weil irgendwann die Jahre begannen, einander zu gleichen, von einer Wahl zur anderen, von einem Parteitag zum nächsten Parteitag, Wettbewerbe, Jahrestage, Kampagnen. Aber die ersten drei Jahre, da kennt ihr jeden Tag, jedes Gesicht habt ihr behalten, das euch damals begegnet ist. Warum damals? Warum nicht später?«

»Hör mal«, sagt Luise, »wir müssen doch nicht über Dinge streiten, in denen wir einig sind.«

Sie hat ihren nüchternen Ton wiedergefunden. Sie steht auf, geht langsam um ihren Schreibtisch herum, öffnet ein Fenster. Sie fächelt sich die kalte Luft ins Gesicht, wohl um die Anstrengung anzuzeigen, die unser Gespräch ihr bereitet. Oder sie überlegt, was sie mir jetzt sagen will.

»Ich will dir gar nicht deine Gefühle ausreden. Die hast du nun mal, und das ist dein gutes Recht. Aber wie willst du mit solchen Gefühlen Journalist sein? Die könntest du dir in jedem anderen Beruf eher leisten. Dann sei konsequent. Dann nutze die Entscheidungsfreiheit, die du hast. Geh in einen Betrieb, lern einen Beruf, von mir aus mach auch noch deinen Ingenieur. Intelligent genug bist du, jung genug auch. Kein Mensch zwingt dich, jeden Tag auch noch zu Papier zu bringen, was dir so zweifelhaft ist.«

Getroffen, Luise, mitten ins Herz. Was kann ich ihr darauf schon antworten?

Seit sechs Jahren fahre ich durch Stahlwerke, Spinnereien, Chemiebetriebe, Maschinenkombinate, ohne mich an die Gewalttätigkeit industrieller Arbeit gewöhnen zu können, ohne das Entsetzen zu verlieren, das mich beim Anblick der Verkrüppelungen packt, die Arbeit den Menschen noch antut. Geschundene Wirbelsäulen, zerstandene Beine, taube Ohren, Auswüchse an den Knochen. Ganz zu schweigen von den unsichtbaren Deformationen durch ewiges und einziges Signal an das Gehirn. Griff nach links mit linker Hand, Druck nach unten mit rechter Hand, Griff nach links mit linker Hand, Druck nach unten mit rechter Hand. Acht Stunden am Tag, aus Notwehr abgestumpfte Sinne, unempfindlich geworden gegen Zeit und Versäumnis, nichts mehr als verdorrte Wurzeln toter Sehnsüchte; verratene Kinderträume, nur noch ein höhnisches Lächeln wert: »Ach Gott, Tänzerin wollt ich werden, na, was man sich eben so ausdenkt als Kind.« Und dann stanzt sie das dreitausendste oder viertausendste Loch in den Fetzen Leder, aus dem eine Tasche werden muß. Wenn sie aufs Klo will, muß sie den Springer rufen. Wenn sie zum Zahnarzt geht, muß sie die halbe Stunde nacharbeiten. Jeder Bürohintern darf sich während der Arbeitszeit zwei Stunden auf einen Friseurstuhl verpflanzen, ohne daß er zwei Stunden nachsitzen muß. Aber eine halbe Stunde stanzen, zwanzig oder dreißig Nieten in der Minute, sechshundert in einer halben Stunde, oder neunhundert, das lohnt sich. Um vier steht sie auf, um fünf gibt sie das Kind im Kindergarten ab, fünf Uhr fünfzehn beginnt die Schicht. Griff nach links mit linker Hand, Druck nach unten mit rechter Hand, Griff nach links mit linker Hand, Druck nach unten mit rechter Hand. Dazu wie ein Uhrwerk das Geräusch der Stanze, tack tack tack tack. Acht Stunden am Tag. Ich kann nicht, Luise, das kann ich nicht. Für mich wäre das ein langsamer, sehr langsamer Selbstmord. Vergessen, wer ich bin, acht Stunden am Tag Vergessen üben. Sehnsüchte auf den Misthaufen der Unmöglichkeiten werfen. Jeder Gedanke zerhackt vom Tacktacktack. Nieten zählen und stanzen. Vergessen, daß ich fliegen kann.

Luises Telefon klingelt. Sie nimmt den Hörer nicht ab.

»Warum bleibst du denn?« fragt sie noch einmal.

Das Telefon klingelt immer noch.

»Warum bleibt der Hase im Wald, wenn der Fuchs ihn jagt? Soll er doch ein Wassertier werden. Schöne Entscheidungsfreiheit, die du mir anbietest. Bitte, Genossin, wenn es dir nicht paßt bei uns, du kannst es gerne schlechter haben . . .«

»Da hast du's nämlich!« Luise zielt auf mich mit ihrem Zeigefinger wie mit einer Pistole. »Du bist kein Hase, der ein Frosch werden soll, Josefa, so hübsch das auch klingt. So unmöglich ist mein Vorschlag nicht. Aber du willst nicht um vier Uhr früh aufstehen, du willst nicht acht Stunden an eine

Maschine gekettet sein, du willst nicht auf deine tausend Mark verzichten. Du willst deine Privilegien behalten, und sei es nur das eine: eine Arbeit zu haben, die Spaß macht. Hör mal, der Marx hat schon gewußt, warum er auf das Proletariat gesetzt hat und um Himmels willen nicht auf die Intellektuellen. Du hast eben mehr zu verlieren als deine Ketten. Da erträgt man das bißchen Unfreiheit schon, zumindest leichter als den Verlust der Privilegien.«

Luise ist unerbittlich. Ich habe Kopfschmerzen, und mir ist schwindlig. Ich will mich nicht mit Luise streiten. Wird schon wieder, Josie, sagte meine Mutter immer, wenn ich Kummer hatte, streichelte mir den Kopf, und wenn es ganz schlimm war, kochte sie mir Götterspeise. Grüne mochte ich am liebsten. Ich möchte schlafen. Augen zu, Gesicht zur Wand und schlafen, vierzehn Stunden oder noch länger.

Ich höre, wie hinter meinem Rücken die Tür aufgeht. Jemand fragt, ob Luise mal fünf Minuten Zeit hätte.

»Später«, sagt Luise und lächelt verbindlich über meinen Kopf hinweg.

»Du bist ungerecht«, sage ich, als die Tür wieder geschlossen ist, »du tust so, als wäre ich der feigste und korrumpierteste Mensch weit und breit, nur weil ich mein Leben nicht am Fließband zerstanzen lassen will. Meinst du, Leute, die ihre Situation nicht mehr empfinden und auch gar nicht darüber nachdenken, sind vielleicht ehrlicher?«

Luise verzieht ungeduldig ihren Mund. »Nun stell dich nicht so an. Natürlich meine ich das nicht. Aber du kannst nicht immer den verzweifelten Helden spielen, wenn du eigentlich nur tust, was du sowieso machen willst. Du willst schreiben, na bitte, du schreibst. Du willst ehrlich schreiben, also, wer hindert dich?«

Zum Beweis schlägt Luise mit der flachen Hand auf mein Manuskript. »Du willst nicht ans Fließband. Keiner zwingt dich. Du willst dich anlegen, du willst zu den kritischen

Geistern gehören. Das liegt auch in deinem Wesen. Gut, keine Gesellschaft kommt ohne ihre Kritiker aus. Aber dann kämpfe und hör auf zu jammern. Das sind nun mal die vielzitierten Mühen der Ebene, und kein Mensch hat uns versprochen, daß sie ausbleiben. Wenn ich nicht tief überzeugt wäre, daß unsere Mühe sich lohnt, auch wenn es länger dauert, als wir geglaubt haben, wäre ich längst nicht mehr hier. Hör mal, ich hab noch einen anständigen Beruf gelernt, ich kann schneidern. Aber ich glaube fest an den Sieg des Kommunismus, so deutlich muß ich dir das mal sagen, auch wenn du es vielleicht für eine Phrase hältst.«

Ich denke an Werner Grellmann, der das Wort glauben nicht hören konnte, ohne die Brauen hochzuziehen.

»Glauben«, sage ich, »was heißt glauben?«

Luise überhört die Frage, steht auf, sieht im Vorübergehen in den rahmenlosen Spiegel an der Wand, ordnet einige Haarsträhnen.

»Erwartest du, nur weil wir unser bißchen Sozialismus haben, müßten dir die Leute glücklich um den Hals fallen und schreien: Seht nur, da kommt unsre liebe Josefa, die uns immer so schön kritisiert und beschimpft?«

Jetzt hat Luises schauspielerische Neigung gewonnen. Den letzten Satz hat sie schon szenisch untermalt, hochgerissene Arme, schrille Stimme. Bestimmt würde sie mir jetzt gerne ausführlich vorspielen, wie sich die Märtyrerin Josefa die Huldigung der beschimpften Menge vorstellt.

Mit einundzwanzig Jahren hat Luise einmal die Aufnahmeprüfung an der Staatlichen Schauspielschule bestanden, wenn das Ganze auch nur ein Versehen war. Das einjährige Bestehen der Schule sollte in einer Reportage gewürdigt werden, und das Zentralorgan beauftragte seine jüngste Reporterin, Luise. Es gibt wenige Möglichkeiten für einen Reporter, anonym aufzutreten, Situationen und Stimmungen unverfälscht zu erleben, womöglich als Betroffener der Ereignisse, über die er berichten soll. Die Schauspielschule war so eine Möglichkeit. Luise meldete sich als Bewerberin. Sie war schlank, zart, blond, hübsch, obwohl sie auch damals schon eine übermäßig spitze Nase hatte. Sie trug immer einen hellen Trenchcoat und eine schwarze Baskenmütze. Rein äußerlich also eine gesuchte Erscheinung für den deutschen Nachkriegsfilm. Sie hatte sich auf keine Rolle vorbereitet und mußte darum ihre Talentprobe in Form von Etüden ablegen.

Sie solle sich einmal vorstellen, erklärte ihr ein dicker, behender Mann mit Schnurrbart, sie sei ein junges Mädchen, das entsetzlich verliebt sei in einen jungen Mann. Die Eltern billigten diese Verbindung nicht. Darum würde es, das junge Mädchen, ihren Eltern durchbrennen. Besagter junger Mann aber würde sie nach kurzer Zeit sitzenlassen. Das junge Mädchen, dargestellt von Luise, nun einsam, obdachlos, entzwei mit den geliebten Eltern, kehrt reumütig und beschämt zurück ins Elternhaus. Heimlich schleicht sie sich in die vertraute Wohnung und begegnet dem Vater. Und diesen die Zukunft entscheidenden Augenblick sollte Luise der warmherzig lächelnden Jury vorspielen.

Luise erzählte uns die Geschichte einmal nach einer Planungssitzung, als wir alle erschöpft und zermartert von Wettbewerbsvorhaben, Haupt- und Nebenaufgaben auf den Stühlen hingen. Während ihrer Erzählung sprang Luise plötzlich auf. »Also, ihr müßt euch vorstellen, da unten saßen die und grinsten mich an wie eine Kranke.« Sie demonstrierte das Grinsen, gefletschte Zähne, unnatürliche Fältchen um die Augen. »Da müßt ihr euch die Bühne vorstellen.« Luise wies auf den freien Raum vor der Tür. »Ich komme also rein.« Sie deutete Tür öffnen und Tür schließen an. Den Zeigefinger vor den Mund gelegt, die Schultern eingezogen, schlich sie auf Zehenspitzen einige Schritte vorwärts. Plötzlich erstarrte sie, blickte sich ruckartig nach allen Seiten um, legte die hohle

Hand ans Ohr und rief mit hoher Stimme: »O Schreck, welch ein Geräusch!« Dann schlich sie weiter.

Günter Rassow klatschte sich auf die Schenkel und lachte quietschend. Luise spielte unbeirrt. Sie hob schützend den Arm vors Gesicht, als sei sie geblendet. »O Gott, mein Vater!« rief sie schrill, dann mit Blick gen Himmel: »Was soll ich tun?« Sie blickte noch einmal wild und ratlos um sich, warf sich vor einem imaginären Vater auf die Knie und schluchzte: »Vater, verzeih!«, setzte sich wieder an den Tisch und genoß den Erfolg ihrer Vorstellung.

Die Jury, erzählte Luise, sei von ihrer Darbietung äußerst beeindruckt gewesen. Der freundliche Herr mit Schnurrbart erklärte ihr, sie sei ein komisches Talent, was Luise, die ihr Spiel durchaus ernst gemeint hatte, tief kränkte. Möglich, daß Luises Scheu, Gefühle anders als verhalten oder leicht ironisch zu äußern, mit dieser Erfahrung zu tun hat. Ihre Fähigkeit zur Komik hat sie seitdem gepflegt. Und wenn Luise Gespräche mit ihr unsympathischen Leuten wiedergibt, spielt sie sie meistens vor, wobei ihre Gesprächspartner immer zu komischen Figuren werden, die schon beim ersten Wortwechsel jede Chance verspielen. »Du weißt ja, wie der redet«, leitet Luise ein und weidet sich dann an jeder auffälligen Betonung, jedem Naserümpfen oder Lispeln des anderen, bis ihre Zuhörer kaum noch auf die Argumente des lächerlichen Gegners achten, nur noch Luises Fähigkeiten bewundern, in die Hände klatschen und rufen: »Ja, genau, so spricht der!«

Wenn Luise beschlossen hat, die Märtyrerin Josefa vor der huldigenden Menge darzustellen, muß ich aufgeben. Dann ist sie für keinen Einwand mehr zugänglich. Meine Rolle ist festgelegt. Ich kann nur noch verhindern, zur komischen Figur zu werden, indem ich mich als Publikum verweigere. Luise entwirft gerade die Dankrede des Ersten Sekretärs an seine Kritikerin Josefa.

»Ich muß mal«, sage ich und gehe.

V.

Der Park ist nackt. Kein Blatt, kein Schnee, selbst das welke
Laub liegt nur spärlich auf den bräunlichen Wiesen, krüpplige
Äste ragen in die graue, feuchte Luft. Parks im Herbst wirken
wie unbewohnte ungeheizte Zimmer, unnatürlich und
kahl.

Der Sohn rennt quer über die Wiese zur Böschung, an der die
Enten regelmäßig ihre Besucher erwarten. Er öffnet den
Plastikbeutel mit den Brotresten und versucht wie ein Markt-
schreier die Konkurrenten rundherum zu schlagen. Ich setze
mich abseits auf einen Baumstumpf, die Bänke werden im
Winter weggeräumt, und starre auf die weiße Mauer, durch
die der Park vom Schloß getrennt wird, zu dem er einmal
gehörte. Das Schloß hatte ein Kurfürst seiner Kurfürstin bauen
lassen, weil er sie möglichst weit vom Hofe und vom Halse
haben wollte.

Hin und wieder soll er sie besucht haben. Auf dem kleinen
Flüßchen, das graugrün und schlammig durch den Park und
weiter durch den halben Stadtbezirk fließt, soll er auf einem
Nachen angeschwommen sein, erzählte mir einmal eine uralte
Frau, als ich noch ein Kind war. Ich hatte wohl einen
ungläubigen Blick auf das kümmerliche Flüßchen geworfen.
Das sei früher, in ihrer Jugend, sagte die alte Frau, ein
wunderschöner, großer Fluß gewesen, den man von der
Stadtmitte bis hierher hätte befahren können. Und darauf sei
der König gekommen, erzählte sie, und ihre Augen waren
feucht von Altersschwäche und vom Frühlingswind. Die
Erzählung des Weibleins muß mich, obwohl ich ein bewußter
und vorbildlicher Jungpionier war, tief beeindruckt haben,
denn seitdem kann ich den mageren dreckigen Bach nicht
sehen, ohne mir darauf einen Nachen mit rotem Baldachin
vorzustellen, in dem der König steht in weißer Uniform und
schwarzem Dreispitz. Er vollführt mit dem rechten Arm eine

ausholende majestätische Geste und hat den linken Fuß in der Art der Herrscher graziös vorgestellt, die Fußspitze leicht nach außen gewinkelt. Der König ist fett und ähnelt Siegfried Strutzer.

Das Schloß wurde von der Regierung übernommen, der Park darf von allen betreten werden, bei Glatteis auf eigene Gefahr. Ich will nicht an Siegfried Strutzer denken.

Der Sohn wirbt um einen schönen grünhalsigen Erpel, der gierig um eine ältere Dame mit Schirmmütze herumwackelt, die offenbar Besseres zu vergeben hat als altes Brot – selbstgebackenen Kuchen wahrscheinlich.

»Die will nicht zu mir«, sagt der Sohn.

»Die ist ein der.«

»Nein, die bunten sind die Mädchen.«

»Die bunten sind die Jungs.«

›Politische Bösartigkeit oder politische Dummheit‹ hat Strutzer gesagt.

»Die Mädchen, das weiß ich genau.«

Dazu das infame Lächeln auf dem kleinen Mund.

»Und woher?«

»Mädchen sehen auch hübscher aus als die Jungs.«

»Warum?« Ich hätte etwas sagen müssen.

»Weil sie so niedliche Zöpfe haben und bunte Röckchen.«

»Und wenn sie die Zöpfe abschneiden und die Röcke ausziehen?«

Er überlegt. »Dann nicht. – Und warum sind die Jungs bei den Enten hübscher?«

»Ich weiß nicht. Damit die Mutter geschützt ist und niemand sie beim Brüten stört.«

»Und wodurch bist du geschützt?«

»Dich will ja keiner fressen«, beruhige ich ihn.

Strutzer mit dem kleinlichen, infamen Lächeln, die Augen versteckt hinter Brillengläsern, die das künstliche Licht reflektieren und der oberen Gesichtshälfte eine undurchdringliche Starrheit verleihen. Dünne, dunkel getönte Gläser, vielleicht nur dazu bestimmt, Strutzers emotionale Regungen hinter zwei Bündeln reflektierten Lichts zu verbergen. Er klopfte mit dem Bleistift auf den Tisch, ließ zwischen den einzelnen Klopfzeichen regelmäßige lange Pausen, die mir eine schmerzhafte Spannung verursachten.

»Bitte, dann formuliere ich die Frage anders«, sagte er, nachdem ich ihn eine halbe Minute angestarrt hatte, ohne meine Sprache wiederzufinden. »Hast du beim Schreiben geglaubt, wir würden das da allen Ernstes drucken?«

Darauf hätte ich noch einfach mit Ja antworten können. Vorher hatte er gefragt, ob ich das da aus politischer Böswilligkeit oder lediglich aus politischer Dummheit geschrieben hätte. Bei den Worten »das da« hatte er lässig mit dem Bleistift auf mein Manuskript geschlagen. Ich wollte mir eine Zigarette anzünden, schon um Zeit zu gewinnen, in der mir eine passende Antwort hätte einfallen können. Meine Hände zitterten, ich legte die Schachtel wieder auf den Tisch. Mein Mund war trocken und brannte. Strutzers augenloses Gesicht starrte mich an, nur das infame Lächeln bewegte kaum sichtbar den kleinen Mund. Die weißen Wände blendeten mich. Ich sah auf den Boden. In den oberen Abschnitt meines Blickfeldes wippte der Fuß von Siegfried Strutzer im gleichen Rhythmus wie das Klopfen des Bleistifts. Mir wurde heiß, und in meinen Ohren begann es zu rauschen.

Strutzer lehnte sich zurück, legte beide Hände auf die Sessellehnen, das Klopfen hörte auf. »Deine Arroganz hilft uns gar nicht. Dir auch nicht. Wenn du mit mir nicht reden willst, auf Grund deiner privaten Aversionen, bitte, dann sprechen wir uns eben vor der Parteileitung.«

Mir fiel nichts ein, das ich ihm hätte antworten können, nichts, das die Situation entschärft hätte. Die weißen Wände verschwammen vor mir zu einer weichen Masse, die abwechselnd auf mich zufloß und sich wieder zurückzog. Das Rauschen in den Ohren wurde stärker.

Der Bleistift klopfte wieder, der Fuß, in dem grauen Wildlederschuh, schien mir bei jedem Wippen ein Stück näher zu kommen. Es war idiotisch zu schweigen. Aber es war zu spät, etwas Normales, Beiläufiges, vielleicht sogar Scherzhaftes zu sagen. Es mußte inzwischen eine grundsätzliche Äußerung sein, zitierbar vor der Parteileitung oder vor der Chefredaktion. Er hat gewußt, warum er das Gespräch mit einem Schuldspruch eröffnete. Er mußte mich in der Defensive haben, mich provozieren, bis ich endlich jene unkontrollierte Blödheit sagen würde, auf die er wartete. Wir haben zu oft über ihn gelacht, zu oft ist Luise ihm mit ihrer cleveren Intelligenz wie mit einem heißen Bügeleisen übers Maul gefahren. Luise wäre nie in meine vertrackte Lage gekommen. Sie hätte vermutlich nach Strutzers erster Frage den Raum verlassen, nicht ohne den Hinweis, der Genosse Strutzer müsse selbstverständlich ein Parteiverfahren gegen sie einleiten, wenn er so ungeheuerliche Beschuldigungen vorzubringen hätte, die nicht mehr Gegenstand privater Unterredungen sein könnten. Und Siegfried Strutzer hätte sich anstrengen müssen, um Luise wieder zu beruhigen.

Der Sohn hängt schreiend auf der obersten Stufe eines Klettergerüstes. »Halt dich fest, ich komme.«

Es war nichts zu retten, ich konnte nur noch den Fehler vermeiden, überhaupt etwas zu sagen.

»Ich sehe keinen anderen Weg, als der Parteileitung von deiner Haltung Mitteilung zu machen. Den Genossen wirst du hoffentlich etwas zu erklären haben.« Er wünschte mir ein schönes Wochenende; als ich ging, klopfte er einen Marschrhythmus.

Luise hatte Haushaltstag, ich rief in Rudis Sekretariat an, hörte, der Chef sei schon vor einer Stunde aus dem Haus, käme auch nicht wieder.

»Entschuldigen Sie, könnten Sie bitte aufstehen, wir möchten wippen«, sagt ein Mädchen. Ich ziehe um auf einen alten Autoreifen. Strutzer hatte mich kurz nach dem Mittagessen angerufen und gesagt, er wolle den Beitrag über B. lesen, ich solle ihn gleich nach vorne bringen. Auf meinen Einwand, der Text müsse erst mit dem Betrieb abgestimmt werden, reagierte er ungewöhnlich scharf. Genau darum ginge es, sagte er mit vieldeutiger Schwingung in der Stimme. Jemand mußte ihn über Form und Inhalt des Beitrages informiert haben, obwohl ihn niemand kannte, außer Luise, Günter Rassow und der Sekretärin, die ihn abgeschrieben hatte. Ich brachte das Manuskript zu Rudi, bat ihn, es selbst zu lesen, ehe er es an Strutzer weitergab, und wartete. Nach drei Stunden ließ mich Strutzer rufen.

Der Sohn steht vor der Wippe, verfolgt neidisch das Auf und Ab des Balkens und das Gekreisch der Mädchen. »Ich will auch wippen.«

»Laß mich in Ruhe. Ich will endlich weg hier.«

»Ich hab doch gar nichts gemacht«, sagt er erschrocken.

»Mir ist kalt, hör auf zu heulen.«

»Ich muß aber weinen, wenn du so schreist.«

»Ich auch.«

Vielleicht hätte ich mir kein Kind anschaffen sollen. Immer das Gefühl, ihm etwas vorzuenthalten, was ihm zusteht. Das Kind nicht belasten, sagt Ida. Ich will nicht von morgens bis morgens Theater spielen, mit ihm leben wie mit einem Fremden, um eines Tages, wenn er erwachsen ist, wie die meisten Mütter als Lügnerin entlarvt zu werden, weil er entdecken wird, daß ich, als er mich für ein gütiges Neutrum hielt, eine Frau war, die mit Männern schlief, heulte, verzweifelt war oder glücklich. Es gibt Männer, die bis an ihr Lebensende nicht begreifen, wie es zu ihrer Geburt kommen konnte, weil sie es nicht wagen, ihren Müttern in Gedanken die Kleider auszuziehen. Und wenn sie es wagten, fänden sie nur noch verrunzelte, alte Frauen. Die meisten durchschauen die Scheinheiligkeit ihrer Mütter; sobald sie das erste Mal mit einer Frau geschlafen haben, stellen sie sich ihre gespreizten Beine vor und ihre Seufzer, in die Kissen gestöhnt, damit die Kinder sie nicht hören. Sie begreifen, wie ungeheuerlich sie belogen wurden, wie gewieft die Erwachsenen sind, wenn es darum geht, ihre Geheimnisse zu hüten, mit welchem Talent sie sich verstellen können. Lange zurückliegende geheimnisvolle Szenen klären sich auf. Erschrockene Gesichter, hastig verschlossene Türen, verlegenes Lächeln des Vaters. Für die Zukunft sind sie gewarnt, aufgeklärt über die Perfektion im Lügen, die sie noch zu lernen haben. Sie beobachten die Erwachsenen genauer, besonders die Mütter, die haben am besten gelogen, aus der Nähe. Gierig und verächtlich registrieren sie jedes unstimmige Wort, glauben selbst die Wahrheit nicht mehr. Mein Sohn ist mir fremd geworden, klagen die Mütter. Aber sie haben in Zeitschriftenartikeln etwas über die Gesetzmäßigkeit dieser Phase gelesen und wundern sich nicht . . . Bis ihre Söhne ihnen Jahre später als Männer gegenübertreten, geläutert durch die eigene Lüge, die sie inzwischen beherrschen. Sie haben ihren Müttern verziehen, daß sie Frauen sind.

Ich will nichts von ihm fernhalten, was mich betrifft, ich hätte nur ihn von mir fernhalten, ihn rechtzeitig entfernen können. Als er geboren wurde, habe ich vor Glück geheult und konnte wochenlang nur einschlafen mit dem Kind neben mir, bis ich sicher war, er würde nicht plötzlich aufhören zu atmen.

»Gehen wir nach Hause?« fragt er ängstlich, als er merkt, ich schlage den Hauptweg in Richtung Ausgang ein.

Mir graut selbst davor, den Rest des Tages mit Selbstgesprächen zu verbringen. Jemanden besuchen, in eine Familienidylle einbrechen, gemeinsames Kaffeetrinken, Gespräche über Kinder, Redaktionstratsch. Zu meiner Mutter. Das mahnende Gesicht: du neigst wirklich dazu, alles grau in grau zu sehen, langatmige Erzählung über das Fernsehprogramm von gestern. Christian fehlt mir.

Seit meinem letzten Besuch bei ihm haben wir uns nicht mehr gesprochen. Erst macht er irrsinnige Vorschläge, und wenn einer leichtsinnig genug ist, sie zu befolgen, läßt er ihn im Ärger sitzen. Aber vielleicht wartet er auf mich, hofft, daß ich komme, einfach klingle, da bin ich, es ist nichts gewesen, wir sind, die wir vorher waren, und ich brauche dich jetzt.

»Du bist ein Idiot«, sagte Christian.

»Warum ich? Du hast gesagt: Schreib zwei Varianten.«

»Na und? Hast du zwei geschrieben?«

Josefa schwieg.

»Erwartest du nun einen klugen Rat?«

»Nein«, sagte Josefa.

Was hätte er ihr auch raten können. Sprich mit Luise, fahre nach B., krakeel nicht rum. Das wußte sie selbst. Sie wärmte ihre Hände über der Heizplatte des Küchenherdes und beobachtete, wie Christian mit Hingabe Zwiebeln schnitt. Halbieren, längs einschneiden, sagte er, das hätte er bei seiner Großmutter gelernt, die Köchin gewesen wäre bei einem Bischof. Als könnten nur Großmütter Zwiebeln schneiden, die mal für einen Bischof gekocht haben.

Sie hatte Christian Satz für Satz Strutzers Drohungen wiederholt und hatte dabei selbst empfunden, wie kindisch ihre Panik war. Strutzer war ein hinterlistiges Kriechtier, das wußten alle. Vielleicht konnte er erreichen, daß der Beitrag nicht gedruckt wurde. Aber mehr nicht. Weder Hans Schütz noch Günter Rassow, die beide in der Parteileitung waren, würden zulassen, daß Strutzer einen Fall Nadler konstruierte.

»Und warum hast du geheult?«

»Ich weiß nicht mehr«, sagte Josefa. Und plötzlich in die Stille: »Weil ich die dicken Weiber nicht mehr sehen kann und die

93

hohlen Eierköpfe und die Fettärsche und die ganze biedere deutsche Gesellschaft.«

Ihr fiel nicht auf, daß sie die gleichen Worte benutzte wie Fred Müller, als er bei Hans Schütz volltrunken sein Innerstes erbrach. Sie zerhackte den Speck, als hätte sie etwas oder jemanden unterm Messer, das oder der ihren Zorn verdiente.

Christian hielt seine Freundin Josefa zuweilen für ein liebenswertes Monster, das im Bewältigen persönlicher Konflikte nur als bedingt lernfähig anzusehen war. Er hatte sie schon öfter in Zuständen tiefster Verzweiflung erlebt, aus denen sie immer wunderlich frisch, aber nie geläutert auftauchte. Seit fünfzehn Jahren rannte sie blindlings in Katastrophen, die, wenn sie auch äußerlich keinen Vergleich zuließen, in ihrer Struktur einander fatal ähnelten. Parteiaufnahme, Heirat, Scheidung, alles nach dem gleichen Schema.

Während ihres letzten Studienjahres wurde Josefa wegen Sektierertum als FDJ-Sekretärin abgelöst. Anlaß war dieser Mohnkopf oder Mohnhaupt, einer von den zwei Genossen im Seminar, ein übler Intrigant und Josefas spezieller Feind. In regelmäßigen Abständen berichtete sie damals, wie sie das Großmaul zur Strecke gebracht hatte, durch Zwischenfragen oder indem sie ihm nachwies, daß er ein Fremdwort falsch benutzt hatte. Christian hatte für Josefas Kleinkrieg nie viel Verständnis aufgebracht, obwohl ihr kindlicher Eifer, den sie für eine Art Klassenkampf hielt, ihn rührte. Aber Mohnkopf oder Mohnhaupt hatte eines Tages die Nase voll, behauptete, Josefas spitzfindige Attacken würden nicht ihm gelten, sondern der Partei, die Josefa schädigen wolle unter dem Deckmantel persönlicher Antipathien. Auf weiß der Himmel wie vielen Versammlungen hat Josefa beteuert, Mohnkopf einfach nur nicht leiden zu können. Es half ihr nichts, sie wurde abgesetzt. Einige Tage später stellte sie den Antrag, in die Partei aufgenommen zu werden. Das, glaubte sie, müsse die andern beschämen und sie von ihrem Unrecht überzeugen. Statt dessen passierte, was jeder voraussah, nur Josefa nicht. Sie glaubte mit naiver Verbissenheit, die Genossen müßten sich von Mohnhaupts durchtriebener Farce distanzieren, wenn sie ihnen auf diese Weise das Gegenteil seiner Behauptung bewies. In einem Aufnahmegespräch, das nach Josefas Schilderung eher einem Parteiverfahren glich, beschlossen die Genossen, die Jugendfreundin Josefa Nadler in ihren Reihen nicht dulden zu wollen. Er wolle sicher sein, hatte Mohnhaupt erklärt, daß ihm sein Hintermann nicht in den Rücken schießt, wenn er einmal an der Mauer Wache stehen muß.

Tagelang war Josefa vor Wut und Ohnmacht irrsinnig. Christian hatte versucht, sie zu beruhigen, aber sie zitterte, sobald sie an die Affäre dachte, und sie dachte ständig daran. Sie saß in ihrem Sessel wie in einer Festung, hatte dicke Augen vom Heulen, schmiß mit unflätigen Schimpfworten um sich, sprach davon, Mohnkopf oder Mohnhaupt umzubringen, und fuhr jedem übers Maul, der sie trösten wollte. Dann war sie verschwunden. Zwei Tage später war sie wieder da. »Ich war bei deinem Vater in Halle«, erklärte sie ihm. Sie wirkte ruhig, fast zufrieden. Am nächsten Tag ging sie in die Universitätsparteileitung, wies dort einen von Werner Grellmann rot angestrichenen Absatz im Parteistatut vor, der bewies, daß ihr Antrag statutenwidrig behandelt worden war. Zwei Monate später wurde sie als Kandidatin aufgenommen, bekam feierlich rote Nelken überreicht und ein Buch mit einer Widmung, die besagte, daß die Genossen der Parteigruppe sich freuten, sie, Josefa Nadler, in ihren Reihen begrüßen zu können.

Christian saß am Küchentisch, rauchte eine Zigarette und verglich die Josefa, die jetzt verbissen den Speck schnitt, mit der Josefa, die er vor zehn Jahren gekannt hatte.

»Weißt du eigentlich, daß alle Hexen in ihrer Jugend gut und schön waren?« fragte er.

»Und woher weißt du das?«

»Weil ich eine kannte, die schöne Hexe Jala-Nija, die Tochter des Himmels und der Nacht. Sie liebte einen Riesen, der jenseits der Berge lebte, aber sie wollte ihn nicht heiraten, ehe sein Herz nicht ebenso groß war wie seine Kraft. Sie schickte ihn in die weite Welt, wo er finden sollte, was er noch nicht kannte. Und er sollte zu ihr zurückkehren, sobald er es gefunden hatte. Sie wartete hundert Jahre lang, und ihre Nase wurde länger und ihr Kinn spitzer, sie wartete zweihundert Jahre lang, und sie bekam einen runden Rücken und eine krächzende Stimme. Sie wartete dreihundert Jahre lang, und ihr wuchsen zwei lange Zähne über die Lippen, und sie haßte alle, die nicht warteten. Und wenn sie nicht gestorben ist, dann wartet sie noch heute.«

»Und der Riese?« fragte Josefa.

»Hat wohl gefunden, was er noch nicht kannte.«

»Ich warte nicht.«

»Aber du wirst böse.«

Sie überlegte, ob sie widersprechen oder ihre Furcht zugeben sollte. Vor einigen Wochen hatte sie ein Bild gefunden, das aus der Studienzeit stammte, sechs oder sieben Jahre alt. Josefa mit einem breiten slawischen Kindergesicht, in dem die konkave Wölbung zwischen Backen- und Kieferknochen noch nicht zu erkennen war. Und obwohl sie sich offensichtlich für das Foto um ein ernstes und würdiges Absolventengesicht ohne die Spur eines Lächelns bemüht hatte, zog sich der Mund in den Winkeln leicht nach oben. Sie hatte ihr Spiegelbild mit dem Gesicht auf dem Foto verglichen, Nase, Augen, Kinn waren dieselben, selbst die Frisur, glattes Haar bis auf die Schultern, die flache Stirn frei. Nicht die dünnen Linien, auf die das Licht harte Schatten warf, machten die Veränderung in dem Gesicht aus, das sie starr und ernst aus dem Spiegel ansah. Sie zog mit den Fingerspitzen Mund- und Augenwinkel leicht nach oben, spannte die Haut, ohne die Veränderungen korrigieren zu können. Die Fältchen waren nicht schuld. Das Altern beginnt innen, die Falten zeigen es nur an. Hinter den Augen hatte es sich verändert, ausgelöschte Erwartung, zwischen Nase und Mund ein bitterer Zug, der noch nicht einmal seine Furche gezogen hatte, aber erkennen ließ, wie sie verlaufen würde, bald. Die Art, in der sich die Lippen schlossen. Der Mund auf dem Foto war nicht geöffnet, zufällig. Der Spiegelmund war verschlossen. Dazwischen sieben Jahre oder sechs. Sie erinnerte sich an die Gipsstraße. Ein glutheißer Sommertag, die Luft flimmerte über dem Damm, es roch nach Staub und geschmolzenem Teer. Aus den geöffneten Türen der Kneipen quoll saurer Bierdunst, der zugleich abstieß und einlud. Tadeus zog mit ihr von einer Kneipe in die andere, Mulackstraße, Linienstraße, Große Hamburger, abwechselnd Faßbrause und Pfefferminzlikör. »Einen kleinen Grünen, bitte.« In den Fenstern der gleichförmigen grauen Häuser alte Frauen, die Ellenbogen auf Sofakissen gestützt, Katzen sonnten sich in den Blumenkästen, alle Haus- und Kellertüren offen, gegen den Schwamm. Halbnackte Kinder hatten Decken auf den Hinterhöfen ausgebreitet und spielten Urlaub am Meer. Tadeus hatte seinen Arm um Josefa gelegt, die Hitze schmolz sie zu einem Vierbeiner, und als sie sich küßten, keifte eine zahnlose Alte, ob sie kein Bett hätten, in das sie gehen könnten.

»Doch«, hatte Tadeus gesagt, »wir haben's, aber leider nicht bei uns.«

Damals hatte sie über die Alte lachen müssen.

Später ging sie allein dorthin, ohne Tadeus, mit anderen. Aber immer im Sommer, an heißen Tagen, wenn die Gerüche aus Kochtöpfen, Bratpfannen und muffigen Kellern durch die geöffneten Türen und Fenster quollen und wie Girlanden über der Straße hingen.

Wann sie das letzte Mal dort gewesen war, wußte sie nicht mehr, auch nicht, mit wem. Sie erinnerte sich, daß es in dem letzten Jahr statt der Faßbrause Bitter-Lemon aus dem Getränkekombinat gab, und die kleine Kneipe zu ebener Erde in der Linienstraße war geschlossen, weil die Wirtin, die bei schönem Wetter immer auf einem kleinen Holzstuhl vor der Tür gesessen hatte, gestorben war.

Sie hatte das Foto in ein Buch gelegt, das sie sobald nicht lesen würde, hatte sich gesagt, daß sie schließlich Dreißig sei, berufstätig, alleinstehend mit Kind (hatte sie wirklich alleinstehend gedacht?), und daß es normal sei, älter zu werden.

Josefa stand auf, wusch sich die vom Speck fettigen Hände, betrachtete sich im Spiegel, der über dem Waschbecken hing, kämmte sich, um sich ungeniert länger ansehen zu können.

»Quatsch«, sagte sie, »die Nase ist nicht länger als sonst.«

Sie setzte sich auf das Fensterbrett und sah zu, wie Christian die Spaghetti in das kochende Wasser schüttete. Sie war zu müde und zu angestrengt, um sich zu wehren. Vielleicht wartete sie wirklich auf irgendwas oder irgendwen. Sie selbst hätte nicht genau sagen können, woraus die Unruhe in ihr bestand, die langsam anwachsende Spannung, die sich, wenn sie ein bestimmtes Maß überschritten hatte, in lautem Stöhnen oder in Kraftausdrücken entlud, ohne jemals gänzlich zu verschwinden.

Es gab Wochen, in denen sie sich ständig verdächtigte, das Falsche zu tun. Sie schlief mit einem Mann und überlegte, ob es nicht ein anderer sein müßte; schrieb eine Reportage und war sicher, sie hätte ein anderes Thema wählen müssen; besuchte Leute, um nach einer halben Stunde festzustellen, sie wäre besser allein zu Hause geblieben; las kein Buch zu Ende aus Furcht, ein anderes könnte wichtiger sein –

Ruhelose Zustände, die häufig in Extremen endeten, in hochgestapelten Verliebtheiten, die für einige Wochen zum

Lebensinhalt avancierten, oder in irrsinnigen häuslichen Putz-
und Räumaktionen, um wenigstens die Illusion einer Ordnung zu schaffen. Die Sicherheit, das und nichts anderes tun zu
müssen, blieb aus. Im Gegenteil: Die Angst, das Eigentliche zu
verfehlen, steigerte sich zur Panik, wenn sie nachts allein im
Bett lag und einen Tag aus ihrem Leben abhakte.

Das Eigentliche, nach dem sie suchte, war die ihr gemäße
Biografie, einmalig und für keinen anderen passend als für sie.
Sie kannte nicht viele Menschen, von denen sie sicher annahm,
daß sie mit ihrem Eigentlichen identisch waren. Der Großvater Pawel gehörte dazu und die Großmutter Josefa, auch
Werner Grellmann. Jede dieser Biografien beruhte auf einem
Bekenntnis. Der Großvater bekannte sich zu seinem Judentum
(vielleicht nur, weil ihm keine Wahl blieb), die Großmutter
bekannte sich zu ihrem Mann, Werner Grellmann bekannte
sich zur Wissenschaft. Es waren tätige Bekenntnisse, folgen-
reiche, für die Großeltern tödliche. Oder anders: Nicht die
Biografie beruhte auf dem Bekenntnis, sondern das Bekenntnis erfolgte als Notwendigkeit der Biografie, war Bekenntnis
zu sich selbst. Der Sinn des Lebens wurde angenommen als der
konkrete Inhalt dieses konkreten einmaligen Lebens.

Auch Luises Leben wurde bestimmt durch ein Bekenntnis.
Trotzdem waren für sie der ideelle Entwurf ihrer Biografie
und seine tätige Verwirklichung nicht mehr eins. Luise war
Kommunistin, und ihr ideelles Bekenntnis galt der Befreiung
aller Unterdrückten und Ausgebeuteten. Als Ergebnis ihrer
Arbeit aber lag Woche für Woche eine Zeitung vor, die ihr
nicht gefiel und denen nicht, für die sie gemacht wurde, in der
verschwiegen wurde, wovon Luise hätte sprechen müssen, in
der nichts zu lesen war über Flugaschekammern, verätzte
Bäume und vergessene Städte. Der lange Weg, den Luises
Absicht zurückzulegen hatte, ehe aus ihr eine Tat wurde,
führte über unzählige kleine Einsichten, disziplinarische Rück-
sichten, innere und äußere Kontrollstationen, an dessen Ende

eine Tat stand, die nicht zum Fleisch ihres Entwurfs geworden war, sondern zu einem kretinösen Ableger.

Vor dreißig Jahren hatte Luise andere Erfahrungen gemacht. Damals wollte sie das Land wieder aufbaun und klopfte am Sonntag Steine. Sie wollte Junker enteignen und schrieb leidenschaftliche Reportagen über die Bodenreform. Damals waren Luises Taten das feste Fleisch ihrer Absichten. Dergleichen hatte Josefa nie erlebt. Sie hatte gelernt, wer ihre Vorfahren waren: von Spartakus bis Saint-Just, von Marx bis zu den Antifaschisten gehörten alle Kämpfer der Weltgeschichte in ihre Ahnenreihe. Dort war die Wurzel ihrer Absichten. Aber über das Maß ihrer Taten ließ sie Strutzer entscheiden, der Josefas Bekenntnis dazu verurteilte, eine schlaffe schrumplige Haut zu bleiben.

Sie sah Christian zu, wie er mit den Töpfen hantierte, sorgfältig die Spaghetti dämpfte und die Sauce anrührte. Sie hatte Lust, ihn anzufassen, nur so, den Hals berühren oder den Arm, den Pullover, der sicher warm war von seiner Haut.

Im letzten Jahr hatte sie Veränderungen an ihrem Körper bemerkt, die nicht mehr durch Gewichtsab- oder -zunahme oder durch Schwangerschaftsfolgen zu erklären waren. Die Haut am Unterarm schob sich in unzählige Runzeln, wenn sie mit dem Daumen dagegen drückte, die ersten widerlichen Fettgrübchen wellten die Innenseiten der Oberschenkel. Der Verfall. Die Nähe des Alters. Tod. Und immer die Furcht, das einzige Leben zu vertun. In der zehnten Klasse hatten sie einen Aufsatz geschrieben über den Sinn des Lebens. Sie erinnerte sich an den ersten Satz: Die Menschen können nicht leben, ohne ihrem Leben einen Sinn zu geben. Alle glaubten sie an den Sinn des Lebens wie an den lieben Gott, eine große Idee, die ihnen voranschweben und ihnen den rechten Weg weisen würde. Die Innenseiten ihrer Oberschenkel begannen zu verfallen, und sie wußte immer noch nicht, was sie in ihrem

Leben tun mußte. Sie hatte ein Kind in die Welt gesetzt und schrieb Artikel für eine Illustrierte. Als sie zehn Jahre alt war, schien ihr kein Leben lohnend, in dem sie nicht berühmt würde. Ein Mensch zu werden, dessen Name nicht in den Schulbüchern stand, war eine Aussicht, die sie für sich selbst nicht in Betracht zog.

»Worauf soll ich warten?« fragte sie müde, »aufs Heiraten vielleicht? Quält Sie Migräne? Heiraten Sie. Leiden Sie unter Fettsucht? Heiraten Sie. Ist Ihr Kind schwer erziehbar? Heiraten. Haben Sie eine zu lange Nase? Heiraten. Was soll man bloß den Leuten raten, die schon verheiratet sind?«

»Die Scheidung. Außerdem habe ich nicht vom Heiraten gesprochen«, sagte Christian.

»Dann erzähl keine Märchen. Dann sag: Liebe Josefa, du solltest öfter bumsen, sonst wird deine Nase zu lang. Dann könnte ich dir antworten: Lieber Christian, ich bumse oft genug, aber davon wird meine Nase nicht kürzer. Wenn ich eine Hexe werde, sind nicht die Männer schuld. Solange sie nicht meine Chefs sind.«

Josefa saß auf dem Fensterbrett. Gegen die weiße Sonne, die sich durch die Wolken geschoben hatte, konnte Christian nur ihre Umrisse erkennen. Sie saß still, eher schlaff als entspannt. Ihre plötzlichen Wandlungen irritierten ihn. Ebenso könnte sie im nächsten Augenblick aufspringen und aus Gründen, die nicht einmal sie genau kannte, in die aggressive Munterkeit zurückfallen, mit der sie vorhin durch seine Tür gestürmt war.

»Das Schlimmste ist«, sagte sie, »sie haben uns so viel über Revolutionen erzählt, daß ein Leben ohne Revolution ganz sinnlos erscheint. Und dann tun sie so, als sei für uns keine übriggeblieben, als hätten alle Revolutionen der deutschen Geschichte bereits stattgefunden. Die letzte war ihre. Wir dürfen noch den Staub beiseite kehren, der dabei aufgewirbelt wurde. Eure Revolution ist die Verteidigung der Errungenschaften, sagen sie und machen uns zu Museumswächtern. Du rettest dich in die Geschichte, auf die Barrikaden der Jakobiner, spielst mal Marat oder Robespierre, sicher Robbespierre, und kannst dich mit revolutionärem Sturm vollpumpen, bis du fliegst. Aber ich soll die Revolution von hundertachtzig Tonnen Flugasche reinwaschen, soll sie putzen und polieren mit Glanzmitteln aus der Sprühdose· und soll sie als PS-gewaltiges Gefährt in die Zukunft auf Zeitungspapier anpreisen. Hinterher gehe ich zum Friseur und lasse mir die Haare blond färben, weil ich süchtig bin nach Veränderung.«

Josefas Spontaneität, die ständig nach Aktionen drängte, war Christian fremd. Er selbst plante langfristiger. Hektik, betriebsame Aktivitäten, größere Menschenansammlungen verunsicherten ihn, und er entzog sich ihnen, wo er konnte. Das Land und das Jahrhundert, in die hinein er geboren war, betrachtete er als Zufälle seines Lebens, die er als faktische Grenzen akzeptierte, nicht als gedankliche Barrieren.

»Du hast dein B. geschrieben, wie du wolltest. Nun warte doch erstmal ab. Dein Strutzer sitzt jetzt sicher friedlich am Kaffeetisch und verschwendet keinen Gedanken an dich, während du dir Dornen aus der Kopfhaut ziehst, die noch gar nicht drin sind. Auch eine Art Hypochondrie.«

Nach dem Essen brachten sie den Sohn zur Großmutter und fuhren zu Karl Brommel, einem Freund von Christian, den Josefa bisher drei- oder viermal gesehen hatte. »Dich allein halte ich heute nicht aus«, sagte Christian.
Karl Brommel war Elsässer, ein kompakter Mann, auf dessen stromlinienförmigem Körper ohne sichtbare Vermittlung des Halses ein breiter Katerkopf saß. Schlitzförmige Augen, ein kurzer, schlitzförmiger Mund. Er war vor fünfzehn Jahren in Berlin geblieben, weil er bei einer DDR-Exkursion französischer Journalisten ein Mädchen kennengelernt hatte, bei dem er bleiben wollte. Sie war damals Anfang Zwanzig, er war

über Dreißig. So alt ist sie nicht geworden, sie starb mit achtundzwanzig Jahren an einem Nierenleiden. Sie hieß Brunhilde, wurde Bunni gerufen und war die Schwester jenes erfolgreichen Jazzpianisten Hartmut, um den Josefa auf ihrer Abschlußfeier geweint hatte.

Außer seiner Stadtwohnung in einem Neubauviertel besaß Brommel ein Landhaus, das sich rustikal gab und jeden Komfort bot. Selbst eine Sauna hatte Brommel einbauen lassen, die, wie er gern erzählte, von den Bewohnern des Dorfes, in dem Brommels Haus stand, intensiv benutzt wurde. Dafür bekam Brommel im Frühjahr hausgeschlachtete Wurst, im Sommer jede Art von Obst und Gemüse, die in seinem Dorf wuchs, im Herbst die schönsten Steinpilze und zu Weihnachten eine echte, individuell gemästete Gans. Brommel brauchte sein Haus, um darin zu arbeiten. An den Wochenenden fuhr er oft in die Stadt, besuchte Freunde, ging ins Theater, erledigte Dienstliches. In der Woche arbeitete Brommel wie ein Ochse im Joch, aber mit Freude, sagte Brommel. Er war Korrespondent einer französischen Zeitung. Vor allem aber schrieb Brommel Bücher. Bücher über andere Länder, in die Brommel fuhr und hinterher aufschrieb, was er dort erlebt und gesehen hatte. Solche Bücher waren sehr gefragt, und da Brommel Franzose war, hatte er schon Bücher über Frankreich, Afrika und Indien geschrieben, über Frankreich sogar drei.

Brommel freute sich, als sie kamen. Bei dem Wetter hätte er selten Besuch, sagte er, setzte Teewasser auf und legte Steaks auf den Grill, Steaks hatte Brommel immer vorrätig. Er setzte sich an den Tisch, kniff die Augen zu Ritzen zusammen und fragte Christian: »Wie geht's, du?« Sein schmaler Mund formte sich beim Sprechen zu einer kleinen runden Öffnung, und es war verwunderlich, daß Brommel damit artikulieren konnte. Diesmal rauchte Brommel Pfeife. Josefa erinnerte sich, ihn schon als Zigarettenraucher, als Zigarrenraucher und als Nichtraucher erlebt zu haben. Brommel rauchte überzeugend. Zu welchen Rauchern er auch gerade gehörte, er ließ keinen Zweifel daran, daß er diese Art jeweils für die einzig mögliche hielt.

Josefas Anwesenheit schien Brommel nicht zu interessieren, nicht zu freuen, nicht zu ärgern. Er ignorierte sie. Josefa lehnte sich zurück, starrte vor sich hin, roch das rohe Holz, aus dem das Mobiliar gezimmert war. Tische und Bänke aus ungebeiztem Holz. Der Heizofen summte leise. Heizöfen von Braun summen leise. Sie trank von dem Tee, den Brommel ihr eingegossen hatte. Earl Grey, registrierte sie, keinen Tee trank sie lieber als Earl Grey. Brommel lobte Christian für seinen letzten Aufsatz in einer Philosophiezeitschrift. Josefa kannte den Aufsatz nicht, sie hörte nicht weiter zu.

Durch ihre Kopfhaut rieselte warmer Strom, ihr Kiefer hatte den Drang, nach unten zu klappen. Sie stützte den Kopf in die Hände, weil sie ihr Gesicht nicht anders in den Formen halten konnte. Zwischen Brommel und ihr flackerte die Kerze, durch die Brommel aussah wie ein dicker Faun, der auf einer unsichtbaren Flöte blies. Josefa beobachtete ihn durch die zuckende Flamme. Brommel badete genüßlich in dem Wohlwollen, das er über Christian ergoß. Er gehört zu den Leuten, dachte Josefa, die ihr Lob verleihen wie einen Orden.

Später sagte Brommel, sie wollten noch ein Stück über die Dorfstraße gehen. Josefa wäre lieber im Warmen geblieben, aber sie wurde überstimmt.

Es war totenstill im Dorf. Kein Köter kläffte. Nichts war zu hören als die Schritte der drei Menschen, die schweigend die Dorfstraße abschritten. Die Häuser rechts und links der Straße duckten sich unter der Finsternis.

Josefa atmete tief, und die frostige Luft fuhr ihr scharf durch Nase und Hals. Der Himmel schien ihr höher, die Sterne näher, die Kälte friedlicher. Brommel hustete. Der Husten hallte über das Dorf wie ein Donner. Dann war es wieder still.

Wir sind die letzten Menschen auf der Welt, Christian, ich und Brommel. Die anderen sind tot, weg wie Bunni. Wir werden auch bald sterben. Dann bleibt es still auf der Erde. Zwischen dem Himmel und dem Kopfsteinpflaster unter unseren Füßen wird sich nichts bewegen außer kleinem Getier, Echsen und Käfern. Den letzten von uns wird niemand begraben können, aber der Gestank seines verwesenden Körpers wird keinen stören.

In dem grauweißen Licht, das aus einem Fenster auf die Straße fiel, glänzten die Kopfsteine wie die Schädeldecken einer unterirdischen Armee. Steinköpfe. Wir laufen auf Toten. Wo wir laufen, laufen wir auf Toten, auf den Milliarden, die vor uns gelebt haben. Meterweise liegen sie unter uns. Bestimmt denkt Brommel jetzt an Bunni. Sie ist vor acht Jahren gestorben, und seitdem hat Brommel es mit keiner Frau länger als drei Monate ausgehalten. Oder keine Frau hat es mit Brommel ausgehalten. Einmal hatte Josefa ihn in seiner Stadtwohnung besucht. Fünf oder sechs große Fotos hingen an den Wänden und standen in den Regalen, auf allen Fotos Bunni mit ihrem schmalen Kopf und mit der zu großen fleischigen Nase und mit diesen Augen, denen man keine andere Farbe zutraute als Grau. Die Augen hatten sie an den Bruder erinnert, der schon fünfzehn Jahre vorher gesagt hatte, seine Schwester würde sterben, ehe sie Dreißig sei. Die Augen auf den Fotos sahen aus, als gehörten sie einer, die wußte, daß sie bald stirbt. Oder es schien Josefa so, weil Bunni gestorben war.

»Machen wir kehrt«, sagte Brommel.

Das Kopfsteinpflaster brach ab, die Straße mündete in einen ausgefahrenen Sandweg, der sich zehn Meter weiter in der Dunkelheit verlor. Sie gingen den gleichen Weg zurück.

Rechts unten in der Zeitung eine mittelgroße schwarzumrandete Anzeige. In fetten Buchstaben: JOSEFA NADLER. Darüber klein gedruckt: Zu früh und unfaßbar für uns alle auf tragische Weise aus dem Leben gerissen. Darunter: Sie war

eine begabte, ständig einsatzbereite Journalistin. Dann noch
ein Satz, in dem ehrendes Angedenken vorkommt. Begabt
würden sie sicher durch treu oder zuverlässig ersetzen. Aber in
der Grabrede würden sie von begabt sprechen und von den
vielen ungeschriebenen Reportagen, auf die sie nun verzichten
müssen. Ihr kritischer Verstand . . . Josefa stellte sich den
schwarzbefrackten Herrn vor, der auf dem Rednerpodest über
den Kränzen und Blumen schwebte. Der Mann sah aus wie
Siegfried Strutzer. »Die mit kritischem Verstand ungeschriebenen Reportagen . . .«, hörte sie.
Für diese Formulierung mußte sie nicht erst sterben.
In der ersten Zeit werden sie noch den Konjunktiv benutzen:
»Aus ihr hätte eine blendende Journalistin werden können.«
Mit dem Vergessen werden sie mutiger: »Aus ihr wäre eine
blendende Journalistin geworden.« Bis sie sich daran
gewöhnt haben, daß mein Anspruch auf Zukunft erloschen
ist, und sie mich endgültig aus den Listen der Lebendigen
streichen. »Sie war eine blendende Journalistin«, werden sie
dann sagen, und niemand wird sich dadurch gestört fühlen.
Ein oder zwei Jahre werden sie brauchen oder weniger, um
mich gewalttätig zu vollenden. Sie werden mich schöner,
klüger, besser machen als ich war und mich in der Verklärung versenken. Ein paar Jahrzehnte, und sie werden im
Geburtenregister nachsehen müssen, um zu wissen, daß es
mich gegeben hat. Trotzdem rennt man wie eine Ameise
über die Erde, schafft das Einmaleins an, rafft ein bißchen
Literatur, ein bißchen Ökonomie, ein Häuflein Wissen als
Wegzehrung fürs Leben, boxt mit fettleibigen Siegfried
Strutzers, rennt nach der neuesten Mode, als ginge es ums
Überleben. Warum setzen wir uns nicht unter die Sterne,
bauen Gemüse an, melken die Kuh, scheren das Schaf und
weben an dunklen Abenden den Stoff für unsere
Jeans.
Brommel hielt sein Grogglas in den Händen, als wollte er sich

daran die Finger wärmen. Er lag mehr in seinem Sessel, als er darin saß. Christian blätterte in einer Westillustrierten. Brommel musterte Josefa aus seinen Augenschlitzen. »Sie haben sich verändert, seit wir uns das letzte Mal gesehen haben«, sagte er.

»Ich glaube«, sagte Josefa. »Warum?«

»Sie sehen aus, als hätte der Bazillus Zweifel Sie befallen.«

Brommels Anspruch, den Leuten in die Seele gucken zu können, hatte Josefa an ihm nie leiden können. Dazu diese verkrampfte Ausdrucksweise. Sicher fühlte er sich seinem Vater verpflichtet, der Psychoanalytiker war.

»Christian hat mir eine Zukunft als Hexe vorausgesagt. Was haben denn Sie zu bieten?«

Brommel lachte, und seine Augen verschwanden gänzlich hinter den Schlitzen. »Das kommt darauf an, was Sie zu bieten haben.«

»Mein Innenleben stand heute schon zur Diskussion. Ich habe keine Lust, es noch einmal vorzuführen.«

»Dann hat Ihr Innenleben wohl einen Hinkefuß?«

Josefa sah zu Christian. Christian las.

»Vielleicht«, sagte sie, nahm eine Zigarette, sah dann angestrengt auf den Fußboden. Brommel hatte sich vorgebeugt. Er betrachtete sie neugierig und ungeniert. »Sie erschienen mir früher sehr viel sicherer«, sagte er.

»Ich habe doch heute noch gar nichts gesagt.«

»Eben das wundert mich«, sagte Brommel, »erinnern Sie sich an unsere Diskussion über Strafvollzug und Todesstrafe?«

Josefa wurde rot. »Das ist schon sieben Jahre her«, sagte sie.

»Sechs«, sagte Brommel, »genau sechs. Es war Bunnis zweiter Todestag. Und ich erinnere mich, daß Sie über das Leben anderer Menschen sprachen wie ein Bootsverleiher über

Ruderkähne. Wenn ich mich recht entsinne, beriefen Sie sich dabei sogar auf Lenin und sämtliche französischen Revolutionen.« Brommel genoß sein gutes Gedächtnis.

»Unser Gespräch war damals für mich sehr wichtig«, sagte Josefa. Sie gab es auf, den Fußboden zu fixieren, und wandte sich Brommel zu. Brommel lehnte sich wieder in einen Sessel.

»Noch wichtiger war aber ein Mädchen, Heidi Arndt.«

»Das ist interessant«, sagte Brommel, der gern Geschichten hörte. »Erzählen Sie.«

»Eine Kollegin recherchierte in einem Berliner Konfektionsbetrieb und lernte dort eine junge Frau kennen, die zwei Jahre in einer Arbeitserziehung gewesen war. Inzwischen hatte sie geheiratet, die Arbeitsplatzbindung, zu der sie verurteilt war, lief auch gerade ab. Die Geschichte wäre sicher bald vergessen worden von den anderen. Trotzdem sagte die junge Frau, sie sei bereit, über sich und ihr Leben schreiben zu lassen. Das muß man sich vorstellen, in einer Illustrierten, mit Fotos. Meine Kollegin wurde krank oder hatte Urlaub, das Thema bekam ich. Ich besuchte Heidi Arndt zu Hause. Sie wohnte in der Nähe der Warschauer Brücke. Eine dunkle Altbauwohnung, eingerichtet mit allem, was heute für gewöhnlich in Wohnungen gehört: Schrankwand, Sitzecke, Auslegware, Dederonstores.

Heidi Arndt war dreiundzwanzig Jahre alt. Sie war klein und zierlich. Unter den Augen hatte sie weiche Polster wie ein Kind. Wenn sie den Mund öffnete, sah sie um zehn Jahre älter aus. Das lag an den zerfressenen Zähnen. Seitdem ist mir öfter aufgefallen, daß Haftentlassene schlechte oder für ihr Alter zu wenig Zähne haben. Heidi Arndt erzählte mir ihre Geschichte sachlich, ohne Scham, wie mir schien, auch ohne phantastische Beigaben. Sie war die jüngste von drei Geschwistern. Der Vater war Schlosser, die Mutter Hilfskraft in einer Betriebsküche. Die Kinder wurden streng erzogen. Die beiden Älteren wehrten sich nicht. Auch Heidi, die intelligenter und lebhafter war als die anderen, beugte sich. Mit sechzehn hatte sie einen Freund und verlobte sich heimlich. Aber jeden Abend um acht mußte sie zu Hause sein und konnte dann vom Balkon aus sehen, wie ihr Verlobter mit seinem Motorrad auf Tour fuhr, zuerst allein, später mit Mädchen. Die Verlobung ging in die Brüche. Nach einem halben Jahr verliebte sie sich wieder. Sie bekam ein Kind, die Eltern warfen sie raus. Bei einer alten Frau um die Ecke fand sie ein Zimmer. Der neue Freund war ein übler Bursche, der viel soff und selten arbeitete. Heidi schmiß die Lehre, weil sie morgens zu müde war von den durchzechten und durchliebten Nächten. Der Freund hatte immer Geld, sie wußte nicht, woher, es kümmerte sie auch nicht. Sie zog in die Wohnung des Freundes. Nach einem Jahr stand die Polizei vor der Tür, und Heidi wurde wegen krimineller Gefährdung zu ein bis zwei Jahren Arbeitserziehung verurteilt, das hieß, nach einem Jahr mußte entschieden werden, ob sie entlassen wird oder nicht. Das Kind kam zu den Eltern. Heidi kam in eine Zelle mit zwanzig anderen Frauen, Prostituierten, gescheiterten Republikflüchtigen, Alkoholikern. Ein Jahr lang versuchte sie, gut zu arbeiten. Am Tag schaffte sie die Norm, in der Nachtschicht nicht. Ab drei Uhr morgens kämpfte sie mit dem Schlaf, manchmal schlief sie auch ein. Sie war gerade achtzehn. Von den anderen Häftlingen wurde sie gemieden wegen ihres Wohlverhaltens. Die meisten Frauen in der Zelle waren lesbisch. Heidi wollte nicht. Obwohl es streng verboten war, ließen die Frauen sich tätowieren. Heidi nicht. Nach einem Jahr teilte ihr die Anstaltsleitung mit, sie könne noch nicht entlassen werden, weil sie die Norm nicht erfüllt hätte. Es werde überlegt, ob ihr Kind zur Adoption freigegeben werde. Die Eltern schrieben ihr nicht. Heidi wußte nicht, wo ihr Kind war. Kurz darauf erklärte man ihr, das Kind sei nun adoptiert. An dem Tag ließ Heidi sich tätowieren. Sie begann ein Verhältnis mit einer Frau, die, wie Heidi sagte, sehr klug war und sehr lieb. Das zweite Jahr war leichter. Sie freundete sich mit den meisten Frauen an. Nur das Essen war schlecht, manchmal sogar verdorben. In den Karzer mußte sie nie, aber die anderen erzählten davon. Knast im Knast, davor hatte sie Angst. Heidi wurde früher entlassen als ihre Freundin. Sie versprachen sich, später auch draußen zusammen zu leben. Sie sprachen viel von draußen. Trotzdem wäre Heidi lieber drin geblieben bei der Freundin. Sie hatte Angst vor draußen. Die Tochter fand sie bei den Eltern. Das war das einzige, was ihr Mut gemacht hat, sagte sie. Sie bekam Arbeit in dem Konfektionsbetrieb und durfte wieder in ihr Zimmer ziehen bei der alten Frau. Die alte Frau hatte einen Neffen, der Heidi schon lange mochte. Er hatte nur die sechste Klasse und war Kohlenträger. Früher hatte er sich nicht getraut, Heidi anzusprechen. Jetzt wollte er ihr helfen. Aber Heidi wartete auf ihre Freundin. Als die Freundin aus dem Knast kam, hatte sie eine andere. Heidi heiratete den Kohlenträger. Sie verstanden sich gut. Aber mit ihm schlafen konnte sie nicht. Sie sehnte sich nach einer Frau. Frauen seien zärtlicher, sagte sie. Sie hatte sich vorgenommen, zu einem Psychiater zu gehen, um ihre sexuellen Neigungen korrigieren zu lassen. Wenn sie im Sommer baden fuhren, mußten sie sich einen versteckten Platz suchen, oder Heidi mußte trotz Hitze einen Rollkragenpullover tragen. Sie war am ganzen Körper tätowiert. Einmal in der Woche ging sie zu einem Arzt, der die Tätowierungen aus der Haut schliff. Das machte der Arzt ohne Betäubung, es hinterließ Narben, die Brandnarben ähnelten. Sie hatte ein Jahr warten müssen, um als Patientin angenommen zu werden, manche müßten noch länger warten, sagte sie. Obwohl die Leute im Betrieb freundlich zu ihr waren, wollte Heidi an dem Tag kündigen, an dem ihre Arbeitsplatzbindung erloschen war. Sie wollte ein Jahr lang nicht arbeiten. ›Jetzt darf ich das‹, sagte sie, ›jetzt bin ich verheiratet.‹ Ich fragte sie, warum sie, nachdem alles vorbei sei, eine Veröffentlichung ihrer Geschichte zulassen oder sogar wünschen würde. ›Ich will, daß alle Leute wissen, wie schlimm das ist‹, sagte sie. ›Und bevor sie einen reinschicken, sollen sie daran denken, daß drin keiner besser wird. Und vorbei ist das nie.‹«

Brommel wartete, ob Josefa noch etwas hinzufügen wollte, legte den Kopf auf die Rückenlehne seines Sessels, starrte einige Sekunden konzentriert an einen Punkt der Decke, löste sich dann mit einem Ruck aus dieser Haltung und sagte: »Ja, an solchen Geschichten kann man schon etwas begreifen. Ist die Sache gedruckt worden?«

»Ich habe sie nicht geschrieben«, sagte Josefa. »Keine der zuständigen Instanzen war mit einer Veröffentlichung einverstanden.«

»Nun, das ist kein Wunder«, sagte Brommel und zog seinen dicken Katerkopf noch tiefer auf die Schultern. »Aber warum schreiben Sie es nicht trotzdem auf?«

»Vielleicht sollte ich das.«

»Bestimmt sollten Sie«, sagte Brommel. »Man kann reglementieren, welche Geschichten gedruckt werden. Das Schreiben selbst entzieht sich jedem Reglement. Verstehen Sie sich als Dokumentarist, als einer, Verzeihung, als eine, die Dokumente sammelt. Und lassen Sie sich dabei nicht durch die Überlegung stören, wann sie gelesen werden.«

Christian sah von seiner Zeitschrift auf. »Laß sein, Karl, es hat keinen Sinn. Was sie schreibt, will sie auch gedruckt sehen. Alles oder nichts, drunter macht sie es nicht. Frag Josefa, was Taktik ist, und sie wird dir sagen: mit dem Kopf durch die Wand neben der offenen Tür.«

»Wenn über der Tür steht: Durchgang verboten«, sagte Josefa.

»Ja, ist es dann nicht ratsamer, in einem günstigen Augenblick heimlich durch die Tür zu schlüpfen?« fragte Brommel.

»Vielleicht«, sagte Josefa, »aber ich kann nicht zwei Leben führen, ein legales und ein illegales. Ich will nicht den

Anspruch aufgeben, mit den anderen leben zu können als die, die ich bin. Ich will nicht den Dialog mit ihnen abbrechen und in die Zukunft emigrieren. Jetzt bin ich das schwarze Schaf, aber ich gehöre zur Herde.«

»Vielleicht gehören Sie auch jetzt nicht dazu und wollen es nur nicht wahrhaben«, sagte Brommel mit dem selbstgefälligen Wohlwollen in der Stimme, das er schon Christian hatte zukommen lassen. »Verstehen Sie mich recht, ich will Sie nicht von Ihrem, wie ich höre, achtenswerten und geraden Weg durch die Wände abhalten, nur aller Erfahrung gemäß werden dabei die Köpfe weich, nicht die Wände.«

»Wir werden sehn«, sagte Josefa und lächelte in Brommels neugieriges Katergesicht.

»Viel Erfolg«, sagte Brommel und erhob sein Glas.

Josefa war froh, seinen Fragen entronnen zu sein. Er war ihr unheimlich mit seinen hinter Schlitzen versteckten Augen und mit seiner Sucht, den Leuten in die Seele zu kriechen.

Sie saßen bis in die Nacht an Brommels rohem Holztisch, und obwohl das Gespräch nicht mehr auf Josefa kam, musterte Brommel sie zuweilen mit einem Ausdruck, als könne er nur mit Mühe eine Frage oder eine Bemerkung unterdrücken. Unvermittelt warf er in eine Gesprächspause den Satz: »Hüten Sie sich vor zuviel Selbstmitleid.« Ehe Josefa antworten konnte, sprach er weiter über ein Buch, das er gerade las. Als sie aufbrechen wollten, bot er ihnen für die Nacht sein Gästezimmer an.

Ein kleiner Raum mit einem großen Bett. Christian schloß die Tür, lehnte sich mit verschränkten Armen gegen sie und lächelte unverschämt. »Na und nun?«

Den ganzen Tag hatte Josefa Lust verspürt, ihn anzufassen, die Nähe zu ihm, die sie empfand, mit den Händen und mit dem Körper zu fühlen. Als sie Brommel gefragt hatte, zu wem gehöre ich dann?, hatte sie einen Augenblick an Christian gedacht. Die Aussicht auf ein gespaltenes Leben schien ihr weniger bedrohlich, solange sie für Christian bleiben konnte, wer sie war. Sie war dankbar für Brommels Angebot, in seinem Gästezimmer übernachten zu können. Sie nahm es als ein Orakel, das ihnen die Entscheidung zwar nicht abnahm, aber zwanglos erleichterte. Jetzt mußten sie die Nacht kartenspielend auf dem Bettrand verbringen, oder sie würde Christian bis zum Morgen zwischen ihren Schenkeln haben, bis er die Angst, die der Tag in ihr hinterlassen hatte, aus ihr herausgepumpt hätte.

Christian stand noch immer an der Tür. Er lächelte nicht mehr. »Zieh dich aus«, sagte er leise.

Er blieb an der Tür stehen, als müßte er sie bewachen. Josefa legte sich ins Bett. Christian hängte seinen Pullover über die Stuhllehne, dann hob er Josefas Kleidungsstücke von der Erde auf. Sogar jetzt, dachte Josefa. Christian zog die Decke von Josefa, obwohl es kalt war im Zimmer, strich mit der Hand langsam von ihrer Schulter bis zu den Füßen, betrachtete sie lange. Josefa fror. Sie zog Christian wie eine Decke über sich. Einen Augenblick lagen sie, ohne sich zu rühren. Dann spürte Josefa die Wärme, die sich von ihrem Schoß über Brust und Hals ausbreitete. Sie überließ sich den Wellen, auf denen ihr Körper auf und nieder schwamm. Die Augen schließen. Dunkel. Ein Tintenfisch hält mich in den Armen und treibt mit mir auf dem Ozean. Von einer Welle zur nächsten. Er hält mich fest, damit ich nicht ertrinke. Er hält meinen Mund zu, damit ich kein Wasser schlucke. Halt dich fest, sagt er und taucht mit mir durch eine riesige Welle. Er drückt mir die Luft ab mit seinen Armen. Schwimme, sagt er und läßt mich los. Nur an einem seiner Arme hänge ich noch und gehe nicht unter. Aus dem Kopf des Tintenfisches wachsen Flügel. Jetzt fliegen wir, flüstert er und hebt sich in die Luft. Er soll mich nicht fallen lassen. Höher, schneller, schneller. Wir fallen, ruft der Tintenfisch. Im Sturzflug rasen wir auf die Erde. Jetzt wachsen mir Flügel, große Flügel aus Ahornblättern. Wir fliegen dicht über dem Wasser, und die Wellen klatschen gegen unsere Bäuche. Meine Arme sind weiße weiche Schläuche mit Saugnäpfen an den Innenseiten. Ich habe viele Arme. Ich bin ein Tintenfisch.

VI.

Zwischen Siegfried Strutzers hochgezogenem Hosenbein und dem grauen Wildlederschuh leuchtete ein roter Strumpf, um den Knöchel verziert von einem blauen Streifen. Der Fuß im roten Wolpryla und grauen Wildleder wippte. Luise saß auf der Kante ihres Sessels, den Ellenbogen auf die Tischkante gestützt, und kritzelte etwas auf einen Zettel. Josefa saß zwischen Luise und Strutzer. Er hoffe, sie hätten ein schönes Wochenende gehabt, sagte Strutzer. Sie hoffe, auch er hätte ein schönes Wochenende gehabt, sagte Luise. Josefa schwieg.
Luise wüßte wohl, worum es ginge, begann Strutzer.
Nein, sagte Luise, das wüßte sie nicht.
Josefa sah aus dem Fenster. Außer einem blauweißen Winter-himmel sah sie nichts. Sie hätte aufstehen müssen, um die bunten Autoketten beobachten zu können, die sich morgens in geheimnisvoller Ordnung über den Alex schoben. Sie ver-suchte nicht zu hören, worüber Siegfried Strutzer sprach. »Halt dich raus, solange es geht«, hatte Luise gesagt, »mit deinem Ohrenrauschen verdirbst du sonst alles und schmeißt womöglich wieder Büroklammern durchs Zimmer.«
Strutzer legte beide Hände auf die Sessellehnen, stellte die Beine nebeneinander, den linken Fuß leicht nach außen gewinkelt, öffnete seinen roten geschwungenen Mund beim Sprechen nur wenig, als müsse er jede Mühe meiden. Der König aus dem Nachen mit dem roten Baldachin. Strutzer hatte einen Sohn, der aussah wie Strutzer. Schon teigig, kleiner

roter Mund, müde, in den äußeren Winkeln abfallende Augen.
Strutzer hatte eine Frau, die, wie Josefa schätzte, zwei Zentner
wiegen mußte. Strutzer besaß weiterhin eine Vierzimmer-
wohnung und ein Auto. Von einer Datsche wußte Josefa
nichts, aber es war anzunehmen, daß sie vorhanden war.
»Bevor das Manuskript nicht vom Betrieb bestätigt ist, hätte
Josefa es dir gar nicht geben dürfen«, sagte Luise.
Strutzer hob abwehrend beide Hände. »Moment bitte,
Moment bitte«, sagte er leise und lächelte gekränkt. Rudi
Goldammer hätte ihn beauftragt, sich der Sache anzuneh-
men.
Nicht zuhören, dachte Josefa, etwas anderes denken. Sie
versuchte sich vorzustellen, wie Strutzer einen Sonntag ver-
brachte mit der dicken Frau und dem teigigen Sohn, der aussah
wie Strutzer. Spätestens um neun steht er auf, duscht, zieht
alte, aber saubere Hosen an und einen abgelegten Pullover zum
Auftragen. Zum Frühstück gibt es Kaffee, ein Ei, Marmelade.
Nein, Marmelade nicht. Schinken, Frau Strutzer hat gute
Beziehungen zum Fleischer. Strutzer liest der Familie beim
Frühstück die Zeitung vor, empört sich über die Stilblüten auf
der Lokalseite, schlägt dann die innenpolitische Seite auf.
Strutzer untersteht die Innenpolitik in der Illustrierten Woche.
Er schiebt der Frau seine Tasse hin, um darauf hinzuweisen,
daß sie leer ist. Die Frau gießt ein.
»Sieh einer an«, sagt Strutzer, »ist er doch dagewesen.« Er klärt
den Sohn und die Frau, die nicht eingeweiht sind wie er, über
die Zusammenhänge auf. Der Minister hätte nun doch auf der
Schriftstellertagung gesprochen, obwohl, wie Strutzer gehört
hatte, allgemein befunden wurde, diesen Schreihälsen sei
schon genug der Ehre angetan.
»Wie steht denn Josefa dazu?« fragte Siegfried Strutzer.
Josefa hätte zu dem Punkt keine andere Meinung als sie selbst,
sagte Luise bestimmt und sah beruhigend zu Josefa. Josefa
nickte, sollten sie verhandeln.

Sie war unzufrieden mit ihrer Vorstellung von Strutzers Sonntag. Vielleicht wacht Strutzer am Sonntag um halb sieben auf wie gewohnt, freut sich, weil er noch einmal einschlafen darf, weil er heute nicht antreten muß zum Kampf um die Illustrierte Woche. Er rückt näher an seine dicke Frau, die noch schläft, schiebt seinen Kopf zwischen ihre großen Brüste, denkt einen Augenblick an den schönen Tag, den er haben wird mit der Frau, die nicht zänkisch ist, und mit dem Sohn, der ganz nach ihm gerät.

Nach dem Frühstück, während der Sohn das Aquarium säubert, erzählt Strutzer seiner Frau, daß Rudi Goldammer wieder einmal krank sei und die ganze Verantwortung für die Illustrierte Woche wieder auf seinen, Strutzers, Schultern ruhe. Das alles für sein Stellvertretergehalt, das, wolle man gerecht sein, Rudi Goldammer zustünde statt Strutzer.

Strutzers Frau sieht ihren Mann aus braunen glänzenden Augen an. »Du bist eben zu gut«, sagt sie, »ein anderer an deiner Stelle hätte dem Goldammer längst ein Bein gestellt. Du bist zu weich.«

Strutzer seufzt, steht auf. Solange er auf diese Weise die gröbsten politischen Fehler verhindern könne, fände er doch einen Sinn in der Ungerechtigkeit, sagt er. Und wie nötig es sei, die Linie der Partei immer zu verteidigen, bewiese gerade die Reportage dieser Nadler, die, ließe er sie zu, dem Klassenfeind Wasser auf die Mühle wäre. Strutzer klopfte mit dem Bleistift auf die Sessellehne. »So, wie der Beitrag vorliegt, verantworte ich ihn nicht«, sagte er, »und wann Rudi wiederkommt, ist nicht absehbar.«

Gib es auf, Luise, das schaffst du nicht. Vielleicht glaubt er wirklich an seine Mission und leidet unter uns, wie wir unter ihm leiden.

Strutzer zwischen den dicken Brüsten seiner Frau, wo er sich vom Kleinkrieg gegen Leute mit Abweichungen erholt. Ob Strutzer mit seiner Frau schläft? Josefa nahm eine Zigarette.

Strutzer gab ihr Feuer. Er hatte dicke weiße Finger. Dicke weiße Finger auf Strutzers dicker Frau. Josefa sah, wie Strutzer sich auf die Frau wälzte, sich in ihr rieb, bis es ihm kam und er von der Frau abfiel. Strutzer hatte einen Schlafanzug an, die Frau ein angerauhtes Nachthemd, das Strutzer ihr gerade so weit hochgeschoben hatte, wie es nötig war.

»Josefa«, sagte Luise, »bist du einverstanden?« Luise führte die Verhandlung, Luise war die Geschäftsfrau. Josefa hatte versprochen, nichts zu verderben. Luise nickte Josefa zu.

»Ja«, sagte Josefa.

Sie musterte Strutzer, der etwas notierte. Strutzer notierte alles, er hatte immer alles schriftlich. Jedes Telefongespräch eine Aktennotiz.

Strutzers Sonntag blieb leblos, teigig, verborgen wie Strutzers Augen hinter der getönten Brille. Josefa stellte Strutzer mit Sohn und Frau noch einmal zwischen Schrankwand, Fernseher und Couchgarnitur und ließ sich zum dritten Mal den Strutzerschen Familiensonntag vorspielen. König Siegfried liest im Zentralorgan, riecht nach einem guten Rasierwasser und raucht ein Zigarillo. Frau Strutzer räumt das Frühstücksgeschirr ab. Sohn Strutzer steht linkisch im Zimmer und befragt seinen Vater mit deutlich vorgetragenem Interesse nach den jüngsten politischen Ereignissen im Nahen Osten. Strutzer legt seine Zeitung aus der Hand, reibt sich nachdenklich die Augenwinkel mit Zeigefinger und Daumen. Zu Hause trägt Strutzer keine Brille, auch nicht, wenn er liest. »Setz dich doch«, sagt Strutzer zu seinem Sohn. »Ja, das sieht im Augenblick sehr problematisch aus«, sagt er, bietet dem Sohn ein Zigarillo an und erläutert ihm die jüngsten politischen Ereignisse im Nahen Osten. Die Frau kommt mit einem Tablett, auf dem einige Gläser stehen, aus der Küche. Sie poliert die Gläser, hört dabei den Ausführungen ihres Mannes zu. Sie ist glücklich, weil sie einen klugen Mann hat und einen Sohn, der ganz nach dem Vater gerät.

»Bring uns doch mal ein Bier«, sagt Strutzer zu seiner Frau. Die Frau holt das Bier, poliert die Gläser. So sitzen Strutzer und sein Sohn bis zum Mittag. Die Frau kocht.

Strutzers Sonntag blieb unverstellbar. Was Josefa in ihrer Phantasie zu sehen bekam, ähnelte oft gesehenen Szenen in Fernsehspielen über den DDR-Alltag, austauschbar und langweilig, blieb Klischee. Strutzer entzog sich Josefas Vorstellungskraft, oder aber Strutzer war ein Klischee.

Sie wußte wenig über Strutzer. Nur einmal hatte er ihr versehentlich Zugang zu seinem Wesen verschafft, als er angetrunken war und über seine Schulzeit erzählte. Strutzer stammte aus einem kleinen Dorf in Thüringen. Mit vierzehn Jahren kam er in ein Oberschulinternat, das hundert Kilometer von seinem Dorf entfernt war und das ein Jahr zuvor noch eine Zuchtanstalt der Nationalsozialisten gewesen war. Der Tradition des Hauses fühlten sich auch die neuen Zöglinge noch verpflichtet, als Strutzer dort einzog. Strutzer erzählte von den Strafen, die ältere Schüler über die jüngeren verhängten, wenn die Jüngeren den Gehorsam verweigerten. Strutzer mußte seinen Urin trinken. Als er sich für ein Mädchen interessierte, auf das ein Großer Anspruch erhob, wurden ihm nachts die Genitalien mit schwarzer Schuhcreme eingeschmiert. Es sei eine eklige Sache gewesen, das Zeug wieder abzuwaschen, sagte Strutzer.

Josefa hatte ihn gefragt, warum er nicht weggelaufen sei, nach Hause in sein Dorf. Schließlich sei der Faschismus vorbei gewesen. Er hätte es damals in Ordnung gefunden, hatte Strutzer geantwortet. Sein Gerechtigkeitsempfinden sei nicht gestört worden. Später, als er zu den Großen gehörte, hätte er den Kleinen die Genitalien geschwärzt.

»Also, ich notiere«, sagte Strutzer, »abgestimmtes Manuskript von Nadler am Donnerstag an Kollegium. Ist klar.«

Luise stand auf. Strutzer schob seinen Sessel an den Tisch, etwas schräg, mit geöffnetem Winkel zum Raum. Wie seinen linken Fuß, dachte Josefa. Sie suchte hinter den getönten Brillengläsern das Gesicht des vierzehnjährigen Strutzer. Mager, blond, der kleine geschwungene Mund, mit dem er seine eigne Pisse hatte trinken müssen. Das hat der Mund nicht vergessen, das will er nicht noch einmal. Auch das andere nicht. Schwärzen oder geschwärzt werden. Strutzer hat studiert. Strutzer hat die Parteischule besucht. Strutzer hat sich nie wieder für ein Mädchen interessiert, auf das ein Großer ein Auge geworfen hatte. Er konnte sicher unterscheiden, wer ein Großer war und wer ein Kleiner. In der Illustrierten Woche gehörte Strutzer zu den Großen.

Durch den Gang liefen sie hintereinander, schweigend. Auch während Luise die Tür zu ihrem Zimmer aufschloß, schweigen sie. Nachdem Luise die Tür hinter ihnen geschlossen hatte, holte Josefa tief Luft. »Die fette Qualle.« Luise lachte. Dann wies sie mit dem Kopf auf die weiße Wand. »Sprich mal ein bißchen leiser.« Luise holte ihre Zellophantüte aus der Handtasche, schob eine kleine schwarze Lakritzenkatze in den Mund und steckte die Tüte wieder ein, ohne Josefa daraus angeboten zu haben. »Man müßte wissen, ob Rudi das gelesen hat oder nicht. Wenn er es nicht gelesen hat, haben wir noch eine Chance. Wenn er es gelesen hat, wissen wir, warum er heute nicht da ist.« Sie griff nach dem Telefon. »Hol uns mal Kaffee«, sagte sie, während sie Rudis Nummer wählte. Wenn Luise kein Publikum duldete, überstieg ihr Vorhaben vermutlich sogar ihr eigenes Maß. Luise wartete mit dem Wählen der letzten Ziffer, bis Josefa das Zimmer verlassen hatte.

Armer Rudi, jetzt fängt sie dich. Josefa rannte durch den weißen Gang. Der Gang war lang. Wenn sie langsam lief, erschien er ihr noch länger. Josefa hatte sich angewöhnt, grundsätzlich jeden, der ihr auf dem Gang begegnete, zu grüßen, seit ihr eine Sekretärin in gekränktem Ton Arroganz vorgeworfen hatte. Josefa hatte die Sekretärin nicht gegrüßt, weil sie sicher war, sie vor einer Stunde schon einmal auf dem

Gang getroffen zu haben. Das sei nicht vor einer Stunde, sondern vor einem Tag gewesen, sagte die Kollegin und blieb von Josefas Dünkel überzeugt.

Auf dem Gang waren alle Tage gleich. Die weiße, endlose Eintönigkeit; Kaffeegeruch, klappende Türen. Nichts, das einen Tag von dem anderen unterschieden hätte. Der Großraum gab Gedächtnishilfen durch leere oder besetzte Schreibtische: An dem Tag war Günter nicht da, also Donnerstag. Auch das Wetter half: der Tag, an dem das Gewitter war.

Josefa glaubte nicht, daß Rudi krank war. Sie war sicher, er hatte den Beitrag am Freitag gelesen, sein geschulter Sinn für aufsteigende Konfrontation hatte ihn gewarnt, und Rudi hatte sich entzogen. Jetzt saß er still in seinem Mauseloch und übersetzte Kinderbücher. Rudi sprach englisch wie ein Engländer, und in seiner freien Zeit oder wenn er krank war, übersetzte er englische Kinderbücher, obwohl, wie Rudi sagte, der englische Humor nicht zu übersetzen war, schon gar nicht ins Deutsche. Wenn Rudi bei seiner Arbeit eine Formulierung fand, die ihm besonders komisch erschien, benutzte er sie mit kindlicher Freude oft tagelang, sobald er eine Gelegenheit sah. Keine seiner Übersetzungen hatte Rudi je einem Verlag angeboten. Die meisten Bücher hatte schon ein anderer vor ihm übersetzt, in der Regel schlecht, sagte Rudi.

Rudi wird sich ein Violinkonzert von Mozart aufgelegt haben. Neben ihm steht eine große Kanne Tee, nicht zu stark. Und wenn Rudi ein Wort sucht, das ähnlich komisch klingen soll wie das englische, das zu übertragen ist, sieht er dabei aus dem Fenster in seinen Garten, in dem hohe Kiefern stehen und kahle Pappeln. Hin und wieder werden sich ihm Gedanken aufdrängen an Luise, an Strutzer und an die 180 Tonnen Flugasche, vor denen er sich verkriecht, und Rudi muß sich anstrengen, die Gedanken wegzudenken. Zum Mittag kocht er sich eine Suppe, Spargelcreme- oder Champignoncremesuppe für seinen kranken Magen. Wenn Rudi Goldammer nicht krank ist, läßt er sich jeden Tag um dreizehn Uhr in das Restaurant »Ganymed« fahren, um dort seine Suppe zu essen. Keine Suppe in ganz Berlin sei so gut wie die aus dem »Ganymed«, sagt Rudi. Wenn er keine Zeit hat, selbst hinzufahren, läßt er sich die Suppe von seinem Kraftfahrer holen. Rudis absonderliche Gewohnheit war oft das Thema heimlicher Kritik unter den Mitarbeitern der Illustrierten Woche, die Rudi Allüren vorwarfen und Mißbrauch seiner Funktion. Manche lachten über ihn. Josefa verstand Rudis Suppentick. Rudi hatte Hunde gefressen, obwohl er Hunde gern hatte. Er hatte sie gefangen, ihnen das Fell abgezogen, hatte sie gekocht oder gebraten und hatte damit die Genossen ernährt, die sonst verhungert wären. Manchmal hatte er auch selbst von den Hunden gegessen. Wenn er die Geschichte erzählte, lachte er, tröstete uns und sich, es seien schließlich Nazihunde gewesen, die den Frauen der KZ-Beamten gehört hätten. Aber Rudi mochte kein Fleisch mehr. Er mochte die weißen zarten Suppen aus dem »Ganymed«.

Die Kantine war voll. Die Kantine war immer voll. Es gab fünf Kantinen im Haus, und alle waren immer voll. Die Kantinen lagen in der Mitte der Gänge, neun Tische in jeder, sechsunddreißig Stühle, ein Büfett. Die Wände zum Gang waren aus Glas. Dauerbesucher konnten von den Chefs und den arbeitsamen Redakteuren, die geschäftig die Gänge auf- und abhetzten, schon durch einen Blick aus den Augenwinkeln identifiziert werden. Auch der Charakter des Aufenthalts war während eines Vorbeimarsches an der Glasfront zu erkennen; ob notwendige Nahrungsaufnahme oder müßiges Kaffeetrinken – oder ob sogar gegen die Vorschrift in der Kantine gezecht wurde. Wer Cola trank, war verdächtig. In der Cola konnte Kognak sein. Wer Bitter-Lemon trank, war auch verdächtig. In der Bitter-Lemon konnte Wodka sein. Bockwurst war unverfänglich. Die Bockwurst schmeckte fad und ausgelaugt.

Manchmal gab es Bockwurst im Naturdarm. Dann waren die Schlangen vor dem Tresen noch länger, manche aßen auch gleich zwei Würste, Frauen packten sich vier oder fünf kalte Würste für das häusliche Abendbrot ein.

Josefa ließ zwei dicke Steinguttassen unter dem Automaten vollaufen, goß Sahne in Luises Kaffee, nahm zwei Stückchen Zucker. Der Weg zur Treppe führte durch drei schwere Türen aus Glas und Aluminium, die kaum mit einer Hand zu öffnen waren, schon gar nicht mit Ellenbogen und Fuß. Josefa wartete, bis jemand ihr die Türen öffnete. Dann ging sie langsam, um keinen Kaffee zu verschütten und um Luise noch Zeit zu lassen, eine Etage tiefer in die Illustrierte Woche. Schon von weitem hörte sie es aus Luises Zimmer schreien. Nur Luises Stimme war zu hören, scharf und hart. »Ich habe das Theater satt«, hörte Josefa. Armer Rudi, dachte sie. Sie stand im Gang, in jeder Hand eine Tasse, Ulrike Kuwiak kam vorbeigeflattert. »Haben sie dich ausgestoßen?« fragte sie und flatterte weiter in die Chefredaktion. Josefa überlegte, ob sie die linke Hälfte des Ganges entlanggehen sollte oder die rechte. Rechts lag der Großraum. »Wenn dir die Verantwortung zu viel ist, dann laß dich ablösen«, schrie Luise. Josefa lief nach links. Vielleicht war Hans Schütz da. Sie klopfte mit dem Fuß an die Tür, öffnete sie, als keine Antwort kam. Das Zimmer war leer, es roch nach kaltem Tabakrauch, auf dem Tisch lag ein Stapel englischer und französischer Zeitschriften. Es war ruhig, die Fenster lagen auf der Rückseite des Gebäudes, und die Straße, in der das Verlagshaus stand, verlief als Grenze zwischen dem neuen monumentalen Zentrum und dem alten schmuddligen Viertel, in dem Renis Kneipe lag; hier war Josefa an heißen Sommertagen mit Tadeus durch die engen, gemütlichen Straßen gezogen – und später mit anderen.

Josefa blätterte in den Zeitschriften, trank Kaffee und genoß es, allein und unbeobachtet zu sein. Es war kaum möglich, sich in diesem Haus vor den Blicken der anderen zurückzuziehen, wenn man nicht wenigstens Abteilungsleiter war wie Luise oder Hans Schütz. Einziger Zufluchtsort für Leute, die in Ruhe heulen wollten oder die nur fünf Minuten lang allein sein wollten, war die Toilette. Aber auch dort mußte man günstige Augenblicke abwarten, denn von den fünf Kabinen waren meistens ein oder zwei besetzt. Aber selbst wenn man Glück hatte und ungestört das verheulte oder verzerrte Gesicht ordnen und von der zerlaufenen Schminke säubern konnte, hielt man es in dem grüngekachelten Raum nicht länger aus als fünf oder zehn Minuten. Dann verwandelte sich das Asyl wieder in das Scheißhaus, das es war.

Josefa zog ihren Pullover hoch und kratzte sich den Bauch. Das Telefon klingelte, sie nahm den Hörer nicht ab. Der Streit zwischen Luise und Rudi Goldammer beunruhigte sie. Ein Schuldgefühl breitete sich in ihr aus. Sie war der Unruhestifter. Ihre Entscheidung war es, für die Rudi die Verantwortung nicht übernehmen wollte. Sie hatte sich oft gefragt, wovor Rudi Angst hatte. Als Verfolgter des Naziregimes hätte er schon vor zwei Jahren in Rente gehen können, von morgens bis abends englische Kinderbücher übersetzen, weiße Suppen kochen und Mozart hören. Vielleicht fürchtete er sich vor seiner schweigsamen Ehe. Oder vor Strutzer, der dann Chef der Illustrierten Woche werden könnte. Oder vor den Auseinandersetzungen, die seinem Rentnerdasein vorausgehen würden. Rudi fürchtete Entscheidungen. Die Notwendigkeit, folgenschwere Entschlüsse zu fassen, versetzte ihn in Panik. Als Kapo im Konzentrationslager hatte Rudi über Leben und Tod entschieden. Durch seine Hände gingen die Listen für die Todestransporte, er war für die Zusammenstellung der Transporte verantwortlich, und er ersetzte die Namen unentbehrlicher Genossen durch die Namen von Kriminiellen oder schwachen Alten, von denen man wußte, daß sie nicht überleben würden. Rudi vertauschte die Namen im Parteiauftrag. Nachts träumte er von denen, die er auf die Liste gesetzt hatte. Von manchen träumt er heute noch. Ihn verfolgt der Gedanke, die falschen Namen eingesetzt zu haben. Als hätte es richtige gegeben. Und jetzt schrie Luise ihn an, weil er vor der Wahl zwischen Strutzer und Josefa geflohen war.

Josefa wählte Luises Nummer, sie war noch immer besetzt.

Josefa erinnerte sich an ihre erste Begegnung mit Rudi Goldammer vor sechs Jahren. Zum Titel Diplomgermanistin fehlte ihr nur noch eine Prüfung in Mittelhochdeutsch. Sie hatte das Studium bis zum Halse satt. Die Pflichtliteratur, die Anwesenheitslisten, vor allem aber die Prüfungen, in denen sie zitternd saß mit blauen Händen, blutigen Nagelbetten an beiden Daumen. Jeder, der auf dem Stuhl ihr gegenüber saß, durfte sie fragen, was ihm gerade einfiel, um hinterher eine Zahl zwischen eins und fünf an ihre Antwort zu heften, je nach dem Gefallen oder dem Mißfallen, das sie in ihm ausgelöst hatte. Sie empfand das Studium als eine unwürdige Form geistiger Existenz, in der jeder Gedanke fremder Benotung ausgesetzt war, ehe ihm auch nur kleine Hühnerflügel gewachsen wären, mit denen er zu einem anderen Gedanken hätte fliegen können, um mit ihm eine Generation neuer Gedanken zu zeugen. Stranguliert oder scheintot wurden sie in die Leichenhallen studentischer Gehirne gebettet und warteten auf die Auferstehung. Nur Euler schloß sie aus von ihren Verwünschungen, Euler mit seinem Spezialseminar zur Gegenwartsliteratur. Nach dem Krieg war Euler Neulehrer geworden. Dann Taxifahrer. Man munkelte etwas von einem Verhältnis mit einer Schülerin. Später studierte er und blieb am Institut als Assistent. Euler hatte einen pädagogischen Charakter. Er dachte logisch, war geduldig, genoß die Denkleistungen anderer. Es schien ihn glücklich zu machen, wenn er an fremden geistigen Aktivitäten auch nur einen geringen Anteil

verbuchen konnte. Euler war kein brillanter Lehrer. Brillante
Lehrer leuchten durch Ironie, schöpfen geistreiche Anekdo-
ten, die ihre Schüler noch im Greisenalter zum besten geben.
Zu Euler paßte die Farbe Grau, die er auch bevorzugte. Es
wurde erzählt, er hätte eine hervorragende Dissertation geschrieben, reiche sie aber nicht ein, weil sie ihm immer wieder unvollkommen und verbesserungsbedürftig erschiene.
Eulers einziger Ehrgeiz schien darin zu bestehen, in jedem
Jahr zwei oder drei Studenten zu entlassen, die er als seine
Schüler ansehen durfte. Obwohl Euler seine Aufmerksam-
keit während der Lehrveranstaltungen gerecht verteilte, bevorzugte er in jedem Studienjahr einige Studenten, denen er
seine Freizeit und seine Wochenenden anbot, sobald sie ihn
um Hilfe baten. Seine Auswahl erschien willkürlich, nur selten waren es die Studenten mit den besten Zensuren,
die Euler behutsam und aufwendig wie Setzlinge über fünf
Jahre aufzog.

Josefas Freundschaft mit Euler begann kurz vor Ende des
ersten Studienjahres, als Josefa, nachdem sie die neue kultur-
politische Linie der Tageszeitung entnommen hatte, in den
Aufenthaltsraum der Dozenten stürzte, um sich exmatrikulie-
ren zu lassen. Das Zimmer war leer. Erst als Josefa die Tür
wieder schließen wollte, bemerkte sie Euler, der grau und
unauffällig auf dem Sofa saß und ein Kuchenpaket öffnete, in
dem drei Stücke gefüllten Bienenstichs lagen. Josefa war
unsicher, ob sie Euler ihren Entschluß mitteilen wollte. Er war
nicht in der Partei, wurde auch zu wichtigen politischen
Entscheidungen des Instituts nicht hinzugezogen. Warum
sollte sie gerade Euler ihren Protest an den Kopf schmet-
tern?

»Wen suchen Sie denn?« fragte Euler.

»Ich wollte eigentlich nur mitteilen, daß ich mich exmatriku-
lieren lasse«, sagte Josefa. Wenn Euler auch nicht kompetent
war, konnte er doch wissen, wie sie über das Verbot von

Filmen und Büchern dachte, was sie von den Schmähreden hielt, die über Schriftsteller und Regisseure ergossen worden waren.

Euler bat sie, die Tür zu schließen, bot ihr einen Stuhl an und ein Stück Bienenstich.

»Warum?« fragte er.

»Ich wollte später in einem Verlag arbeiten«, sagte Josefa, »als Lektorin, vielleicht hätte ich auch selbst geschrieben. Ich wollte Bücher herausgeben und nicht das Erscheinen von Büchern verhindern. Ich will nicht einen Beruf haben, den man über Nacht in sein Gegenteil verkehren kann; dann lieber Bäcker oder Arzt, irgend was, das um Himmels willen nichts mit Kunst zu tun hat.«

Josefa erinnerte sich an die letzten Sätze des langen leisen Vortrages, den Euler ihr an diesem Tag gehalten hatte.

»Lesen Sie in den Ferien die Klassiker«, hatte Euler gesagt, »besonders Engels. Denken Sie daran, in welch finsteren Zeiten die gelebt haben, und achten Sie darauf, mit welcher Heiterkeit sie darüber reflektieren konnten.«

In den Ferien fuhr sie mit Tadeus an die Ostsee. Sie hatten sich ein Zelt geliehen und einen Spirituskocher. Es waren ihre ersten gemeinsamen Ferien. Danach, wußten sie, würden sie sich lange nicht sehen. Zwei Jahre Moskau für den Physikstudenten Tadeus T. »Das ist eine Auszeichnung, Jugendfreund.« Für die Klassiker blieb keine Zeit.

Am ersten Tag des neuen Studienjahres traf sie Euler auf dem Gang vor dem Seminarraum. Er sei froh, sie wieder zu sehen, wenn sie auch nicht gerade heiter wirke, sagte er mit einer Spur von Ironie. Seitdem fühlte sich Euler für Josefa verantwortlich, als wäre es seine Entscheidung gewesen, daß sie nicht Bäcker wurde oder Arzt.

Vielleicht war es auch so. Vielleicht hätte sie die nächsten vier Jahre nicht ertragen, hätte Euler ihr nicht immer wieder geistige Unabhängigkeit gepredigt, die nicht abhängig vom

Lehrstoff sei. Er gab ihr Bücher zu lesen, die auf keiner Literaturliste standen, betreute ihre Jahresarbeit, obwohl sie ein absurdes Thema gewählt hatte, für das sich kein Mentor fand. Nur als Mohnkopf Josefa den Krieg erklärte, war Euler hilflos. »Und warum wollen Sie unbedingt in die Partei?« fragte er.

»Wenn Sie drin wären, könnten Sie mir jetzt helfen. Vielleicht darum«, sagte Josefa.

»Ich befürchte, das ist eine Illusion«, sagte Euler traurig, »aber versuchen Sie es.«

Nach fünf Jahren Studium fiel ihr auch der Abschied von Euler nicht schwer. Sie war froh, daß es ihn gegeben hatte. Aber er gehörte zu einer Zeit, die sie endlich hinter sich haben wollte, nach der sie sich auch nicht zurücksehnen würde. Sie mißtraute allen Schilderungen leichtlebiger Studikerzeiten und der wehmütigen Prophezeiung »Du wirst dir diese Zeit noch einmal zurückwünschen«.

Die Redaktion der Illustrierten Woche war damals in einem schmalen schwarzgrauen Haus im alten Berliner Zeitungsviertel untergebracht. Josefa hatte im Espresso Unter den Linden einen Kaffee getrunken und lief langsam, weil sie noch eine halbe Stunde Zeit hatte, die Friedrichstraße entlang in Richtung Mauer. Sie versuchte, sich das Bild eines Menschen vorzustellen, zu dem der Name Rudi Goldammer passen könnte. Als sie eine halbe Stunde später dem lebendigen Rudi Goldammer die Hand reichte, verblüffte sie die Ähnlichkeit, die er mit ihrer Phantasiegestalt hatte: klein, weiche Gesichtszüge, der traurige vergrämte Zug um den Mund, die kindlich-freundlichen Augen.

»Du bist also die Josefa. Du bist doch Genossin? Ja, na, dann sagen wir du, ist sonst so kompliziert. Willst du einen Kognak?« Er selbst trank nichts. »Der Magen, du verstehst.«

»Bist du begabt?« fragte er.

»Ja«, sagte Josefa.

Rudi kicherte. »Das ist gut«, sagte er, »das freut mich, daß du das sagst. Wenn du selbst nicht an deine Begabung glaubst, glaubt auch kein anderer daran.«

Rudi setzte sich, faltete seine Hände im Schoß, legte den Knöchel des rechten Beines auf sein linkes Knie und betrachtete Josefa lange mit unverhohlenem Wohlgefallen.

»Du bist jung«, sagte er, »das ist gut. Hier gibt's viel zuviel Alte. Ich bin auch zu alt.« Er kicherte wie ein Kind, das heimlich etwas Verbotenes gesagt hatte und sich freut, daß die Eltern es nicht gehört haben.

»Hübsch bist du auch«, sagte Rudi, »das ist schön, da hast du es mit den männlichen Kollegen leichter. Und laß dir nicht von jedem reinreden. Die Dümmsten reden am meisten. Aber das weißt du ja, ich habe ja deine Beurteilung gelesen.« Rudi kicherte wieder. »Da haben sie dir ganz schön eins reingewürgt, das macht nichts. Ich habe unbequeme Mitarbeiter gern.«

Schon bei dieser ersten Begegnung hatte Josefa die Vorstellung, Rudi Goldammer müsse in einem großen Wiener Kaffeehaus sitzen, Mokka trinken und Schlagsahne essen, Zeitungen und Gedichte lesen, Geschichten anhören, die Bekannte erzählen, und ab und zu dazwischenrufen: »Das freut mich, Franzl«, oder »Das ist schön für dich, Josef.« Rudi gefiel ihr, auch, weil sie ihm gefiel. Seine kindliche Offenheit rührte sie. Aber heute verstand sie nicht mehr, warum sie sich nicht schon damals gefragt hatte, wie Rudi mit seiner Naivität eine Zeitung regieren konnte, deren Schlagzeilen sich nur durch den besseren Stil von denen der übrigen Zeitungen unterschieden.

Was änderte es, wenn Luise den magenkranken oder unter Zahnschmerz leidenden Rudi anbrüllte. Vielleicht weinte Rudi dann. Der Verdacht, Rudi könnte zu Hause heimlich weinen, kam Josefa oft. Alte Menschen sehen häßlich aus, wenn sie weinen.

Josefa wählte noch einmal Luises Nummer. Jetzt war die Leitung frei.

Luise hatte die Fenster in ihrem Zimmer weit geöffnet. »Wo warst du denn solange?« fragte sie ärgerlich. Zum Glück hatte sie den Kaffee vergessen. Josefa hatte inzwischen beide Tassen getrunken.

»Er hat es gelesen«, sagte Luise.

»Und was sagt er?«

»Daß er es nicht gelesen hat.«

Wenn Luise wütend war, bekam sie rote Flecken am Hals. Ihr Hals war scharlachrot. »Ich hab gesagt, daß ich ihm das Manuskript schicke. Aber dem armen Mann geht es so schlecht, daß er nicht mal lesen kann. Dem wachsen die Magengeschwüre auf den Augen.«

Josefa war müde. Sie fühlte sich nicht wohl. Im Bett liegen. Jemand kocht ihr Kamillentee und grüne Götterspeise. Sie ist für nichts zuständig, nicht für B., nicht für das Kind. Josefa verstand Rudi. Nur Leute wie Strutzer konnten ohne Krankheiten auskommen.

»Du guckst schon wieder wie die heilige Johanna auf dem Scheiterhaufen«, sagte Luise. »Hol uns mal Kaffee.«

Die Kantine war voll. Die Kantine war immer voll. Es gab fünf Kantinen im Haus, und alle waren immer voll.

Ausgerechnet heute schien in B. die Sonne. Ein Indiz gegen die Wahrheit. In B. scheint keine Sonne. Es kommt vor, daß mattes gelbes Licht sich durch den Nebel quält, wie durch Milchglas. Aber heute schien die Sonne. Die weiße kleine Kugel stand sichtbar am Himmel. Ein kräftiger Nordostwind trieb den Nebel aus der Stadt. Fast immer wehte der Wind aus der entgegengesetzten Richtung, und die Stadt lag im Windschatten des Werkes.

Alfred Thal saß krumm, noch unscheinbarer als ohnehin, an seinem Schreibtisch und las Josefas Beitrag. Er las langsam. Josefa sah, wie seine traurigen Augen hin und wieder suchend das Papier abtasteten, bis sie den Satz oder Absatz fanden, den Alfred Thal zum zweiten Mal lesen wollte. Die Sonne spiegelte sich in der Schreibtischplatte. Josefa trank von dem Orangensaft, den die Sekretärin aus dem Kühlschrank des Generaldirektors für sie geholt hatte, als sie um ein Glas Wasser gebeten hatte. In Thals Gesicht war nichts zu erkennen, das auf seine Zustimmung oder Ablehnung hätte schließen lassen. Im Nebenzimmer entzog die Sekretärin dem Generaldirektor das Wort, indem sie das Diktiergerät abschaltete. Alfred Thal blätterte um.

»Hodriwitzka ist tot«, sagte er.

Josefa spürte, wie sich ihre Mundwinkel zu einem nervösen Grinsen verzogen. Immer, wenn sie vom Tod eines Menschen hörte, den sie kannte, mußte sie so grinsen. »Verzeihung«, sagte sie. Alfred Thal nickte. »Ein Unfall«, sagte er. »Dieses Scheißkraftwerk«, sagte Josefa. »Nicht im Kraftwerk«, sagte Thal, »hier auf der Straße. Er ist überfahren worden. Eine Woche, nachdem Sie hier waren, ist es passiert. Vorgestern war die Beisetzung. Er war selbst schuld. Wollte auf dem Fahrrad links abbiegen und hat nicht gewinkt. Ist direkt vor den Bus gefahren und war gleich tot.«

Hodriwitzka mit dem viereckigen Schädel und den viereckigen Händen war tot. Als Josefa Luise die Geschichte mit Hodriwitzka erzählt hatte, lag er also auf einer Bahre, oder in einem Kasten, vor der Verwesung verwahrt, bis er an die Reihe kam, mit dem zu Grabe getragen zu werden, bis die Formalitäten erledigt waren, der Redner bestellt und die Musik. Lag tot in einem Kasten, mit sauberen Händen, und war schuld. Hatte in einer Stadt gelebt, in der die Leute fünfmal häufiger Bronchitis haben als anderswo, in der Kirschblüten über Nacht an den Zweigen verdorren, weil ein giftiger Wind durch sie gefahren ist, hatte in einem Kraftwerk gearbeitet, in dem das Wort Sicherheit nicht erwähnt werden darf, und starb schuldig unter einem Bus.

Woher wollte Thal wissen, daß Hodriwitzka schuld war? Woher wußte er, daß er links abbiegen wollte, wenn er nicht gewinkt hatte? Vielleicht hatte Hodriwitzka nur das Gleichgewicht verloren, weil ihm ein paar Körnchen von den hundertachtzig Tonnen Flugasche in die Augen geflogen waren. Oder er hatte keine Kraft, das Fahrrad mit einer Hand zu lenken, nachdem er mit dem fünf Meter langen Feuerhaken zwanzigmal die Schlacke durch die Roste der Öfen gestoßen hatte. Für Hodriwitzka gab es Chancen genug, an seiner Stadt zu sterben. Er brauchte dazu keinen Bus, der Bus war ein Zufall. Ebensogut hätte es ein undichtes Ventil sein können oder Kohlenmonoxyd oder die alte steile Eisentreppe. Thal war froh darüber, daß es ein Bus war. Nicht im Kraftwerk, auf der Straße. Schuld.

Siebzehn Jahre lang hatte sich, wenn Hodriwitzka mit dem Fahrrad nach Hause gefahren war, an dieser Ecke Hodriwitzkas linker Arm gehoben wie ein elektronisch gesteuertes Signal. Nur an diesem Tag hatte Hodriwitzkas Gehirn den Befehl nicht erteilt, oder der Arm hatte ihn verweigert. Warum gerade an diesem Tag, eine Woche, nachdem Josefa in B. war?

Wer wäre schuld, wenn Hodriwitzka auf dem Heimweg in Gedanken den Brief an den Minister geschrieben und nicht gewußt hätte, wie er den Minister ansprechen sollte. »Werter Genosse Minister . . .« Hodriwitzka war nicht in der Partei, also: »Werter Herr Minister . . .« Das klang zu vornehm. »Werter Kollege Minister . . .« Hodriwitzka wäre nicht sicher gewesen, ob der Minister so viel Kollegialität nicht als plump oder anmaßend empfunden hätte. Hodriwitzka hätte sich gewundert, warum ein Arbeiter in einem Arbeiter-und-Bauern-Staat nicht wußte, wie er seinen Minister anreden darf, oder soll, oder muß. Dann die Kurve, beinahe hätte er sie verpaßt, nach links ohne abzuwinken. Schuld. Hodriwitzka? Der Minister? Josefa? Aber warum hätte Hodriwitzka wegen einer lächerlichen Ministeranrede unter einen Bus fahren sollen. Wahrscheinlicher war es, daß Hodriwitzka zu diesem Zeitpunkt den Brief längst vergessen hatte. Auch Josefa hatte nicht einen Augenblick geglaubt, er könnte den Brief tatsächlich schreiben. Sie hatte sich gefürchtet, Hodriwitzka wiederzusehen, sein verlegenes Lächeln bei der Erinnerung an die zehn Minuten, in denen sie einander verstanden hatten, für ihn inzwischen verschwommen im Kohlenruß und im Wasserdampf, während sie sich jenes vage wahrgenommene Einverständnis ins Bewußtsein gerufen hatte, festgenagelt auf Schreibpapier, es seiner Unentschiedenheit beraubt hatte, bis es ein nennbares Einverständnis war. Sie hätten den Brief nicht mehr erwähnt. Hodriwitzka nicht, weil er inzwischen nachgedacht hätte und wüßte, warum er ihn nicht schreiben würde. Josefa nicht, weil sie wußte, daß sie für Hodriwitzka eine Tangente war, die, nachdem sie seinen Kreis berührt hatte, von ihm fortstrebte. Das Tangentendasein war das Übelste an ihrem Beruf. Alles wurde an seiner Peripherie gestreift, und schon in der Berührung bewegte sie sich vom Schnittpunkt fort, ihrer Existenz gemäß.

Weg, immerzu weg von allem. Hodriwitzka starb unter einem Bus. Sie kam zu Besuch, einmal, zweimal, rieb sich den Dreck aus den Augen und stürzte sich am nächsten Kreis vorbei. Ein Hygieneinspekteur hatte nach seinen Visiten das Recht, die Schaben zu bekämpfen; eine Ärztekommission durfte einige Kurplätze zusätzlich vergeben, der Sicherheitsinspekteur verfügte das Tragen von Tüchern um lange Haare, der Brandschutzinspekteur die Räumung des Notausgangs von Abfällen. Sie war der Demokratieinspekteur. Was durfte sie verfügen, bekämpfen, verschreiben? Einen Brief an den Minister.

Thal ordnete die Seiten des Manuskripts, ohne aufzusehen. Ein unterdrücktes Lächeln zitterte um seinen Mund.

»Ist gut«, sagte er.

»Na und?« fragte Josefa.

»Nichts. Wenn die Leute Ihnen das so gesagt haben, müssen Sie es so schreiben«, sagte Thal leise, immer noch lächelnd.

»Aber das mit der Sicherheit . . .«

»Stimmt doch, oder nicht?« fragte Thal.

Natürlich stimmte es. Nur: alle Erfahrungen im Umgang mit Pressereferenten versagten an diesem kleinen Alfred Thal. Pressereferenten waren für gewöhnlich laut, fühlten sich nur ihrem Generaldirektor verpflichtet, verwiesen, Verständnis heuchelnd, auf ihre journalistische Vergangenheit bei der Bezirkspresse, erkundigten sich beiläufig nach diesem oder jenem prominenten Kollegen, mit dem der Pressereferent zusammen studiert hat, oder der mit seiner, des Pressereferenten Hilfe, die dolle Schote damals abgezogen habe, die Josefa ja bestimmt gelesen hätte. »Sie wundern sich«, sagte Alfred Thal, »aber sehen Sie, der Generaldirektor kriegt den Dreck ab, der Hodriwitzka hat den Dreck abgekriegt, und ich kriege ihn auch ab. Das Zeug aus den Schornsteinen ist respektlos und fragt nicht, wem die Blumen gehören, auf die es fällt.« Alfred Thal lachte. Er hielt sich die Hand vor den Mund, um seine braunen Zahnstümpfe vor Josefa zu verbergen. »Unser Generaldirektor ist vom Minister mit einem Presseverbot belegt worden«, sagte er. »Jedes Interview muß genehmigt werden, meistens wird es abgelehnt. Nun ist er froh, wenn sich jemand findet, der das Dilemma mit dem Kraftwerk an die Öffentlichkeit bringt. Neulich hat er getobt wie ein Verrückter, weil eine Truppe vom Fernsehen hier war und nichts anderes gefilmt hat als die neue Schwimmhalle.« Thal verstummte unvermittelt. Ernst und traurig betrachtete er seine nikotingelben Finger, spaltete ein Streichholz und reinigte mit dem dünnen Span seine Fingernägel.

»Das ist wie verhext«, sagte er, »wir leben hier wie in einem verwunschenen Wald, in den sich niemand traut. Und wenn sich doch mal jemand hierher verirrt, schließt er die Augen, als könne er dem bösen Zauber entgehen, wenn er ihn nicht sieht. Ein Chemiker von uns hat für seine kleine Tochter ein Märchen geschrieben. Darin ist das Kraftwerk ein Drache mit sieben Köpfen, jeder Schornstein ein Kopf. Der Drache hat die Stadt verzaubert. Alle Menschen haben verlernt zu lachen. Und es ist finster in der Stadt, weil die Sonne nur dorthin scheint, wo gelacht wird. Eine ganz traurige Geschichte, bis der Drachentöter kommt, der dem Drachen die Köpfe abschlägt und die Stadt von dem Zauber erlöst. Wir haben das Märchen sogar in der Betriebszeitung gedruckt. Hinterher gabs mächtigen Knatsch mit der Bezirksleitung.« Thal lachte wieder hinter der vorgehaltenen Hand. »Schreiben Sie nur, wie Sie denken; solange Sie keine Produktionsgeheimnisse verraten, kann uns nicht mehr passieren, als uns schon passiert ist.«

Die Sonne schien. Der Generaldirektor hatte Presseverbot. Rudi Goldammer hatte Magenschmerzen. Siegfried Strutzer verbot den Beitrag. Hodriwitzka war tot. Der Minister konnte nicht erfahren, daß in B. der Heizer Hodriwitzka gelebt hat, der ihn einladen wollte in einen Kulturraum ohne Präsidium, um mit ihm über die Zukunft von B. zu beraten.

Denn Hodriwitzka hätte den Brief geschrieben. Josefa beschloß zu glauben, daß er ihn geschrieben hätte. Was hätte ihm passieren können, das ihm noch nicht passiert war. Schuldig unter einem Bus. Josefa trank den Orangensaft des Generaldirektors. Der Chemiker schrieb ein Märchen. Thal schämte sich wegen seiner schlechten Zähne und ging nicht zum Zahnarzt. Josefas Samariterblick in Thals resigniertes Lächeln. Ich bin hier überflüssig, dachte Josefa, ich werde nichts ändern.

Thal schlug vor, essen zu gehen. Essen sei immer noch das beste für einen deprimierten Magen.

Die Kantine war schäbig, dunkelgrüne Ölfarbe an den Wänden, abgeschabte, ausgeblichene Wachstuchdecken, ein dreckiger Geruch nach altem Essen, Männer und Frauen in blauen und grauen Kitteln oder Overalls standen in einer zwanzig Meter langen Schlange vor der Essenausgabe. Ihre Gesichter wirkten weiß und grau gepudert, je nach der Farbe des Pulvers, das sie verarbeiteten. Vor Josefa stand ein rothaariger Mann mit einem narbigen Gesicht. In den Vertiefungen der Narben hatte sich grauschwarzer Staub abgelagert. »Graphit«, sagte Thal, »das hat man fürs Leben, das frißt sich in die Haut«. Der Rothaarige drehte sich um, lächelte, zuckte mit den Schultern und wandte sich wieder nach vorn. Zweimal Bulette mit Bayrisch Kraut. Thal holte Brause. Sie fanden einen Tisch mit zwei Stühlen dicht neben der Toilettentür. Thal schob mit flinken Bewegungen Kartoffeln und Kraut zu kleinen Karos zusammen, ehe er sie auf die Gabel türmte. Seine Zahnstümpfe mümmelten beim Essen. Josefa aß wenig.

»Meine Älteste fängt im Herbst hier an«, sagte Thal, »als Diplomingenieur. Der Mittlere ist schon im Betrieb, Lehrling im PVC-Betrieb. Die Zwillinge kommen in zwei Jahren. Alle vier bleiben in B.«

Josefa hatte den Eindruck, Thal war froh darüber.

»Mit der Frau allein könnte ich es nicht aushalten«, sagte er.

Josefa kannte Thals Frau nicht. Thal erzählte, wie die Frau am Morgen die Zwillinge angeschrien hatte, weil sie die Milch verschüttet hatten. »Sie ist zänkisch«, sagte er und sah Josefa an, als solle sie bestätigen, daß Thals Frau zänkisch war. »Sie hat so eine schrille Stimme«, sagte Thal. »Mir macht das nichts mehr, aber sie soll die Jungs nicht so anschrein. Am Sonntag war ich mit den Zwillingen radfahren. Ein schöner Tag. Sie kann nicht radfahren.«

Josefa gehörte nicht zu den Leuten, die verlegen werden, wenn Fremde ihnen ihre Ehegeschichten erzählen. Sie war neugierig, wie andere dieses Vierbeinerdasein ertrugen, und auf eine gewisse Weise erleichterte es sie, wenn sie erfuhr, daß jemand auf allen vier Beinen humpelte. Tante Idas tränenvolle hellblaue Augen und die Drohungen mit dem einsamen Alter verblaßten vor Alfred Thals Genugtuung über einen gestohlenen Sonntag.

»Warum lassen Sie sich nicht scheiden?« fragte sie.

»In zwei Jahren«, antwortete Thal. »In zwei Jahren«, wiederholte er entschlossen, »wenn die Zwillinge aus der Schule kommen.«

Er kratzte pedantisch die Speisereste auf seinem Teller mit dem Messer zusammen, und seine traurigen Eulenaugen schimmerten verträumt hinter den dicken Brillengläsern. Plötzlich entfuhr ihm ein hämisches, für seine Verhältnisse ungewöhnlich lautes Lachen, bei dem er sein verstümmeltes Gebiß ungeniert entblößte. »Scheidung statt Silberhochzeit«, sagte er. Dann sank er wieder in sich zusammen und schob die letzten, sorgfältig gequetschten Kartoffelreste in den Mund. Er sollte wirklich zum Zahnarzt gehen, dachte Josefa.

Um sie herum wurde angestanden, gegessen, schmutziges Geschirr abgeräumt. In der rechten Hand den Teller, in der linken einen Apfel, wenn sie Platz suchten. Dann rechts das Messer, links die Gabel, nichts Auffälliges außer einigen Linkshändern. Rechts den schmutzigen Teller, links das Besteck, wenn sie gingen, die graublauen Kittel, die unter Staub verborgenen Gesichter, beklemmende Eintönigkeit.

Der Rothaarige leuchtete aus einer Gruppe Graugesichtiger, die gerade laut lachte. Großbetriebe erinnerten Josefa an Reservationen. Gewiß, niemand trieb die Leute mit Gewalt hinein oder zwang sie, auf dem ihnen zugewiesenen Terrain zu bleiben, aber waren nicht auch der Zufall ihrer Herkunft, der Leistungsdurchschnitt in der siebenten Klasse, eine nicht erkannte Begabung gewalttätige Zwänge, die sie hinter diese Mauern trieben, zwischen die giftigen Gase und die stampfenden Monstren. Und wenn sie es nicht wären, müßten es andere sein. Pflanzenschutzmittel, Weichspüler, Kunstdünger. Könnte man nicht wenigstens auf den Weichspüler verzichten? Thal bot ihr eine Zigarette an. Sogar die Nichtraucherkampagnen machten vor B. halt. Nirgends ein Hinweis, daß das Rauchen in der Kantine verboten war. Wäre auch absurd, von allen sichtbaren und rauchbaren Giften nur das bißchen Nikotin zu bekämpfen. Der Rothaarige erhob sich aus der Gruppe der Graugesichtigen, brachte seinen Teller zur Geschirrablage, spülte sein Besteck in einem Zinneimer, kam dann langsam auf ihren Tisch zu. Er griff einen leeren Stuhl, der am Nebentisch stand, setzte sich aber nicht, sondern stützte nur ein Knie auf die Sitzfläche. »Sie sind von der Zeitung, nicht?« fragte er Josefa.

»Ja.«

»Na, dann schreiben Sie mal über die Elektrolyse. Hier, das bißchen Staub in der Haut, das schadet nicht, das tut nicht mal weh. Aber die da kriegen so'ne Gelenke.« Der Rothaarige deutete einen Auswuchs des Handgelenkknochens von der Größe einer Tomate an.

»Fluorose heißt das. Von dem Fluor, das da rumschwirrt. Darüber könn Sie mal schreiben. Nicht mal als Berufskrankheit wollnse das anerkennen. Mein Schwager, neunundvierzig ist er geworden, ist gestorben. Zwanzig Jahre Elektrolyse. Da gehn Se ruhig mal hin.«

Der Rothaarige hatte nicht laut gesprochen, aber sein aggressiver Ton hatte die Gespräche an den umstehenden Tischen verstummen lassen. Die Männer und Frauen mit den staubigen Gesichtern beobachteten die Szene abwartend, manche aßen auch mit gesenkten Augen weiter, als hätten sie nichts bemerkt.

»Setzen Sie sich doch«, sagte Josefa zu dem Rothaarigen.

»Danke«, sagte der Rothaarige und blieb stehen.

Thal zog den Rothaarigen leicht am Unterarm. »Mach keinen Quatsch, Herrmann, setz dich hin. Die kann doch auch nichts dafür.«

Der Rothaarige winkte ab, setzte sich aber, wenn auch nur auf die Kante des Stuhls. Obwohl die Angriffslust des Rothaarigen Josefa etwas ängstigte, wirkte sein Auftritt auf sie doch befreiend. Die ergebene Stille, mit der die Hodriwitzka die Entscheidung über das Kraftwerk abgewartet hatte und Thals träumerische Sehnsucht nach einem Leben ohne seine zänkische Frau deprimierten sie und verbreiteten eine lähmende Hoffnungslosigkeit.

»Warn baden im Schwimmbad, was?« fragte der Rothaarige verächtlich.

Josefa zog ihr Manuskript aus der Tasche und gab es dem Rothaarigen. Er griff mit demonstrativer Gleichgültigkeit nach dem Papierbündel, wiegte nach einer Weile grinsend den Kopf: »Sieh einer an, ins Kraftwerk hat se sich getraut. Da war ich mal. Ist aber schon 'ne Weile her.«

Kraftwerk, rothaarig, Sommersprossen, Hodriwitzkas Anarchist, dachte Josefa. »Waren Sie Vertrauensmann im Kraftwerk?« fragte sie.

Der Rothaarige sah mißtrauisch auf und zog an seiner Zigarette wie Belmondo, wenn er nachdenkt. »Woher wissen se das?«

Thal stand auf. »Ich hol mal drei Kaffee«, sagte er und sah den rothaarigen Herrmann dabei fragend an. Herrmann widersprach nicht.

»Vom BGLer, was?«

»Von Hodriwitzka«, sagte Josefa, gespannt auf die Reaktion, die der Name Hodriwitzka bei dem Rothaarigen hervorrufen würde.

Der Rothaarige stieß mit einem kurzen traurigen Laut die Luft durch die Nase. »'N feiner Mensch war das, bißchen zu gutmütig, zu schwach, aber nie hintenrum. Wir warn wie ein Gespann, Junge. Er Meister, ich Vertrauensmann. Wir haben angeschafft für die Leute. Wenn wir zusammen zum BGLer kamen, hat der nur noch die Augen verdreht. Denn wußte der, irgendwas war fällig. Na ja, vorbei.«

Herrmann seufzte und wischte ein paar Tabakkrümel vom Tisch. Sie schwiegen. Plötzlich musterte der Rothaarige Josefa mit einem aufsteigenden Verdacht in den Augen. »Warn Sie vor vier Wochen schon mal hier?« fragte er.

»Als Hodriwitzka noch lebte«, sagte Josefa.

Der Rothaarige mußte diese Antwort erwartet haben, er nickte zufrieden. »Dann haben Sie dem Hodriwitzka das Ding mit dem Brief an den Minister eingeflötet, was?«

Die herablassende Grobschlächtigkeit des Rothaarigen weckte Josefas Widerwillen. Sein häßliches, von grauen Narben verunstaltetes Gesicht erfüllte sie eher mit Ekel als mit Mitleid wie vorhin noch, als er vor ihr nach dem Essen angestanden hatte. Sie sah sich nach Thal um, er war der dritte in der Kaffeeschlange.

Hodriwitzka hatte also nicht vergessen. »Wollte er den Brief schreiben?« fragte Josefa.

»Sind Sie auch noch stolz drauf, was? Wie 'n kleiner Idiot ist der rumgelaufen, der zum ersten Mal an seine Braut schreibt. ›Mensch‹, hab ich zu ihm gesagt, ›bist du bekloppt. Den Minister darfste dir dann in der Zeitung angucken, und hier haste die Typen von der Sicherheit aufm Hals.‹ Vor Jahren haben wir mal Unterschriften gesammelt, weil uns die Jahresendprämie gekürzt werden sollte. 'n halbes Jahr lang hatten wir 'ne Havarie nach der anderen, weil die Anlage auf 'n Schrott gehörte und keine neue angeschafft wurde. Der Plan wurde nicht erfüllt, und wir sollten die Differenz bezahlen. Achtzig Leute haben unterschrieben, hundert Prozent. Die Prämie haben wir gekriegt, aber fragense nicht, wieviele nachher durch den Betrieb gelaufen sind, um nach sonstwas zu suchen. Und dann ein Brief an den Minister, Junge, entweder Sie sind naiver, als die Polizei erlaubt, oder . . . na ja, lassen wir das . . .«

Thal stellte ein hellgrünes Plastiktablett mit drei Kaffeetassen auf den Tisch. »So ein hübsches Mädchen, Herrmann, und du streitest dich nur«, sagte er.

Herrmann lächelte. »Was andres macht die doch sowieso nicht mit mir. Oder haben Sie 'ne Vorliebe für Rothaarige?«

Herrmann hatte Grübchen, wenn er lachte. Ganz so brutal sah er doch nicht aus, fand Josefa und bemühte sich um ein Lächeln für den Rothaarigen. »Nein«, sagte sie.

»Na siehste«, sagte der Rothaarige zu Thal, der ein Stück Würfelzucker in den Kaffee hielt und abwartete, bis es sich vollgesogen hatte. »Nischt is. 'n rothaarigen Doktor oder Schauspieler würdese sich noch gefall'n lassen. Aber 'n rothaariger Arbeiter, das is zu dicke. Hatt'n Sie schon mal 'n Arbeiter?« fragte er spöttisch.

Josefa sah sich um, ob jemand außer ihr und Thal die Frage des Rothaarigen verstanden hatte.

»Du gehst zu weit, Herrmann«, sagte Thal leise.

Der Rothaarige lachte rauh. »War ja nur mal 'ne Frage. Er hätte ja nicht gleich rothaarig sein müssen. Aber is schon klar, die Dame is ne Dame, und vor 'ner Dame sagt man so was nicht.« Er drückte seine Zigarette auf der Untertasse aus, die als Aschenbecher diente, und zündete sich eine neue Zigarette an. Josefa hatte die Verlegenheit überwunden, die seine Frage in ihr verursacht hatte. »Sie können ruhig fragen«, sagte sie, »ich hatte noch keinen. Nur einer war früher Arbeiter, aber er hatte sich inzwischen qualifiziert.« Sie sah den Rothaarigen herausfordernd an. »Hatten Sie schon mal eine Akademikerin?«

»Junge, jetzt schießt se zurück«, sagte Herrmann und schlug sich vor Vergnügen mit der flachen Hand aufs Knie. »War nicht so gemeint, wirklich nicht.« Er bot Josefa eine Zigarette an, »Hier, Friedenspfeife.«

Thal lächelte beruhigt.

»Nun zeigense mal her, den Wisch«, sagte der Rothaarige und griff nach dem Manuskript, das noch immer vor ihm lag.

Die Frage des Rothaarigen beschäftigte Josefa. Gut, sie hatte auch noch nie mit einem Geologen, Bildhauer, Biologen oder Mathematiker geschlafen. Aber der Rothaarige hatte nicht gefragt, ob es ein Schlosser, Dreher oder Monteur war. Es beunruhigte sie auch weniger die Tatsache selbst. Es hätte ein Zufall sein können, daß unter den Männern, die sie näher kannte, kein Arbeiter war. Aber es war kein Zufall. Wenn sie in den Betrieben, durch die sie seit sechs Jahren fuhr, die breitschultrigen, muskulösen Männer gesehen hatte, die körperliche Sicherheit, mit der sie riesige Werkteile durch die Halle dirigierten, die von dicken Adern durchzogenen Unterarme, hatte sie sich manchmal vorgestellt, wie es wohl wäre, unter so einem Körper zu liegen, was so einer wohl zu ihr sagen würde, während er sie streichelte, wie er überhaupt wäre, zart, grob, phantasievoll oder einfallslos. Sie war nie auf die Idee gekommen, es einfach zu machen. Sie hatte Angst, eine gewohnte Verständigungsebene zu verlassen, sich einem Wertsystem auszusetzen, das ihr fremd war, patriarchalische oder kleinbürgerliche Moralsprüche anhören zu müssen, ohne zu wagen, darüber zu streiten, wie sie mit Christian darüber gestritten hätte. Vielleicht war das nichts als uneingestandener, sozial verbrämter Standesdünkel, wenn schon keine Klassenschranke.

Hat es das überhaupt schon gegeben, eine herrschende Klasse, die nicht in den Betten herrschte?

Josefa überschlug flüchtig die historischen Epochen von der Sklaverei bis zum Kapitalismus: Sklavinnen, Mätressen, Jungfrauen, die ihre Hochzeitsnächte in Fürstenbetten verbringen mußten, adlige Damen, die ihre ehrenwerten Titel einem dickbäuchigen Kapital zusteuerten, Dienstmädchen, die von Herrschaftsöhnen geschwängert wurden. Das Ergebnis war verblüffend eindeutig. Ein Thema für Soziologen: ›Eine Analyse der politischen und ökonomischen Machtverhältnisse anhand der sexuellen Beziehungen zwischen den Klassen.‹ Über den Ausgang der Analyse bestand für Josefa kein Zweifel. Als herrschend über die Betten würden sich Schauspieler, Schlagersänger, Ärzte und Handwerker erweisen. Diese Vereinigung von Berufsgruppen paßte aber in keine Klassendefinition, und somit wäre bewiesen, daß unter sozialistischen Bedingungen das Sexualleben nicht mehr durch die Stellung der Klassen zueinander geprägt wird, weil es auch keine Klassen mehr gibt außer der Arbeiter- und der Bauernklasse. Die Arbeiter- und die Bauernklasse aber hat verbündete Schichten, zu denen Schauspieler, Schlagersänger, Ärzte und Handwerker gehören. Ginge die Rechnung auf, hieße das, die herrschende Klasse der Arbeiter und Bauern wird im Verkehr der Geschlechter von ihren verbündeten Schichten beherrscht. Das konnte nicht stimmen. Irgendwo in Josefas Überlegung mußte ein Fehler stecken.

Der Rothaarige schob das Manuskript über den Tisch. »Na gut«, sagte er, »das von vorhin nehm ich zurück. Und das wird gedruckt, ja?« fragte er ungläubig.

»So Gott will«, sagte Josefa.

»Wer ist denn Ihr Gott? Chefredakteur oder höher?«

»Weiß Gott«, sagte Josefa, froh, den Rothaarigen umgestimmt zu haben.

Der Rothaarige lachte. »Na denn, viel Glück. Ich muß wieder. Rabotern, rabotern.« Er klopfte zum Abschied auf den Tisch.

Ob er nach der Schicht noch mitkäme auf ein Bier, fragte Alfred Thal.

»Vielleicht«, sagte der Rothaarige. Als er zwei Schritte gegangen war, drehte er sich noch einmal um. »Übrigens, meine Frau ist Lehrerin«, sagte er.

ZWEITER TEIL

I.

Es häuften sich die Träume, die in Josefa aufstiegen, sobald sie einen Fluchtweg fand aus den vielen Reden, die um sie herum geführt wurden und die sie selbst führte, auch wenn sie sich später darüber ärgerte, wieder etwas gesagt zu haben, das sie schon zehnmal gesagt hatte. Noch vor einem Jahr mußte sie die Augen schließen, um aus dem Schwarzen, das sie mit den Scheinwerfern des Unbewußten anstrahlte, Figuren auftauchen zu lassen, die sie nicht kannte und die sich hinter ihren geschlossenen Augen schamlos zur Schau stellten. Jetzt genügte ihr die Chance, die Ohren zu verschließen vor all diesem Lärm, einen Schleier vor die Augen fallen zu lassen, den niemand wahrnahm, der durchsichtig blieb für ihre Betrachter, der sie selbst aber bewahrte vor dem Anblick dessen, was außer ihr war. Dann kamen die Teufel und die Bedrängten mit ihren ernstgemeinten Fratzen und trieben ihr Wesen, und Josefa war erschrocken über das Grauenhafte, das es gab, das es geben mußte, da es in ihr war, zusammengefügt aus Tatsächlichem, das mehr Raum brauchte als ihren Kopf und das sich als ein scharfer Extrakt in ihr niedergelassen hatte, wie sie glaubte. Sie mußte nur auf eine spiegelnde Tischoberfläche oder in graue Wolken starren, bis sich der Vorhang vor ihre Augen spannte, hinter den sie ungehindert ihre Geschöpfe zitieren konnte, die wenig Worte machten und bedenkenlos preisgaben, wer sie waren. Es waren immer andere, als bedeutete es für sie den Tod, einmal Gestalt angenommen und ihre Szene gespielt zu haben. Sie ähnelten keinem von denen, die Josefa kannte. Ihre Gesichter zeigten sie nur in Ausschnitten, abwechselnd den Mund und die Nase oder nur das Kinn. Morgens wollte Josefa oft nicht erwachen, auch wenn der

Schlaf sie nur noch wie ein Fetzen umhüllte, zerrissen von den Geräuschen vorbeirasender Autos und ruckelnder Straßenbahn oder von den Fingern ihres Sohnes, der vorsichtig ihre Augenlider anhob, um zu prüfen, ob sie noch schlief. Dann wollte sie den Ausgang der Geschichte kennenlernen, die ihre Wesen ihr vorspielten, oder die sie auch mit ihr spielten, bösartig und niederträchtig. Noch nie hatten sie Josefa geschont, wenn sie sie aufgenommen hatten in ihre Welt. Noch nie hatte sie bei ihnen einen Teufel spielen dürfen, auch nicht einen von den schwächeren. Sie hatten ihr die Rolle einer Bedrängten zugewiesen, und wollte sie die nicht spielen, blieb ihr nur die Möglichkeit, sich mit der Rolle eines Zuschauers zu begnügen. Aber selbst als Bedrängte wollte sie nie vorzeitig erwachen, sondern abwarten, was mit ihr geschehen würde, ob sie sich würde wehren können gegen ihre hämischen Gestalten, die sie auch dann nicht haßte, wenn sie von ihnen gequält und verhöhnt wurde. Sie mußte nur die Augen öffnen, dann war sie ihnen entkommen, konnte sie in die Kiste sperren, bis sie Sehnsucht nach ihnen verspürte und ihnen ihre Spiele gestattete.

Sie zog sich die Bettdecke über die Schulter, denn ein kühler Luftzug zwängte sich durch den Fensterrahmen, und Josefas Bett stand unter dem Fenster. Sie öffnete flüchtig die Augen: ein hellblauer Himmel, geschmückt mit dem unregelmäßigen Muster noch kahler Zweige, die zur Linde vor ihrem Haus gehörten. Sie nahm das Bild mit hinter ihre Augenlider, wo sich der Himmel auf schwarzem Grund in einen Fluß verwandelte. Der Fluß war die Spree. Die Spree war so breit wie die Donau. Über eine riesige Treppe konnte man auf drei Brücken gelangen, von denen eine gerade, die beiden anderen in schrägen Bögen nach links und rechts über den Fluß führten. Auf der anderen Seite mündete jede Treppe in ein Haus wie in einen Tunnel. Die Häuser lagen jeweils dreihundert Meter voneinander entfernt und waren Theater. Josefa ging über die gerade Brücke, und als sie in den Zuschauerraum kam, war es schon dunkel. Ihre Freunde riefen sie leise, sie hatten ihr einen Platz freigehalten. Das Spiel hatte begonnen. Auf der Bühne standen zwei Frauen. Sie waren lila. Auch das Licht, das von oben auf sie fiel, Tapeten, Vorhänge, die seidene Decke auf dem Bett waren lila. Die Frauen waren uralt, die eine war älter. Die alte war groß und hager, die jüngere trug Zöpfe, die auf ihre schlaffen Brüste fielen. Haut, Haare, Zähne waren lila. Die Frauen bewegten sich nicht, und von ihrem Flüstern war nichts zu verstehen als ein scharfes Zischen. Die Zuschauer wurden ungeduldig. Langsam, als erwachten sie aus einer Starre, begannen die Frauen sich zu bewegen. Die jüngere band sich lila Schleifen in die Zöpfe und lächelte. Sie hatte lange Zähne. Die alte stand steif im Raum und sah die jüngere höhnisch an. Sie sagte etwas, und die jüngere weinte. Die alte lächelte, ihre Zähne waren noch länger. Die Augen der alten lagen in zerklüfteten Höhlen wie in Kratern und glänzten fiebrig. Die jüngere weinte immer noch. Die alte nahm einen Stock und schlug damit auf den Kopf der jüngeren. Die jüngere hörte auf zu weinen und zog ihre Perücke zurecht, die unter den Schlägen verrutscht war. Die alte lachte und hielt sich den Bauch vor Lachen. Dann holte sie aus dem Schrank, der hinter dem Vorhang stand, eine Flasche Schnaps, goß zwei Gläser voll und gab ein Glas der jüngeren. Der Schnaps war lila. Sie tranken ihn in einem Zug. Die jüngere setzte sich der alten auf den Schoß, streichelte ihr die faltigen Wangen und sagte mit einer quengligen Kinderstimme: »Ich kann immer noch nicht schreiben, Mama.« Die Alte ordnete die Schleife am Zopf der jüngeren.

»Du hast noch Zeit«, sagte sie, »du bist noch nicht einmal achtzig.«

»Ich will so gerne lesen können«, sagte die jüngere, »es ist so langweilig.«

»Du hast deine Bilderbücher.«

»Ich will nicht immer in dem Zimmer sein, Mama, es ist so lila.«

Die jüngere sprach jetzt mit der brüchigen Stimme einer Greisin. Sie kniete vor der alten nieder und faltete ihre runzligen, von großen Leberflecken verunstalteten Hände. »Bitte, bitte, Mama.«

Aus den Kratern im Gesicht der älteren sprühte es. Sie griff nach einer lila Glasschale und zerschlug sie auf dem Kopf der jüngeren. »Warum lügst du?« schrie sie.

Die jüngere warf sich auf die Erde, daß ihre alten Knochen knackten, und umklammerte die Füße der alten. »Ich habe nicht gelogen«, jammerte sie, »ich habe wirklich nicht gelogen.«

Die alte setzte sich und streichelte der jüngeren, die immer noch auf der Erde lag, die Hand. »Warum sagst du dann: Das Zimmer ist lila?«

»Es sieht so lila aus, Mama.«

Die alte nahm eine lila Scherbe vom Boden auf und schnitt damit der jüngeren in die Hand. »Sieh her«, sagte sie und zeigte auf das Blut, das wie ein dünner roter Faden durch die Runzeln in der Hand der jüngeren lief. »Das ist lila.«

Die jüngere leckte sich das Blut von der Hand.

»Sag zur Strafe zehnmal das Wort«, sagte die alte.

Schnell und monoton sagte die jüngere zehnmal das Wort. Auf Händen und Füßen kroch sie ans Bett, legte sich auf den lila Bettvorleger und schnaubte ihre Nase laut in die seidene Decke, die auf dem Bett lag.

»Das ist brav«, sagte die alte, holte eine Zeitung unter dem Tisch hervor und las. Die Zeitung war lila. Ohne daß die alte es bemerkte, rutschte die jüngere auf dem Bauch langsam an sie heran. Als sie nah genug war, sprang sie wie ein wütender Wolf an die alte und zerriß ihr die Bluse. Die alte hatte keine Brüste. Die jüngere kreischte vor Freude, hüpfte auf ihren dürren Beinen um die alte herum und zeigte mit Fingern auf den mageren knochigen Oberkörper.

Die alte fletschte ihre langen Zähne wie ein Tier. Sie riß die Decke vom Tisch und hängte sie sich um die Schulter. Durch eine Tür, die bislang nicht sichtbar war, trat eine Frau in Schwesterntracht. Die Tracht war weiß. »Er kommt«, sagte sie.

Die jüngere hörte auf zu kreischen, schob ihre Perücke aus der Stirn, hob ihren Rock bis zu den knotigen Knien und stellte sich neben die Tür. Die alte stellte sich vor sie.

Er kam. Er trug einen Zylinder und einen Frack. Beides war schwarz. Er ging vorbei an den Frauen bis in die Mitte des Raumes. Die beiden Alten an der Tür erstarrten wie am Anfang. Auch der schwarze Mann erstarrte. Sie zischten etwas, das Josefa nicht verstehen konnte.

Hinter ihr weinte jemand. Sie drehte sich um, aber es war niemand zu sehen. Niemand war im Theater außer ihr. Das Theater war lila.

Josefa erwachte, weil ihr Sohn weinte. Er hatte Hunger. Sie stand langsam auf, weil, erhöbe sie sich ruckartig, eine schmerzhafte Leere ihren Kopf ausfüllen würde, die sie für mehrere Sekunden erblinden ließe. Sie tröstete den Sohn, brachte ihm Milch und Brot und begann den Tag, der mild und sonnig über den Straßen hing. Josefa blieb am Fenster stehen, sah benommen auf die Straße unter ihr wie auf etwas Unwirkliches, das sie noch nie gesehen hatte. Kleine aufrechte Wesen, die sich geschickt zwischen schnellen Blechkisten hindurchmanövrierten, um die andere Seite der Straße zu erreichen, wo sie alle im gleichen Hauseingang verschwanden, den sie nach einer Weile mit Tüten und Flaschen wieder verließen.

Der Wecker zeigte neun Uhr an, und Josefa überlegte, warum er nicht wie jeden Morgen um sieben geklingelt hatte. Langsam wurde ihr bewußt, welcher Tag das war, an dem sie um neun Uhr im Nachthemd ruhig am Fenster stehen durfte, statt den Sohn längst im Kindergarten abgegeben zu haben und auf ihrem Platz im Großraum der Illustrierten Woche zu sitzen. Die Erkenntnis wirkte sich als ein wundes Gefühl im Magen aus, das anhaltend stärker wurde und ihr Übelkeit bereitete. Sie putzte sich die Zähne, wusch sich flüchtig, zog an, was ihr als erstes unter die Finger kam, ließ das Bettzeug liegen und brachte das Kind in den Kindergarten. Auf dem Weg kaufte sie Zigaretten und vorsichtshalber eine Flasche Rotwein, falls sie nicht wieder einschlafen könnte und ihr das Warten auf Luises Anruf unerträglich würde.

Sie überlegte, ob sie heizen sollte, denn nachts fielen die Temperaturen noch auf null Grad, und die Wohnung unter dem Dach kühlte schnell aus. Aber sie hätte erst in den Keller gehen müssen, um Kohlen zu holen, und da sie sich ohnehin vorgenommen hatte, den Tag im Bett zu verbringen, verzichtete sie auf den Luxus einiger zusätzlicher Wärmegrade. Sie setzte Kaffeewasser auf, zog sich wieder aus, stellte eine Tasse, die Zuckerdose, den Wein und ein Glas auf den kleinen Hocker neben dem Bett, räumte herumliegende Kleidungsstücke in den Schrank und wartete auf das Pfeifen des Teekessels. Es war neun Uhr vierzig. In drei Stunden und zwanzig Minuten sollte die Sitzung beginnen. Wahrscheinlich würden sie zehn Minuten warten, ehe sie jemanden beauftragten, bei ihr anzurufen, um nachzufragen, wo sie bliebe. Nur Luise wußte, daß sie nicht kommen würde, und Luise würde es nicht sagen. Sie wird sich, wenn die anderen unruhig werden, bereit erklären, Josefa anzurufen, um festzustellen, ob sie krank war oder auf dem Wege in die Redaktion. Dann wird sie zurückgehen in den großen Versammlungsraum, in dem sie sich zusammengefunden haben, um über das unverantwortliche Verhalten der Genossin Nadler zu befinden, und wird den Anwesenden mitteilen, was sie schon gestern vereinbart hatten: Die Genossin Nadler hält es für sinnlos, an dieser Versammlung teilzunehmen. Sie bittet darum, ohne sie zu beraten.

Was ging es sie noch an, wenn sie an ihrem hufeisenförmigen Versammlungstisch saßen, auf würdige, dem schwerwiegenden Ereignis angemessene Mienen bedacht, als trügen sie einen zu Grabe, der ihnen viel bedeutet hatte. Sie hatten ihre Trauerreden vorbereitet, ihre Kummergesichter vor dem Spiegel geübt, sie hatten die Kneipe verabredet, in der sie später auf die Seele der Verblichenen anstoßen wollten. Aber die Leiche würde nicht erscheinen. Die Beerdigung mußte ohne sie stattfinden.

Josefa goß den Kaffee ein und legte sich wieder ins Bett. Es bereitete ihr eine geheime Genugtuung, das Verbotenste und unverschämteste zu tun, das jemand in ihrer Lage tun konnte. Zu oft hatte sie in den vergangenen sechs Wochen den anderen und auch sich selbst erklären müssen, was eigentlich geschehen war, das sie ausgestoßen hatte aus ihrer Gemeinde, warum sie die Leiche war und die anderen trauern mußten. Sie hatte ihnen von Hodriwitzka erzählt, von der Stadt, in der er lebte, diesem gottserbärmlichen Drecksnest, von den hundertachtzig Tonnen Flugasche, die täglich darauf fielen. Jetzt war sie müde. Aber sie konnten sich nicht satthören an Erklärungen, wollten immer wieder gesagt bekommen: Nein, ich ändere das Manuskript nicht, ja, ich habe einen Brief an den Höchsten Rat geschrieben, ich habe recht, ich habe recht, ich habe recht, als könnte Josefa sie entschädigen für die Sätze, die sie selbst nie gesagt hatten.

Josefa stand auf, um sich ein Buch aus dem Regal zu holen, obwohl sie wußte, daß sie kaum darin lesen würde. Sie kämmte sich vor dem ovalen Spiegel, verwundert über ihr eigenes Gesicht, das nicht anders aussah als vor sechs Wochen, vielleicht ein wenig magerer. Das war also die, der das alles passierte, breite Backen- und Kieferknochen, graue Augen, die schräggeschnitten sein sollten, was Josefa selbst nie feststellen konnte, ein normal großer Mund, den sie verdächtigte, zu schmal zu sein, eine leicht gebogene Nase mit einer abgeflachten Spitze, glattes Haar, das bis auf die Schultern reichte. Der Lärm anfahrender Motoren drang durch das offene Fenster hinter ihre Stirn, sie fror, schloß das Fenster, ging wieder ins Bett, sagte sich, daß sie hier war, weil sie hier sein wollte. Es ging sie nichts mehr an. Es wunderte sie nachträglich, wie lange sie es haben mit ihr machen können, sie beschwichtigt und erzogen haben, wie lange sie Monat für Monat ihre Reportagen geliefert hat, von denen sie wußte, daß sie nicht gelogen waren, aber auch nicht wahr. Und wer weiß, wie lange es noch gegangen wäre, hätte Luise sie nicht nach B. geschickt, wären ihr nicht Hodriwitzka und der rothaarige Anarchist begegnet und die anderen mit ihren grauen und weißen Gesichtern.

Anfangs war es ihr vorgekommen, als seien die Ereignisse wie ein Unfall über sie hereingebrochen. Plötzlich, ohne Warnung, war etwas zu Ende, das sie für sicher gehalten hatte. Sie hatte nicht mehr viel in ihrem Leben für sicher gehalten, seit die Sicherheiten der Kindheit nach und nach ihren Wert verloren hatten; Tadeus, die Ehe schon nicht mehr; dafür das Kind, das Kind und den Beruf. Zuweilen hatte sie der Gedanke geschreckt an die dreißig Jahre, die sie Tag für Tag mit der Straßenbahn bis zur U-Bahn, mit der U-Bahn ins Zentrum fahren sollte, durch den windigen Tunnel laufen, der den Alexanderplatz unterführte, durch die schwere Glastür des Verlagsgebäudes, die sie nur öffnen konnte, indem sie sich mit dem Gewicht ihres Körpers dagegenstemmte, mit dem überfüllten Aufzug in die sechzehnte Etage, das dreißig Jahre lang, bis zur Rente, oder, wenn sie vorher starb, bis zum Tod. Die Vorstellung, ein Montagmorgen im Jahr zweitausend könnte einem beliebigen Montag dieses Jahres gleichen, war unheimlich. Der Gang immer noch weiß, die kleinen Wabenzimmer, der Großraum, andere Gesichter zwischen den Grünpflanzen, keine Luise mehr, kein Rudi Goldammer, immerhin auch kein Siegfried Strutzer. Gleichermaßen hatte es sie beruhigt, zu diesem erdbebenfesten Koloß zu gehören, hin und wieder ihren Namen fett gedruckt in einer Millionenauflage zu lesen, Zeugnis für die Existenz einer gewissen Josefa Nadler, dreißig Jahre alt, geschieden, Mutter eines Kindes. Das alles war vorbei. Spätestens in sechs oder sieben Stunden würde das Telefon klingeln, und Luise würde ihr einen Bericht der Versammlung geben, über deren Ausgang für Josefa kein Zweifel bestand.

Erst in den letzten Tagen, für die sie Urlaub beantragt hatte, begann sie die Folgerichtigkeit der Ereignisse langsam zu begreifen, denen sie sich wochenlang ausgeliefert gefühlt hatte, gegen die sie wie eine Besessene angerannt war, ohne zu verstehen, daß sie mit der Gesetzmäßigkeit physikalischer Prozesse abliefen. Nachträglich schien es ihr, als hätte keine der Personen, die an dem Drama beteiligt waren, anders handeln können, als sie gehandelt hat. Jeder Schritt war vorgeschrieben, demzufolge berechenbar. Das wußte sie jetzt, da Strutzer bald seinen letzten Monolog in dieser Sache deklamieren würde. Alle lagen sie vor ihr wie sezierte Fische. Luise, Strutzer, Rudi Goldammer, Ulrike, Hans Schütz, sie selbst – alle lagen kunstvoll zerteilt in Köpfe, Gräten, Filets und Häute auf dem hufeisenförmigen Versammlungstisch aus hellem Holz.

Am Abend ihrer Rückkehr aus B. war sie vom Bahnhof mit einem Taxi zu Christian gefahren. Sie hatte das Taxi vor dem Haus fünf Minuten warten lassen, um nicht allein durch die Nacht laufen zu müssen, falls sie Christian nicht angetroffen hätte. Sie war erst mit dem Zwanzig-Uhr-Zug gefahren, obwohl sie pünktlich um halb sechs, begleitet von Alfred Thal und dem Rothaarigen, auf dem Bahnsteig zwei des Bahnhofs in B. gestanden hatte. Als der Zug einfuhr, fragte der

Rothaarige, ob sie nicht lieber noch ein Bier trinken wollten, so jung wie heute, sagte er, und sie wüßte schon. Thal war froh über den Vorschlag des Rothaarigen. Die Zwillinge hätten Disko, und er müsse sonst den Abend allein verbringen mit der Frau. Sie tranken Bier und Klaren im Wartesaal, der überfüllt war von Männern, Tabaksqualm und Lärm. Sie sprachen nicht mehr von Hodriwitzka und dem Kraftwerk. Sie erzählten Geschichten über ihre Kinder, tauschten sich über ihre Lieblingsgerichte aus, der Rothaarige aß am liebsten Milchreis mit Zucker und Zimt, Alfred Thal Sauerbraten mit Klößen, nur Josefa konnte sich für keine Lieblingsspeise entscheiden. Der Rothaarige sagte, er müsse in seinem Leben unbedingt einmal nach Irland, wegen der Iren, die, wie er gehört hätte, alle rothaarig seien und Anarchisten. In Irland würde er bestimmt herausfinden, welcher Zusammenhang zwischen den roten Haaren und dem Charakter einer Person bestünde. Alfred Thal wollte sich sein imaginäres einziges Visum für Griechenland ausstellen lassen, die Kultur, sagte er, die Akropolis, das wolle er gesehen haben vor seinem Tod. Auf dem Bahnsteig sang der Rothaarige noch ein Lied, ein Seemannslied, das ihm sein Onkel beigebracht hatte, der in seiner Jugend zur See gefahren war.

Seit dem Besuch bei Brommel hatten Christian und Josefa sich nur für die Stunden getrennt, die er im Institut verbringen mußte und sie in der Redaktion. Morgens fragte er ohne nachdrückliches Interesse, ob sie abends zu Hause sei, abends kam er und blieb. Sie verhielten sich zueinander zwanglos und vertraut, wie sie es seit fünfzehn Jahren gewohnt waren. Nur abends, wenn sie sich in Josefas breites Bett legten, verwandelten sie sich in sprachlose Wesen, in fliegende Tintenfische mit Ahornflügeln und gaben preis, was sie bis dahin voreinander geheimgehalten hatten. Die exzessive Sehnsucht, sich aufzulösen in diesem Gefühl, das jede andere Empfindung betäubte; nur dieses eine Stück vom Körper sein, vergessen, wer sie waren, schweigen, um sich nicht zu erinnern, daß unter ihnen nicht der Ozean war. Ihr gemeinsames Leben war streng unterteilt in Tag und Nacht, in Freundschaft und Ekstase. Christian schien nachholen zu wollen, was sie seit dem Milchautomorgen versäumt hatten, und Josefa war verwundert über die Gier, die sich mit seiner Sanftmut mischte, und sie erinnerte sich an keinen Mann, mit dem sie sich ähnlich frei gefühlt hätte. Morgens fiel es ihr schwer, ihre nächtliche Besinnungslosigkeit mit Christian in Zusammenhang zu bringen, der, während sie frühstückten, die Zeitung durchblätterte und Josefa mit sanftem Spott auf ihre müden Augen hinwies.

Die Nacht, die sie bei Christian verbracht hatte, als sie aus B. kam, war die einzige, an die Josefa sich genau erinnerte, von der sie auch jetzt noch wußte, zu welchem Tag sie gehörte. Für eine Nacht war sie Kreatur gewesen in einem Leben, das nichts zu tun hatte mit der Illustrierten Woche, mit Machtverhältnissen und Ideologien, mit der Willkür der Zeit, in die man geboren wurde. Das alles war nicht das Leben, es waren Spiegelbilder des Lebens, nicht das Leben selbst. Leben war atmen, lieben, essen, Kinder zeugen und gebären, für den Lebensunterhalt sorgen, sonst nichts. Sehnsüchte solcher Art hatte sie schon früher empfunden, aber etwas hatte sie immer zurückgehalten, in den Schatten ihrer Kreatur zu fliehen, das zwanzigste Jahrhundert vor oder hinter sich zu lassen und nur zu sein. Immer war sie von dem Wissen um die Unmöglichkeit solchen Lebens zurückgerissen worden oder auch von dem Verdacht, es sei eine unwürdige Form der Existenz, und das eigentliche Leben bestünde in der Veränderung der Verhältnisse, die man vorfand, für die Dauer seines Daseins. Diese Nacht plötzlich zog eine gerade Linie von ihrer Geburt zu ihrem Tod, teilte Natürliches von Absurdem, und fast alles, was Josefas Beruf ausmachte, fand sie auf der Seite des Absurden, erschien ihr widernatürlich und ausgedacht, um sie und die anderen zu beschäftigen mit einem Sinn, der außerhalb ihres natürlichen Lebens lag. Eine verzweifelte Lust zu lieben befiel sie, die Sucht, Schmerz zu empfinden und Schmerz zuzufügen, und sie liebte Christian, weil er ihr folgte an die animalischen Abgründe, auf die sie zuraste, als fände sie in ihnen die Rettung.

Sie versuchte, die Gedankenlinie jener Nacht wiederzufinden, sich zu reduzieren auf ein lebendes, fühlendes Wesen. Aber es scheiterte schon an dem Wort reduzieren, warum dachte sie nicht an erheben, sich zu einem lebenden, fühlenden Wesen erheben? Josefa lag mit geschlossenen Augen im Bett, hielt das Buch, in das sie noch keinen Blick geworfen hatte, aufgeschlagen in der linken Hand. Mit der anderen Hand suchte sie auf ihrem Körper die Wege, die Christian · in dieser Nacht gefunden · hatte, suggerierte sich, es sei Christian, der sie streichelte, erschrak, setzte sich auf, zündete sich eine Zigarette an. Sie konnte das Bild nicht wiederfinden, das zu dieser Vorstellung vom Leben gehörte. Ein kleines Mädchen mit einem langen Zopf und eine Kuh auf einer grünen Wiese hatte sie gesehen, aber stellte sie sich dieses Bild jetzt vor, sah es aus wie eine Postkarte, platt und kitschig, in jener Nacht war es plastisch gewesen, und Josefa hatte es aus einer Perspektive gesehen, aus der das Mädchen und die Kuh sehr klein waren und doch deutlich zu erkennen. Sie wußte, es würde wenig Sinn haben, nach der Klarheit dieser Stunden oder auch nur Minuten zu suchen. Sie hatte sie schon am Tag darauf verloren, als sie mit dem Aufzug in den weißen Gang der sechzehnten Etage gefahren war, wo Siegfried Strutzer stand in einem neuen roséfarbenen Hemd, das es mit passender dunkelroter Krawatte im Exquisitgeschäft zu kaufen gab. Außer Guten Morgen sagte er nichts, aber es genügte, um seinen Platz in Josefas Leben zu behaupten. Er roch nach einem ekelhaften Rasierwasser, vielleicht war es auch ein gutes Rasierwasser, was Josefa einerlei war, sobald Strutzer danach roch. Josefa erinnerte sich, daß sie, als sie an diesem Morgen die Zeitung aufschlug, Strutzers Rasierwasser noch in der Nase, eine maßlose Wut auf die Männer bekam, nicht auf einen bestimmten Mann, nicht einmal auf Strutzer, als Frau wäre er ihr nicht lieber gewesen, und Frauen von seiner Art gab es genug. »Gruß unseren Frauen und Mädchen« leuchtete es fett und rot von der Seite eins. Darum also hatte Strutzers Mund gelächelt. Ein Tag im Jahr gehörte den Frauen, Strutzer war korrekt. Auf dem Bild, das ein Drittel der Seite einnahm, waren neun Männer zu sehen. Sie standen in einer Reihe und blickten lächelnd auf eine Frau, über deren runden Hintern sich ein zu enger schwarzer Rock spannte. Einer der Männer drückte der Frau die Hand, nachdem er ihr vorher offensichtlich einen Orden verliehen hatte, denn auf der weißen Bluse der Frau war über der linken Brust ein glitzerndes Abzeichen zu sehen. Die Beine der Frau waren in den Knien angewinkelt, als hätten sie sich gerade zu einem Knicks gebeugt. Die Frau sah glücklich aus, und die Männer, die einander ähnelten wie Wassertropfen, schienen mit sich zufrieden zu sein.

Josefa wünschte sich, einmal zu denen zu gehören, denen an diesem Tag ein Orden an die linke Brust geheftet wurde. Dann könnte sie ihnen die Worte des Dankes sagen, an denen sie seit langem formulierte, eine Rede würde sie ihnen halten über das Glück, eine Frau zu sein.

Josefa rollte sich auf die linke Seite, damit das Licht, das durch das Fenster schien, sie nicht beim Träumen störte, verkroch sich unter der Decke vor dem Straßenlärm und dem Gedröhn des Staubsaugers, den die Rickertsche wie jeden Tag pünktlich um elf durch ihre Wohnung hetzte, und schloß die Augen. In einem langen weißen Gewand, das in dichten Falten von den Schultern fiel und das in der Taille durch ein Hanfseil zusammengehalten wurde, schritt Josefa von ihrem Sitz in der ersten Reihe, in der Platz genommen hatte, wer ausgezeichnet werden sollte, über eine kleine Treppe auf die Bühne, sah langsam über die Köpfe im Saal hinweg, schritt weiter zum Rednerpult, und als sie dahinter stand, schob sie das Pult neben sich. Ihr Haar war kurz geschnitten. Josefa beobachtete zufrieden, wie die kurzhaarige Josefa zu reden begann vor den versammelten Frauen, die geehrt werden sollten, und vor den anwesenden Männern, die die Ehrung beschlossen hatten.

»Frauen und Männer«, sagte Josefa mit einer weichen Stimme, die Josefa nicht an sich kannte. »Frauen und Männer«, wiederholte sie lauter, »wir haben uns zusammengefunden; wir, Frauen, um uns ehren zu lassen; ihr, Männer, um uns zu ehren. Es ist die Zeit gekommen, Frauen, da wir den Männern danken müssen für die Ehre, die sie uns zuteil werden lassen. Denn immer noch gibt es einige unter uns, die die gewaltigen Veränderungen, die Männer an uns vollzogen haben, nicht zu würdigen wissen. Ich hörte eine Frau, die klagte über den geringeren Lohn, den sie bekommt im Vergleich zu den Männern ihrer Familie. Aber die Männer waren stark, sie konnten Möbel tragen und Lastwagen steuern. Jedem nach seiner Leistung, Frauen; die Frau war zart, das Kleinod ihres Mannes, wie gemacht für die zarten Drähte, die sie lötete in einem staubfreien Raum. Woher nimmt die Frau das Recht, über den Preis der Kraft zu streiten, wenn Kraft doch die Sache von Männern ist?

Oder die andere, die, kaum fiebert ihr Kind, nicht an die Arbeit denkt, nur an das Kind, obwohl die Männer der Gewerkschaft ein Krankenzimmer eingerichtet haben, in dem das Kind in Ruhe fiebern könnte, die Frau zugleich aber den Kran bedienen, der sonst stillsteht. Statt dessen redet sie von Mutterliebe, sogar von Sehnsucht nach dem kranken Kind, das, sagt die Frau, länger zur Genesung brauche, sähe es die Mutter nicht. Die gleiche Frau aber, so unglaublich es klingt, beschwert sich lautstark, daß sie keinen Pfennig kriegte für ihre Pflegearbeit. Befreit vom Zwang der animalischen Instinkte, beharrt die Frau, blind für den Fortschritt ihres eigenen Geschlechts, auf ihrer Natur, wie sie es nennt, und sagte, als man sie zur Rede stellte, den Sozialismus hätte sie sich anders vorgestellt. Im Sozialismus, hätte sie gedacht, darf Mutter sein, wer es sein will. Die Einfalt, Frauen, ist reaktionär. Denkt diese Frau im Ernst, der Kampf, in dem Millionen starben, hätte nur das eine simple Ziel gehabt, daß Frauen ihre Kinder küssen können den ganzen Tag, statt zu beweisen, daß sie nützlich sind wie ihre Männer?

Nun, Frauen, noch zu einem dritten Thema, das, wie ich zugebe, heikel ist. Die Männer reden in der letzten Zeit viel von der Freiheit unserer Körper und von der entdeckten Sexualität der Frau. Ich seh euch lächeln, und ich lächle auch, wenn sie sich in den Zeitungen von ihren aufgeklärten Brüdern das Ding im Querschnitt und im Längsschnitt zeichnen lassen mit einem Pfeil auf jene kleine Stelle, die sie an uns so enthusiatisch suchen, statt uns zu fragen, denn wir wissen's alle seit unserm dritten oder vierten Jahr. Doch ist ihr rührendes Bemühen an uns, ihr kindlich gieriges Lächeln, wenn sie auf die Bestätigung dessen warten, was sie gelesen haben, ja, selbst der Unmut auf ihren Gesichtern, wenn wir erstarren unter so viel Emsigkeit und sie, wie sie es grad gelehrt bekamen, uns als frigid und anorgastisch einsortieren, nicht nur ein Grund zu lächeln, Frauen. Nur ein paar Flugstunden von hier, da schneidet man's den Frauen weg, daß sie nicht Lust bekommen, fremdzugehn. Das machen unsre Männer nicht. Im Gegenteil, sie gönnen uns den Spaß und sich. Wir sollten ihnen ihr Entgegenkommen danken und sie nicht hochmütig belächeln. Denn wenn sie morgen in dem Höchsten Rat beschließen, sie schneiden es uns auch weg, sind wir dran. Die eine Frau im Rat kann uns dann auch nicht retten. Schon darum, Frauen, solltet ihr vernünftig sein und anerkennen, was geleistet wurde. Es fehlt den Männern oft der Sinn fürs Kleine, wie sollten sie ihn haben bei dem Körperbau. Wir aber sollten die Größe erkennen ihres Verdienstes und sollten nicht die Augen verschließen vor der epochalen Wende, denn an uns ist begonnen worden die klitoridale Epoche. Dank unsern Männern.

Noch etwas gibt es, was mir Sorgen macht. Man hört oft unter Frauen eine Frage, die anfangs zwar berechtigt scheint, doch spart ihr nicht mit Scharfsinn, Frauen, werdet ihr alleine merken, daß ungerechter Sinn die Frage euch diktierte. Ihr fragt, warum ihr immer jung sein müßt und schön, für jedes graue Haar euch schämen sollt, während die Männer graue Schläfen als Ausdruck ihrer Manneswürde tragen. Ihr fordert gleiches Maß für Fett und Falten, und so gerecht die Forderung auch klingt, ist sie doch ungerecht, ich werd's beweisen. Was uns die Schönheit ist, das ist dem Mann die Kraft. Sie schwindet mit den Jahren wie uns das feste Fleisch und glatte Haut. Mit Furcht verfolgt der Mann jedes Versagen, das nach dem Schnaps sich einstellt, oder wenn er krank ist. Schon in der Jugend schrecken ihn Visionen, wie er einst kraftlos, ohne Rühren in den Lenden Frauen betrachten wird statt sie zu vögeln. Diese Ängste kennen Frauen nicht. Was ist gerechter, als für dieses Unrecht besagten Ausgleich nun zu schaffen, der auch der Lust der Frauen Einhalt bietet, die, wenn sie alt sind, zwar noch können, doch nicht dürfen, weil ihre Schönheit schwand wie die Kraft den Männern. Und auch die Ängste sind gerecht verteilt, denn was sollten wir sonst fürchten, Frauen, wenn nicht das welke Fleisch an Bauch und Schenkeln und die Runzeln unter unsren Augen. Wir sind sogar im Vorteil, denn wir können die Haare färben und die Brüste schnüren, wenn das nicht hilft, dann helfen die Chirurgen, die unsre Häute abnähn wie zu weite Kleider. Gerechter könnte es nicht zugehn. Hört auf zu zetern, denn ihr richtet Schlimmes an mit solcherlei Geschrei. Schon mühn sich Männer, von der Kritik der Fraun beeindruckt, um flache Bäuche und enthaarte Brüste, sie rennen zur Kosmetik, färben ihre Bärte, ziehn buntgeblümte Blusen an, als wär'n sie Weiber. Noch schlimmer ist: Die Weichen unter ihnen, mit wenig ausgeprägtem männlichen Bewußtsein, betrachten Frauen jetzt schon fast wie Männer. Sie sehn auf ihre Leistung, dann erst auf die Beine. Das könnt ihr nicht gewollt hab'n, Frauen, daß zu dem einen Zwang der andre kommt. Wenn ihr so weiterschreit nach Gleichberechtigung, dann nehmen sie uns eines Tages noch in die Regierung, dann wären wir gefangen und müßten mitspieln nach der Männer Regeln. Ich frag euch, Frauen, wollt ihr das?«

Die kurzhaarige Josefa schwieg. Die Frauen im Saal begannen zu klatschen, erst einige, dann immer mehr, in den vorderen Reihen setzte sich ein schläfriger Rhythmus durch, der langsam von den anderen übernommen wurde.

»Warum klatscht ihr?« schrie Josefa. »Warum klatscht ihr auf eine Frage?«

Die Frauen klatschten weiter. Dann löste sich der Rhythmus auf in Hunderte einzelner Handschläge, die leiser wurden und spärlicher, bis endlich Ruhe war.

»Warum habt ihr geklatscht?« fragte Josefa.

Die Frauen klatschten wieder, diesmal nur kurz.

»Warum versteht ihr denn nichts?« brüllte Josefa und schlug mit der Faust auf das Rednerpult.

Die Frauen klatschten.

Das Telefon klingelte. Statt ihren Namen zu nennen oder einen guten Tag zu wünschen, sagte Luise: »Hör mal, Josefa.« Sie hätte sich alles noch einmal genau überlegt, hätte auch mit ihrem Mann darüber gesprochen, und sie seien gemeinsam zu der Auffassung gekommen, es wäre besser, Josefa erschiene zu der Versammlung. Das würde zwar an dem Ergebnis nichts ändern, das wüßte sie auch. Aber wozu wolle Josefa die Leute noch provozieren. Sie brauche doch gar nicht viel zu sagen, es genüge im Prinzip ihre Anwesenheit, um die Sache nicht noch schlimmer zu machen, als sie ohnehin sei. Natürlich würde sie anderenfalls bei ihrem Versprechen bleiben und ausrichten, was sie gestern vereinbart hatten. »Aber denk doch mal ein Stückchen weiter«, sagte Luise, »schließlich mußt du ja irgendwo arbeiten. Bis jetzt läßt sich alles noch einmal einrenken. Aber wenn du sie heute auch noch brüskierst . . .«

»Luise«, unterbrach Josefa, »du hast doch gesagt, ich soll in einen Betrieb gehen, mich qualifizieren. Glaubst du, bei der Auswahl ihrer Bandarbeiterinnen sind die besonders wählerisch? Mich geht das alles nichts mehr an. Ich komme nicht.«

Luise schwieg, dann fragte sie in einem Ton, in dem nichts mehr mitschwang von der mütterlichen Betulichkeit, mit der sie ihre Ermahnungen vorgetragen hatte: »Willst du wirklich in einen Betrieb?«

»Ja«, sagte Josefa.

»Darüber reden wir noch mal«, sagte Luise, »ich rufe dich nach der Versammlung an.«

Josefa setzte sich auf den Rand des Bettes, goß Wein in das halbleere Glas, trank einen Schluck, legte eine Schallplatte auf mit griechischer Musik, die Christian ihr zum Geburtstag geschenkt hatte, griff in die Keksbüchse, die auf dem Regal stand, biß in einen Keks. Er war ranzig, sie warf ihn zurück in die Büchse, setzte sich wieder auf das Bett, legte sich hin, rollte sich in die Decke. Ja, hatte sie gesagt, ja, ich gehe in einen Betrieb. Sie hatte diese Möglichkeit in den letzten Wochen häufig in Erwägung gezogen, hatte sie aber immer wieder von sich geschoben, weil sie überzeugt war, es würde etwas geschehen, das sie davor bewahrte. Sie hatte nicht gewußt, was sie erwartete oder wen, einen Zufall eben, der ihre Situation klären würde. Anfangs hatte sie gehofft, Strutzer würde sich das Bein brechen oder sein Blinddarm würde sich entzünden. Vielleicht, dachte Josefa, wäre das vor sechs Wochen sogar noch eine Lösung gewesen. Hätte Strutzer anläßlich der Frauenehrung zwei Gläser Wein mehr getrunken, wäre dann auf dem gebohnerten Fußboden des weißen Ganges ausgeglitten und hätte sich den Knöchel gebrochen, hätte er nicht den zuständigen Genossen im Höchsten Rat besuchen können, um ihm den Beitrag über B. zur Entscheidung vorzulegen und ihm, nachdem der zuständige Genosse in seinem Sinne entschieden hatte, zu erzählen, wie uneinsichtig die Genossin Nadler sich gezeigt hätte und wie gering die Unterstützung gewesen wäre, die ihm die übrigen Genossen in dieser Angelegenheit erwiesen hätten. Aber Strutzer trank nicht mehr als ihm bekam, und drei Tage später teilte er Josefa mit, sie sei zu einer Aussprache mit dem zuständigen Genossen geladen, morgen früh um zehn Uhr.

Durch eine kleine Tür in der Längsfront betrat Josefa das Gebäude, stand in einem hell beleuchteten Raum; Sessel, Tisch, ein Aschenbecher, links ein Fenster in einer Holzwand, die Anmeldung. Josefa stellte sich vor den Schalter, der so gebaut war, daß die Verständigung des Pförtners mit dem Besucher und die Verständigung des Besuchers mit dem Pförtner nur durch eine Öffnung zwischen dem unteren Rand der mattierten Glasscheibe und der hölzernen Brüstung und durch ein geräuschdurchlässiges Sieb in der Mitte der Scheibe möglich war.

Zu wem möchten Sie, den Ausweis bitte, sagte der Beamte und sah dabei auf den Spalt zwischen der Scheibe und dem Holz, durch den Josefa ihren Ausweis reichen sollte. Der Beamte, dessen Profil Josefa erkennen konnte, wenn er sich nach vorn beugte, um zum Beispiel Josefas Ausweis zu kontrollieren, dessen Gesicht aber, sobald er sich aufrichtete und sich Josefa zuwandte, zwischen Augen und Mund durch das Sieb verdeckt war, wählte eine Telefonnummer. Die Besucherin für den zuständigen Genossen, kündigte er an. Es gehörte zu Josefas Beruf, sich anzumelden, kontrolliert zu werden, vorgelassen oder abgewiesen. In der Regel verfolgte sie den Ablauf solcher Vorgänge mit Gleichmut, der sich vor dem Beamten mit dem Sieb im Gesicht nicht einstellen wollte. Sie hatte alle möglichen Vorwürfe bedacht, mit denen der zuständige Genosse sie bedenken könnte; sie hatte alle Argumente geordnet, die sie zur Verteidigung, wenn nötig auch zum Angriff aufbieten würde. Sie hatte mit Christian mehrere Varianten ihres Gesprächs mit dem zuständigen Genossen geprobt. Zweimal befand Christian, als zuständiger Genosse müsse er das Gespräch beenden und Josefa des Raumes verweisen, weil sie sich im Sinne eines unnachsichtigen zuständigen Genossen geradezu staatsfeindlich geäußert hätte. Ein drittes Gespräch unterbrach Christian, weil selbst er Josefas anmaßende Naivität für lächerlich hielt. Du redest wie ein diplomierter Jungpionier, sagte er. Den vierten Versuch lobte Christian, aber Josefa verstand nicht, warum. Die Exerzitien hatten sie eher verunsichert als beruhigt.

Der zuständige Genosse hatte seine Entscheidung getroffen, exakt und unumstößlich hatte er sein Nein durch Strutzer übermitteln lassen. Selbst Luise hatte aufgegeben, nun sei Schluß, hatte sie gesagt, und: schade. Josefa wußte nicht, was es jetzt noch zu besprechen gab zwischen ihr und dem zuständigen Genossen.

Der Beamte schob durch den Schlitz unterhalb der Glasscheibe einen Schein, der Josefa zum Passieren des Haupteingangs berechtigte, und sagte, der Genosse erwarte sie, Eingang um die Ecke. Das Hauptportal befand sich an der Breitseite des Baus in sechs oder sieben Meter Höhe, die durch eine etwa zwanzig Meter breite Treppe überwunden wurde. In der hohen, mit Teppichen und Porträts geschmückten Eingangshalle verglich ein Soldat sorgfältig Josefa mit ihrem Ausweis und den Ausweis mit dem Passierschein, durchblätterte jede Seite sorgfältig und ernst. Der Soldat gab Josefa den Ausweis und den Schein zurück, legte die rechte Hand an den Mützenschirm, sagte nichts. In der hinteren rechten Ecke des Foyers fand Josefa den Paternoster. Josefa konnte nicht

Paternoster fahren. Sooft sie dazu gezwungen war, stieg sie zu früh ein und zu früh aus, und wenn sie sich bemühte, den richtigen Zeitpunkt abzuwarten, verpaßte sie ihn und mußte auf die nächste Kabine warten oder eine Etage zurückfahren, was sie noch einmal vor die gleichen Schwierigkeiten stellte. Die Kabine schob sich langsam aus dem Schacht. Josefa wartete. Noch nicht. Erst wenn die Plattform der Kabine sich auf eine Ebene mit dem Boden unter ihren Füßen geschoben hatte, mußte sie springen, gleich, jetzt, sie setzte den Fuß vor, trat auf, trat ins Leere, fand Halt. In zwei, spätestens drei Minuten würde sie das Zimmer des zuständigen Genossen gefunden haben, würde sie wissen, wie er aussah, dessen Namen Strutzer erwähnte, sobald sich ihm die Gelegenheit bot. Josefa tauchte durch die erste Etage. Ein Mann verfolgte ihren Aufstieg mit gleichgültigem Blick. Josefa trug einen Rock und trat an die hintere Wand ihres Käfigs. »Und zieh um Gottes willen keine Jeans an, wenn du da hingehst«, hatte Luise gesagt. Luise kannte den zuständigen Genossen nicht. Er hatte vor einem Jahr den ehemaligen zuständigen Genossen, einen ungehobelten Mann aus dem Sächsischen in zu kurzen Hosen, abgelöst, und außer Rudi Goldammer und Siegfried Strutzer hatte ihn noch kein Mitarbeiter der Illustrierten Woche gesehen.

Wo hatte sie das gelesen: »Das Wichtigste ist, daß man als erster Angst hat, vor der Schlacht. Wenn sie Angst bekommen, dann hat man es längst hinter sich.« Aber warum sollte Josefa sich fürchten, und wovor? In einer halben Stunde würde sie im Paternoster wieder erdwärts gleiten, würde den Bau verlassen und sich in ausreichender Entfernung, so daß die Portalwache es nicht beobachten konnte, in den Frühlingswind legen, der heute aus Nordosten blies, und würde in zahllosen Schleifen und Loopings den Alexanderplatz anfliegen, an dem das erdbebenfeste Verlagshaus stand. Eine elektrisch beleuchtete Drei schob sich in Josefas Augenhöhe.

Josefa stellte sich dicht an den vorderen Rand der Kabine. Sie hob den rechten Fuß an, um ihn im richtigen Augenblick auf den sicheren Boden setzen zu können. Noch zwanzig Zentimeter, zehn Zentimeter, los – aussteigen war leichter.

Von dem Foyer vor dem Paternoster führten drei Gänge in das Innere des Baus. Josefa war unsicher, welchen der drei Wege sie wählen sollte. Sie verglich die auf ihrem Schein angegebene Zimmernummer mit den Zahlen an den jeweils ersten Türen der drei Gänge, aber alle drei Zahlen lagen ähnlich weit entfernt von der, die sie finden mußte. Kein Mann war zu sehen und keine Frau, die sie nach dem Weg hätte fragen können. Durch eine Tür, deren oberes Drittel aus einer Glasscheibe bestand – mattiertes Glas wie das Fenster in der Anmeldung –, drang künstliches Licht. Josefa klopfte. Es blieb still. Sie klopfte noch einmal, leiser diesmal, weil das Geräusch, das sie beim ersten Versuch verursacht hatte, ihr noch unangemessen laut in den Ohren hallte. Sie drückte die Klinke herunter, vorsichtig, um niemanden zu erschrecken, falls sich doch jemand in dem Raum befände, auch weil sie das Gefühl hatte, etwas Unerlaubtes zu tun. Der Widerstand der Tür löste sich nicht, die Tür war verschlossen. Ohne nennbaren Grund schlug Josefa den mittleren Weg ein. Als sie einige Meter gelaufen war, hörte sie eilige Schritte aus einer anderen Richtung, die sich dem Foyer näherten. Josefa ging zurück, um den Verursacher der Schritte nach dem richtigen Weg zu fragen. Vor dem Paternoster stand ein Mann in einem anthrazitfarbenen Anzug. Die Figur kräftig und schlank, der Mann trug sich sportlich, und Josefa hielt ihn für einen, der zu Hause einen Hometrainer und eine Höhensonne besaß und sie auch benutzte. Der Mann konnte fünfzig Jahre alt sein oder auch etwas jünger. Am linken Revers seines Anzuges trug er das ovale Abzeichen mit den verschlungenen Händen, für Josefa das Erkennungszeichen guter Menschen seit der Kindheit. Wenn sie sich verlaufen hatte oder wenn sie wissen wollte, wie spät es war, wartete sie auf einen, der dieses Abzeichen trug. Das waren ihre Freunde, hatte die Mutter ihr erklärt. Auch später, als Josefa längst andere kennengelernt hatte, die nicht ihre Freunde waren und auch das Abzeichen trugen, verspürte sie noch jahrelang, sobald ihr ein Genosse gegenüberstand, ein spontanes Aufwallen von Vertrauen, das sie schnell unterdrückte, weil es ihre Eindrücke behinderte und weil es sie immer wieder in eine kindlich-gläubige Position drängte, die weder ihrem Alter noch ihren tatsächlichen Ansichten entsprach.

Der Mann, der vor dem Paternoster stand, kam Josefa einige Schritte entgegen. »Sind Sie die Genossin Nadler von der Illlustrierten Woche?« Der Mann stellte sich als der zuständige Genosse vor, sagte, es sei schwer für einen Besucher, sich in diesem monströsen, furchteinflößenden Haus zurechtzufinden. Darum würde er seine Besucher am Paternoster abholen, denn nur das Haus sei furchteinflößend, nicht seine Bewohner. Er lachte, Josefa lachte auch. Der Mann führte sie durch den verwinkelten Gang, und Josefa versuchte sich einzuprägen, wo sie links oder rechts abbogen.

Der zuständige Genosse öffnete eine Tür und ließ Josefa vor sich in das Zimmer treten, in dem die Sekretärin saß, die von ihrer Schreibarbeit aufsah und Josefa freundlich begrüßte. Der zuständige Genosse bat seine Sekretärin, sie möge doch Kaffee aus der Kantine holen, zwei oder drei Tassen, ganz wie es ihr beliebe. Dann führte er Josefa durch eine Verbindungstür in einen zweiten Raum, bot ihr Platz an in der Sesselecke, ließ die Sonnenrollos so weit herunter, daß die Sonne nicht mehr blendete. Er litte in der letzten Zeit unter einer leichten Bindehautentzündung, sagte er, während er einen Aschbecher aus böhmischem Glas auf den Tisch stellte. Sonst liebe er es, wenn Licht auf die Menschen und die Dinge fiele, mit denen er zu tun hätte, sagte er und sah Josefa dabei vieldeutig an. Ob es Josefa störe, wenn er sie sieze, fragte er, ihm fiele es schwer,

Menschen, die er nicht näher kenne, zu duzen. Insbesondere Frauen gegenüber hätte er dann das Gefühl unangemessener Vertraulichkeit, noch dazu, wenn es sich um so schöne Frauen handele. Er wurde ernst. »Und Sie machen unserem Genossen Strutzer solchen Kummer?« fragte er.

Josefa glaubte, in dem Lächeln des zuständigen Genossen eine Spur von Ironie zu entdecken, von der sie nicht wußte, ob sie Strutzer galt oder ihr oder ob dieser Zug dem Gesichtsausdruck des Genossen eigen war.

»Ich glaube nicht, daß ich dem Genossen Strutzer mehr Kummer mache als er mir«, sagte Josefa. Sie lächelte auch, um sich den Ausweg in den Scherz vorzubehalten, falls der Genosse ihre Antwort als anmaßend empfinden würde. Aber er schien eher Gefallen an Josefas respektloser Äußerung zu finden. Er lachte und fragte, ob sie vielleicht einen Kognak zum Kaffee trinken wolle. Er holte aus dem Schrank, der hinter einem Vorhang stand, eine Flasche Schnaps, goß zwei Gläser voll und gab ein Glas Josefa.

»Aber Spaß beiseite«, sagte er, »ich habe Ihren Artikel gelesen. Ich möchte«, sagte der zuständige Genosse, »daß Sie unsere Entscheidung verstehen.« Ihm hätte die Reportage gut gefallen, sagte er, Leidenschaft und Engagement hätte er deutlich gespürt. Auch sachlich seien ihm keine Unrichtigkeiten aufgefallen. Das alles hätte ihn, das müsse er einmal so sagen, sehr für Josefa und ihre Arbeit eingenommen.

Die Sekretärin brachte den Kaffee. Josefa trank abwechselnd einen Schluck Kognak und einen Schluck Kaffee, zog an ihrer Zigarette. Die Sonnenstreifen, die quer über Möbel und Fußböden liefen, die melodiöse Stimme des Genossen, er mußte aus dem Norden stammen, und Josefa hörte den nördlichen Dialekt mit seinem gerollten R gern, verwirrten Josefa. Als hätte sie nicht eben erst die Unbehaglichkeit des Baus, der Kontrolle und der eigenen Unsicherheit kühl und entnervend empfunden, saß sie gelöst im Sessel, errötete leicht unter den lobenden Worten des Genossen und hatte das erleichternde Gefühl, doch dazuzugehören, wie früher, als sie Männer wie ihn nach der Uhrzeit oder nach einer Straße gefragt hatte, bis das Mißtrauen sie wieder weckte. Schließlich hatte dieser Genosse ihr sein schlichtes Nein übermitteln lassen, dazu durch Strutzer.

Er wünschte sich, sagte er jetzt, es würden alle Journalisten so ehrlich und kämpferisch für die Sache eintreten. Er sagte »unsere Sache«.

Demzufolge wünsche er, sagte Josefa, unbedrucktes Papier statt der Zeitungen austragen zu lassen.

Der Genosse nickte zufrieden. Mit dieser Bemerkung, sagte er, offenbare Josefa einen wesentlichen Fehler. »Sie sind zu absolut«, sagte der Genosse. Zu jeder Zeit gäbe es im Klassenkampf ein taktisches und ein strategisches Ziel. Nun schlösse das strategische Ziel ganz gewiß die Beseitigung einer Stadt wie B. ein. Und soviel wüßte Josefa gewiß selbst, daß es vor Jahren eine Überlegung gegeben hätte, B. als Wohnstadt aufzulösen, die Bewohner umzusiedeln in gesündere Orte, von denen aus sie mit Bussen zu ihrer Arbeit fahren sollten. Dann aber hätten die Wohnungen nicht ausgereicht, und die Konzeption geriet ins Vergessen. Wie nun und wann die Beseitigung von B. vonstatten zu gehen hätte, sei eine taktische Frage. Das Mißverständnis zwischen ihm und Josefa – für mehr als ein Mißverständnis wolle er es nicht ansehen – bezöge sich ausschließlich auf die Taktik. Ohne einen Gesichtsmuskel zu rühren, veränderte der Genosse den Ausdruck seines Gesichts allein durch eine plötzliche auffällige Starrheit der Augen, die er streng auf Josefa richtete. Es gäbe auch andere taktische Überlegungen, sagte er mit einer Monotonie in der Stimme, die Josefa bedrängte, Überlegungen, die, wenn auch nicht auf den Klassenfeind bezogen, doch von beachtlicher Tragweite seien, und es sei bedauerlich, daß gerade die wertvollsten Genossen so wenig Verständnis aufbrächten für gewisse Unmöglichkeiten, die er sofort ändern würde, wenn er könnte. Jedes Wort hatte der Genosse in Dehnungen und Schleifen gesprochen, als hätte jeweils ein anderes darin Platz finden sollen, Worte, die er mit seinen starren Augen Josefa noch einzugeben suchte, während er schon schweigend auf ihre Antwort wartete.

Josefa versuchte zu fassen, was der Genosse ihr eben mitgeteilt hatte. Er war von anderer Art, als sie und Christian ihn ausgedacht hatten bei ihren Proben. Die erwarteten Vorwürfe blieben aus. Statt dessen das eindringliche Bemühen um ihr Verständnis, auf das er auch hätte verzichten können, aber nicht wollte. Wozu brauchte er das hier hinter seinen Sonnenrollos?

»Ich kann so nicht denken«, sagte sie, »ich verstehe nicht.«

»Sie sind zu ungeduldig«, sagte der Genosse. »Vielleicht brauchen wir den gleichen Beitrag in einem Jahr dringend. Jetzt nicht. Denken Sie an Brecht, Galilei. Manchmal ist es klüger zu schweigen, wenn man noch viel zu sagen hat.«

Sie schwiegen.

»Genossin Nadler, warum habe ich Sie zu mir gebeten? Warum rede ich mir Blasen an den Mund, damit Sie unsere Entscheidung begreifen?« Bevor der Genosse zur Antwort überging, wartete er einen Augenblick. »Weil wir auf Genossen wie Sie nicht verzichten wollen und auch nicht verzichten können. Weil Sie uns auch weiterhin vertrauen sollen. Ich sage Ihnen jetzt etwas, das unter uns bleiben muß: Menschen wie euer Genosse Strutzer sind für einen reibungslosen Ablauf, gleichgültig, ob in einer Redaktion oder in einem Institut, notwendig. Aber allein mit solchen Menschen den Sozialismus aufbaun können wir nicht. Dazu brauchen wir phantasievolle, mutige, ja, auch unbequeme Menschen. Darum, Genossin Nadler, ringe ich, und jetzt muß ich doch du sagen, um dein Verständnis.«

Von allen Worten, die der zuständige Genosse gesagt hatte, blieb in Josefa nur das Wort Verständnis haften, weitete sich aus. Verständnis sollte sie haben. Sie hatte den Anarchisten verstanden und Thal, vor allem aber Hodriwitzka hatte sie verstanden. Jetzt sollte sie den Genossen verstehen. Zu viel Verständnis ist schlecht. Ein Verständnis hebt das andere auf. So viel Verständnis konnte sie nicht ertragen.

Hodriwitzka ist tot, sagte sie, er kann keinen Brief mehr schreiben. Einer muß es schreiben.

Sie erzählte von dem Gespräch mit Hodriwitzka, das mußte der zuständige Genosse wissen, damit er verstand. Und sie erzählte, wie der Anarchist sie beschimpft hatte, und daß sie gewünscht hatte, Strutzer würde sich ein Bein brechen. Und wie Luise über Strutzer dachte und warum Rudi Goldammer krank war und eines Tages sterben würde an Strutzer.

Josefa spürte, wie der Raum sich füllte mit ihren Sätzen und mit ihrer Stimme, und sie dachte, daß sie aufhören müßte zu reden, und sprach weiter. Der Mann schien zu verstehen, nickte ihr ermutigend zu. Strutzer ist eine fette Qualle, sagte sie, und er, der zuständige Genosse, würde ihn unterstützen. Angst hätte sie vor Strutzer, Angst, die in den Ohren rauscht und Wut wird. Und sie wolle nichts verstehen von Strutzer. Sie hätte genug verstanden, sogar Mitleid hätte sie gehabt, weil er seine eigene Pisse hatte trinken müssen. Aber jetzt, da Hodriwitzka tot sei, hätte sie endgültig genug, und sie lehne es ab, diesen taktischen Schwachsinn zu verstehen.

Der zuständige Genosse war betrübt. »Sie verstehen nicht nur den Genossen Strutzer nicht«, sagte er, »Sie verstehen auch mich nicht. Finden Sie es nicht ungerecht, daß Sie zwar niemanden verstehen, während ich Sie verstehen muß und den Genossen Strutzer und den Genossen Goldammer und den für mich zuständigen Genossen? Ich verstehe Sie, Genossin Nadler, ich verstehe Sie sogar sehr gut, Ihre revolutionäre Ungeduld, Ihren Wunsch, es besser zu machen, als es ist. Ich habe eine Tochter, einige Jahre jünger als Sie, ein hübsches Mädchen, intelligent, Sie erinnern mich an sie. Wie oft rede ich mit ihr, Mädchen, sage ich, wenn du die Geduld verlierst, wer soll sie dann behalten. Sie müssen lernen, Niederlagen zu ertragen.«

Der Genosse goß Josefas Glas zum zweiten Mal voll Kognak. Sein eigenes Glas war noch halbvoll. »Halten Sie aus, Mädchen, und halten Sie maß. Schießen Sie nicht mit Kanonen auf Spatzen.«

»Strutzer ist ein besonderer Spatz«, sagte Josefa, »ein unsterblicher Spatz. Außer Kanonendonner vergrault den nichts.«

»Geht es Ihnen um das Kraftwerk oder geht es Ihnen um Strutzer?« fragte der zuständige Genosse.

»Um das Kraftwerk«, sagte Josefa, »und um Strutzer.« Sie war müde, von einer Minute zur anderen war sie sterbensmüde. Die Proben mit Christian, die Angst, ehe sie den Bau betreten hatte, und noch, als sie die richtige Tür suchte, der Kognak, die Stimme mit dem rollenden R. Josefa hielt das bauchige Glas, schaukelte die braune Flüssigkeit, die da dunkler war, wo ihre Finger das Glas umschlossen hielten. Starrte in den wässrigen Spiegel, in dem zwei Figuren schwammen. Ein buntes kleines Flaschenteufelchen tauchte die andere Figur unter das Wasser und setzte sich auf ihren Rücken. Das Flaschenteufelchen schwang eine unsichtbare Peitsche. Die andere Figur, einem Fisch ähnlich, aus dessen Seiten Arme statt der Flossen wuchsen, versuchte, indem es heftig mit der Schwanzflosse schlug und wild mit den Armen ruderte, das Teufelchen abzuwerfen. Das Teufelchen schwang die Peitsche und sang: »Wacht auf, Verdammte dieser Erde.«

». . . noch mehr Dinge zwischen Himmel und Erde«, schloß der Genosse. Josefa hatte nicht zugehört. Die Müdigkeit lief auf Spinnenbeinen von ihren Fußsohlen bis unter die Kopfhaut. Was wollte der Mann jetzt noch von ihr. Es war entschieden. Aushalten, den Mann aushalten.

»Ja«, sagte sie.

»Warum ja?« fragte der Genosse.

»Ja, warum«, sagte Josefa. Jetzt werde ich nicht einmal mehr zum Alex fliegen können, dachte sie, ich werde laufen müssen. Warum war sie so müde, plötzlich, grundlos. Der Mann sah auf die Uhr an seinem Handgelenk.

»Verzeihung, können Sie mir bitte sagen, wie spät es ist?« fragte Josefa mit einer dünnen Kinderstimme.

Der Mann sagte es ihr. Er entschuldigte sich bei Josefa, aber eine dringende Beratung bei dem für ihn zuständigen Genossen hätte bereits begonnen. Ob ihr übel sei, und ob er ihr helfen könne, fragte er. Er begleitete sie zur nächsten Abzweigung des Ganges und erklärte ihr den Weg zum Paternoster.

II.

In den folgenden Wochen hatte Josefa nie an den zuständigen Genossen denken können, ohne einen Schmerz in der Magengrube zu verspüren, den eine diffuse Angst verursachte. Schon nachdem sie den Bau verlassen hatte, wieder umgeben von eiligen und bummelnden Passanten, die zufrieden in die grelle Märzsonne blinzelten oder sich suchend nach einer Parkbank umsahen, die die zuständige Behörde so schnell nicht hatte aufstellen lassen können, schon während Josefa sich über das Brückengeländer lehnte und auf das schäumende Wasser des bedeutendsten hauptstädtischen Flusses sah, durchzog sie ein langsamer Schreck, der salzig schmeckte. Was sollte den zuständigen Genossen davon abhalten, Strutzer von Josefas Ausfällen gegen ihn zu erzählen, oder dem für ihn zuständigen Genossen zu berichten, daß eine gewisse Josefa Nadler die Arbeiter aufwiegelte gegen die Obrigkeit und sie zum Briefschreiben animierte. Oder er könnte Rudi Goldammer fragen,

173

ob er sein schweres Amt nicht einem anderen überlassen wolle angesichts Rudis schwerer Krankheit, von der er gehört hätte. Josefa starrte auf einen Punkt des Wassers, der mit längerem Betrachten langsam anschwoll und auf Josefa zukam. Nur die feuchten Markierungen an dem gemauerten Flußbett bewiesen, daß der Wasserstand unverändert war.

Zwei Wochen später fand eine Versammlung statt, in der der zuständige Genosse vor den Genossen der Illustrierten Woche über die Darstellung des sozialistischen Wettbewerbs in der Presse referieren sollte. Als Josefa den Versammlungsraum betrat, hatte der zuständige Genosse schon im Präsidium neben Strutzer Platz genommen. Strutzer sprach leise und vertraulich auf ihn ein, hin und wieder mit dem Bleistift auf die Unterlagen klopfend, die vor ihm lagen. Der Genosse hielt den Kopf leicht zu Strutzer geneigt, sah abwesend zwischen den Versammelten hindurch, und Josefa entdeckte an ihm wieder den Zug um Mund und Nase, der Ironie vermuten ließ. Die Augen des Genossen, bis dahin ziellos durch den Raum gleitend, blieben auf Josefa haften, ein flüchtiges Kopfnicken über die Tische, unverbindliche Geste, während Strutzer weitersprach. Josefa glaubte in Strutzers Verhalten Anzeichen von Triumph zu entdecken, ein siegreiches Königslächeln, unverkennbare Genugtuung in den müden Augen hinter den getönten Gläsern. Sie erwartete, er würde aufstehen, mit dem Bleistift um Ruhe klopfen und sagen, nicht ohne Kränkung in der Stimme: »Genossen, es gibt unter uns eine Genossin, die einen anderen Genossen als fette Qualle bezeichnet hat und als einen besonderen Spatz und als weitere tierische Arten. Ich bitte die betreffende Genossin, dazu Stellung zu nehmen.« Luise, Günter Rassow, Hans Schütz würden die Köpfe in die Hände stützen und mühsam ihr Lachen unterdrücken, die übrigen würden entrüstet oder hämisch abwarten, wie Josefa sich wohl aus dieser Schlinge ziehen wollte.

Zu diesem Zeitpunkt hatte Josefa den Brief an den Höchsten

Rat bereits geschrieben. Nachträglich erschien ihr dieser Akt wahnwitzig, und die Angst vor den Folgen verekelte ihr das Erwachen und das Heimkehren und den Blick in den Briefkasten. Eine Woche war bereits vergangen, seit sie das Kuvert mit der maschinegeschriebenen langen Adresse in den gelben Kasten geworfen hatte, und seitdem hoffte sie, der Brief sei auf dem Beförderungswege verlorengegangen oder in der Poststelle des Höchsten Rats versehentlich unter das Altpapier geraten. Diese Hoffnung veranlaßte sie, keinem Menschen von dem Brief zu erzählen. Sie hatte ihn geschrieben noch unter dem Eindruck eines Erlebnisses, in das sie während der abendlichen Heimfahrt geraten war. Sie hatte die Redaktion eine Stunde früher als üblich verlassen, um in der Wohnungsverwaltung einen neuen Badeofen zu bestellen. Während sie die Treppe der Untergrundbahn langsam im Strom der Büroheimkehrer emporstieg, bemerkte sie noch nichts. Als außergewöhnlich fiel ihr nur die Menschenmenge an der Straßenbahnhaltestelle auf, die größer war als an anderen Tagen und die darauf schließen ließ, daß eine oder mehrere Bahnen ausgefallen waren. Josefa hatte nur drei Stationen zu fahren oder zwanzig Minuten zu laufen, und da die Zeit nicht drängte, das Wetter auch leidlich mild war, beschloß sie zu laufen. Nachdem sie sich durch die störrisch wartende Menge geschoben hatte und auf der gegenüberliegenden Straßenseite, wo mehr Geschäfte die Eintönigkeit des Weges unterbrachen, fünfzig oder hundert Meter gelaufen war, bemerkte Josefa das Eigenartige in der Luft. Zunächst glaubte sie, es sei das Licht. Ein scharfes Zwielicht spaltete die Straßen und Gegenstände in zwei Schichten, die um einige Millimeter verschoben aufeinander lagen. Josefa schloß die Augen, und das Seltsame verschwand nicht, es war hörbar, obwohl Josefa Art und Charakter des Geräusches nicht ausmachen konnte. Ein stilles Rauschen flirrte in der Luft, das Rauschen von Blättern oder Flügeln. Josefa blickte durch die kahlen Äste der Baumkronen und konnte nichts finden, was das Rauschen verursachen konnte. Ein schwarzer Vogel saß auf einem Ast, öffnete den gelben Schnabel, als wollte er singen, schlug mit den Flügeln, als wollte er fliegen, und fiel lautlos auf die Erde. Die Luft geriet in Bewegung, und als Josefa sich umwandte, sah sie die schwarze Limousine, die, umgeben von einem Schwarm uniformierter Männer auf Krafträdern, in gleichmäßiger Geschwindigkeit über die Fahrbahn schwebte. Den Lärm der Motoren schluckte die Stille, nur ein gedämpftes Zischen drang an Josefas Ohren, und die Wellen der verdrängten Luft schlugen ihr ins Gesicht. Die Limousine verschwand in der nächsten Krümmung der Straße. Ein schriller Pfiff zerriß die Luft wie Papier. Zwei Polizisten sprangen aus der Deckung der Häuserwände auf die Fahrbahnen und hoben ihre mit weißen Überziehern markierten Arme.

Aus allen Nebenstraßen schoß der gestaute Verkehr mit lautem Getöse in die Hauptstraße, floß stockend und drängend wie dickes Blut in die toten Adern, durchzuckte sie hektisch, allmählich ruhiger und rhythmisch, und der Lärm zog über die Dächer. Die Stille war es, dachte Josefa, die Totenstille. Sie schoben die Stille vor sich her; wohin sie auch kamen, die Stille war vor ihnen da. Sie müssen taub sein davon, dachte Josefa. Sie werden nichts wissen über B., sie können es gar nicht wissen. Sie verschob die Beschaffung des Badeofens auf einen anderen Tag und fuhr nach Hause, um den Brief zu schreiben. Darin teilte sie mit, daß sie, Journalistin, dreißig Jahre alt, die Regierung von Zuständen unterrichten müsse, von denen sie vermutlich keine Kenntnis habe, und daß der Heizer Hodriwitzka aus B., der diesen Brief schon vor Wochen habe schreiben wollen, von einem Bus überfahren worden sei, als er links abbiegen wollte, ohne abzuwinken. Da zuständige Genossen eine öffentliche Behandlung des Themas in der Presse nicht zuließen, sähe sie sich genötigt, die Regierung auf diesem Wege über Versäumnisse beim Aufbau des Sozialismus zu unterrichten. Es folgte eine genaue und knappe Schilderung der Vorgänge um das Kraftwerk in B. Josefa suchte ein sauberes Kuvert mit geraden Ecken, beschriftete es, nachdem sie die vollständige Adresse im Telefonbuch gefunden hatte, kaufte am Kiosk Briefmarken und steckte den Brief in den gelben Kasten. Am anderen Morgen versuchte sie, den Mann, der die Briefkästen der Gegend leerte, abzufangen, um den Brief zurückzunehmen. Aber sie kam zu spät, und ihr blieb nur die Hoffnung auf die Unzuverlässigkeit der Post oder der Behörde, die sich nicht erfüllen sollte.

Zum ersten Mal, seit sie die Antwort erwartete auf ihren Brief, fühlte Josefa sich ohne Angst, ungläubig noch, hin und wieder still auf das innere Hämmern und auf die Krämpfe wartend, die allein dem Gedanken an Aufruhr in der letzten Zeit gefolgt waren. Lag auf ihrer Barrikade aus Halbdaunen, sah hinter geschlossenen Augen, wie hellrotes Blut durch ihr Herz gepumpt wurde und in feinen Verzweigungen bis in die Spitzen der Finger floß. Der funktionierende Organismus war sie. Sekundenlang durchfuhr sie die Klarsichtigkeit, die sie in jener deutlich zu erinnernden Nacht mit Christian erfahren hatte und der sie seitdem vergebens nachgejagt war. Sah sich in der Mitte ihres Weges vom Geborenwerden zum Sterben, lief ohne Aufenthalt und ohne Umkehr, und die Welt teilte sich in den eigenen Schmerz und den der anderen, in eigne Verzweiflung und andre Verzweiflung, in eigne Freude und fremde Freude. Nur was sich in ihr bündelte, was sie betraf, was aus ihr kam, war am Ende ihr Leben.

Josefa dachte an ihre Zukunft. Denk doch an deine Zukunft, Kind, war einer von Idas Lieblingssätzen. Inzwischen hielt Ida die Zukunft ihrer einzigen Nichte für gesichert, und bestimmt würden ihre hellblauen Augen sich mit klaren Tränen füllen, wenn sie hörte, wie leichtfertig Josefa ihre Zukunft verlassen hatte.

Ein Wecker, der um halb fünf klingelt, und im nächsten Jahr kommt der Sohn in die Schule. Um halb sechs muß sie aus dem Haus, um halb sieben muß der Sohn aufstehen, um halb acht muß er gehen, vorher allein frühstücken. Sie wird die anderen fragen müssen, wie man das macht. Nachmittags um drei kommt sie wieder nach Hause, das ist ein Vorteil, aber abends wird sie hundemüde sein, und wenn sie nicht ab acht oder neun schläft, wird sie morgens, wenn sie aufsteht, heulen vor Anstrengung. Im Betrieb wird man sie zuerst belächeln, eine mit'm Spleen, die studiert hat, aber das wird sich geben. Später werden sie feststellen, die hat Haare auf'n Zähnen und läßt sich nicht die Butter vom Brot nehmen, und irgendwer wird sie für eine Gewerkschaftsfunktion vorschlagen, wahrscheinlich für den Kulturobmann, damit sie Karten besorgt für die Operette. Wenn es noch schlimmer kommt, schickt man sie auf einen Lehrgang und macht sie zum Vertrauensmann. Aber dagegen wird sie sich wehren. Das wird die Strafe sein: ab heute muß man auf sie verzichten. Sie wird sich qualifizieren, aber mehr nicht. Hin und wieder wird sie einen Brief schreiben an den Höchsten Rat, wird ihn aufmerksam machen auf die Versäumnisse beim sozialistischen Aufbau, und niemand wird sie dafür zur Rechenschaft ziehen dürfen. Werte Herren, wird sie schreiben, meine Arbeit ist sehr eintönig und läßt mir viel Zeit für Gedanken. So habe ich darüber nachgedacht, warum meine Leistung, wie man der Summe des mir monatlich ausgezahlten Geldes entnehmen kann, als so gering im Vergleich mit anderen Leistungen eingeschätzt wird. Ich versichere Ihnen . . . Josefa stand auf, holte aus einem Fach ihres Regals Schreibpapier, suchte ihren Kugelschreiber, fand ihn nicht, nahm dafür die Schreibmaschine, setzte sich ins Bett und stellte die Maschine auf die Oberschenkel. Sie spannte das Papier ein, ohne Durchschlag, sie schrieb immer ohne Durchschlag, zu Luises Ärger, und schrieb: Ich versichere Ihnen, daß jahrelanges Sitzen, Stieren mit den Augen auf millimetergroße

Teilchen, die mit ruhiger Hand gelötet werden müssen, eine verzehrende Leistung ist gegen die eigene Natur. Mehr zu leisten als das wäre ich nicht imstande. Ebenso meine Kolleginnen. Kein Arzt und kein Künstler wird gezwungen, seine Natur zu verleugnen wie wir. Doch schlägt die Leistung nicht zu Buche. Ähnliches gilt für andre Berufe, Putzfrau und Fäkalienfahrer, Straßenkehrer, Boten, Fischverkäufer. Kein Funktionär ist schwerer ersetzbar als die Toilettenfrau am Alexanderplatz. Dieser Gestank den ganzen Tag, und trotzdem sprechen Sie von leichter Arbeit. Ich, ungelernte Löterin Josefa Nadler, schlage vor: Für jede Arbeit gibt es gleichen Lohn, den Unterschied allein macht schlecht und gut. Für schlechte Arbeit gibt es wenig Lohn, für gute Arbeit gibt es mehr, gleich, ob es Mann ist oder Frau, Minister oder Postbriefträger. Wer Kinder hat, bekommt entsprechend mehr. Für Schichtarbeiter, Bergleute und andere Berufe, die den Menschen fressen, gilt kürzere Arbeitszeit und längerer Urlaub, weil keiner sonst die Arbeit macht. Werte Herren, schrieb Josefa weiter, ich verspreche mir davon: Wer gerne hobelt, wird dann Tischler und nicht Dichter von Kinderliedern oder Lesebüchern, weil ihm kein Vorteil winkt für den Verzicht auf Freude und er nicht grimmig auf das neue Haus des Dichters starrt, der von den schlechten Versen besser lebt als er von guten Tischen. Und seinen Spaß läßt sich der Mensch was kosten. Der Tischler wird uns Tische baun, die wir uns jetzt nur träumen. Und dafür darf er kostenlos nach Schweden zu den Möbelbauern fahren und in Erfahrungsaustausch treten. Es bleiben übrig Arbeiten wie meine, die stoßen sie dem Menschen zu, von gleicher Wirkung sind wie Autoräder, die Menschen überrollen und verstümmeln. Verschont wird nur, was für die Arbeit nötig ist: Geduld und Stumpfsinn und geschickte Finger, am Hintern weiches Fleisch, in Fett gepolstert, auf dem der Rest vom Menschen sitzen kann. Werte Herren, mir sind bekannt die technologischen Fesseln des Jahrhunderts, das mangelnde Geld für Investitionen und die Notwendigkeit solcher Verrichtung. Ich schlage darum vor: Jeder Bürger dieses Landes, ich betone: jeder, trägt an diesem Zustand mit. Ein Jahr seines Lebens oder zwei übernimmt er solche Arbeit für vier Stunden jeden Tag; in der Zeit, die ihm verbleibt, lernt er Sprachen oder Instrumente, um die Sinne zu erhalten und die Zeit zu nutzen. – Ihre Antwort erwarte ich mit Interesse. Von mir hören Sie, sobald ich neue Vorschläge unterbreiten kann. – Josefa Nadler, ungelernte Arbeiterin.

Josefa las den Brief laut, stellte sich das erstaunte Gesicht seines Empfängers vor und beschloß, ihn abzuschicken, sobald sie drei Monate lang Arbeiterin war. Ab dann würde sie ihnen jeden Monat einen Brief schicken. Ein korrespondierendes Mitglied des Höchsten Rates würde sie werden. Und eines Tages würde sie sich auf den Marktplatz stellen, zwischen die Gemüsekarren, vor denen die meisten Leute anstanden, und würde ihren Briefwechsel mit dem Höchsten Rat dem Volk zur Kenntnis geben.

Wahrscheinlich wäre in Josefas Leben alles geblieben, wie es war, wäre sie an dem besagten Morgen früher aufgestanden und hätte den Postkastenentleerer nicht verfehlt; sie wäre wieder in den Besitz ihres Briefes an den Höchsten Rat gekommen, vorausgesetzt, der Mann hätte ihr den Brief ausgehändigt, wozu ihn die postalischen Verordnungen nicht unbedingt berechtigten. Josefa setzte voraus, der Mann hätte ein Einsehen gehabt mit ihrer teuflischen Lage und hätte ihr das maschinebeschriebene Kuvert zurückgegeben. Dann hätte die Illustrierte Woche den alltäglichen Streit über eine Reportage schnell vergessen. Kaum einer sprach noch über den Vorfall. Nur Luise sagte zuweilen, es sei ein Jammer, wirklich ein Jammer. Rudi Goldammers Magengeschwür war geheilt, und Strutzer mußte mit verbissenem Lächeln Berge von

Zeitschriften und Schreibpapier über den weißen Gang in sein eigenes Zimmer tragen. Josefa schrieb in einem Brief an Alfred Thal: Bitte grüßen Sie den Anarchisten und sagen Sie ihm: Ich kann es nicht ändern. Saß wie immer auf dem schwarzen Kunstlederstuhl hinter dem Schreibtisch, umgeben vom Lärm des Großraums, sah auf Günter Rassows schwächlichen Rücken, telefonierte mit der Bibliothek, telefonierte mit dem Betrieb, in dem sie ihre nächste Reportage recherchieren wollte, vereinbarte Fototermine, entzifferte Leserbriefe, beantwortete sie. Und wartete. Wartete jeden Tag und jede Stunde, daß die Antwort käme auf ihren Brief. Jedes Telefonklingeln erschreckte sie und jeder Briefumschlag, auf dem ihr Name stand. Als Erna, Rudi Goldammers Sekretärin, sie anrief und ihr kurz und herrisch mitteilte – sie sprach mit allen Mitarbeitern der Redaktion kurz und herrisch –, der Chef wolle sie sprechen, zitterten Josefa die Knie. Auf dem Weg in Rudis Zimmer trank sie in der Teeküche ein Glas kaltes Wasser, weil ihr der Mund trocken war wie Watte und bitter, daß es sie würgte. Rudi umarmte sie zur Begrüßung. Es täte ihm so leid, sagte er, jetzt erst hätte er die Sache lesen können. Schade, daß es so dumm gelaufen sei. Dieser Strutzer, na, nicht mehr zu ändern. Immer, aber auch immer kämen die Magengeschwüre zur unrechten Zeit. Aber das müsse sie ihm glauben. Wäre er nicht krank gewesen, die Sache hätte sich anders abgespielt. Rudi litt unter der Mission, die er sich auferlegt hatte, und Josefa litt mit ihm. »Ich weiß«, sagte sie, »ich weiß, wenn du dagewesen wärst . . .« Rudi lief mit kleinen Schritten im Zimmer auf und ab, sah dabei auf seine Fußspitzen, blieb dann vor Josefa stehen und blickte ihr in die Augen, wohl um zu kontrollieren, wie ernst sie ihre Beteuerung meinte. Auf dem Tisch standen rote Nelken. »Schöne Blumen«, sagte Josefa. »Ja«, sagte Rudi, »von Erna. Erna stellt mir immer Blumen hin, wenn ich krank war.«
Rudi ging zur Tür, und Josefa stand auf. Rudi sagte: »Beim

nächsten Mal . . .« und klopfte Josefa sacht auf die Schulter. Josefa nickte. Auf dem Weg zurück in den Großraum trank sie noch ein Glas Wasser gegen die trockene Bitterkeit in ihrem Mund, die sich nicht gegeben hatte. Sie hätte erleichtert sein müssen und hatte Mühe, nicht zu weinen.

Josefa konnte zu dieser Zeit nicht wissen, daß einige Minuten, nachdem sie Rudis Zimmer verlassen hatte, Siegfried Strutzer einen Anruf bekam, der sie betraf. Eine Dame meldete sich als das Büro für Bürgerbeschwerden beim Höchsten Rat. »Ich verbinde mit dem Leiter des Büros für Bürgerbeschwerden beim Höchsten Rat«, hörte Strutzer und fluchte still auf Rudi Goldammer, der gewiß wieder einmal nicht an seinem Platze war und ihm das Amt des Sündenbocks aufhalste. Irgendein Skriptomane beschwerte sich über die Illustrierte Woche beim Höchsten Rat, und wer mußte den Ärger ausbaden – natürlich er, Strutzer. Strutzers Fluchgedanken wurden unterbrochen von einer männlichen Stimme, deren Inhaber sich vergewisserte, ob er mit dem Genossen Strutzer, Parteisekretär der Illustrierten Woche, verbunden sei. »Ja, gut, hier spricht der Leiter des Büros für Bürgerbeschwerden beim Höchsten Rat«, sagte die Stimme, »Genosse Strutzer, wir haben hier einen Vorgang zu bearbeiten, der auch euch betrifft.«

Na bitte, dachte Strutzer und haderte mit seinem Dasein als Stellvertreter, das ihm mehr Unannehmlichkeiten einbrachte als Anerkennung. Vorhin erst hatte er im Posteingangskasten, den er jeden Morgen durchblätterte, während Erna für Rudi Tee brühte, ein breites, elegantes Briefkuvert gefunden, das nach Strutzers Erfahrung eine Einladung, und zwar von höherer Stelle, enthalten mußte. Am widerlichsten fand Strutzer aber Goldammers Verlogenheit, der angesichts solcher Einladungen stöhnte und vorgab, derartige Veranstaltungen zu verabscheuen, zumal er weder Speisen noch Getränke genießen könne wegen des kranken Magens. Noch nie aber war ihm eingefallen, dachte Strutzer bitter, eine Einladung an ihn weiterzureichen.

»Wir wenden uns an dich, Genosse Strutzer«, sagte die Stimme an Strutzers Ohr, »und nicht an den staatlichen Leiter, den Genossen Goldammer, weil wir der Meinung sind, daß die Parteigruppe der Genossin Nadler informiert werden muß, und wir meinen weiterhin, daß die Parteigruppe sich dringend mit den Ansichten der Genossin Nadler zu einigen Fragen auseinandersetzen muß.«

In Strutzer wurde es still. Gebannt hörte er der Stimme zu, die etwas anderes von ihm wollte, als er erwartet hatte. Man meinte ihn, Strutzer. Der Genosse am anderen Ende nahm nicht mit ihm vorlieb, weil er Goldammer nicht erreicht hatte, sondern er hatte ihn von vornherein sprechen wollen.

Die Unterlagen würde man in den nächsten Tagen zustellen, hörte Strutzer, auch den fraglichen Brief der Genossin Nadler, man habe Strutzer nur vorinformieren wollen, damit er wüßte, warum man sich an ihn wende in dieser Angelegenheit. Das Büro hätte heute an die Beschwerdeführerin eine Bestätigung des Eingangs ihres Briefes abgeschickt. Man werde ihr auch, wie das Gesetz es vorschreibe, eine ausführliche Antwort auf ihre Fragen zusenden. Nur glaube man, die verworrenen Vorstellungen im Kopf der Genossin bedürften gründlicherer Auseinandersetzungen, als das Büro sich leisten könnte.

Strutzer wand sich mit einem »Tja«, das er ernsthaft und sorgenvoll dehnte, zwischen die Sätze des anderen. Ihm erschiene das Verhalten der Genossin Nadler schon seit geraumer Zeit problematisch, und es verwundere ihn nicht, daß es sich nun so zugespitzt habe. Strutzer bedankte sich für den vertrauensvollen Hinweis des Genossen. Die Parteigruppe würde bedenken, wie man der Genossin helfen könne, versprach er.

Er legte den Hörer behutsam auf die Gabel, zog aus dem obersten Fach seines Schreibtischs einen glatten weißen

Bogen, strich sorgfältig mit der flachen Hand über ihn, obwohl kein Fältchen in ihm war, und schrieb in die rechte obere Ecke des Bogens das Datum, in die linke obere Ecke schrieb Strutzer: Betr.: J. Nadler, telefon. Info. d. Ltr. d. BfBb b. HR. Heitere Genugtuung erfüllte ihn. Er würde mit niemandem darüber sprechen, bevor er den Brief in der Hand hielt und gründlich jeden Schritt berechnet hatte. Er wollte keinen Fehler machen. Das war sein Fall, und weder Goldammer noch Luise sollten Gelegenheit haben, in die Sache einzugreifen, ehe sie in der Parteiversammlung behandelt wurde. Strutzer notierte jedes Wort, das der Leiter des Büros für Bürgerbeschwerden zu ihm gesagt hatte. Er wollte sich zur gegebenen Zeit darauf berufen dürfen. Er zog einen blauen Schnellhefter unter einem Stapel von Aktenpapieren hervor, kontrollierte die Aufschrift, »Vorgang B.« stand in kleiner Schrift auf der Innenseite des Pappumschlags, und legte den weißen Bogen, den er soeben beschrieben hatte, zu den schon abgehefteten. Erst dann nahm Strutzer den brennenden Druck in seinem Magen wahr, sah auf die Uhr – es war vier Minuten vor zwölf – und ging essen.

Am Tag darauf kam Jauer zum ersten Mal wieder in die Redaktion. Saß am Montagmorgen an Luises kleinem Konferenztisch, umringt von Günter Rassow, Luise, Hans Schütz und Eva Sommer, die ihn unverhohlen neugierig beobachtete. Eva Sommer strich Jauer übers Haar und sagte mit ihrer rauchigen Stimme: Gut siehste aus, Junge, wirklich. Jauer erzählte, wie er zum Zwecke seiner Gesundung mit den Zähnen einen Ring aus einem Topf, der mit Mehl gefüllt war, angeln mußte, während die anderen Mitglieder seiner Gruppe um ihn herumsaßen und lachten, weil er dabei natürlich sehr komisch ausgesehen hätte. Aber die anderen hätten schließlich auch sehr komisch ausgesehen, wenn sie mit den Zähnen den Ring im Mehltopf suchten. So hätte jeder über jeden gelacht, kein bösartiges Lachen, versteht sich, ein befreiendes Lachen eher.

Josefa war unbehaglich zumute bei dem Gedanken an die mehlbestäubten Kranken. Warum haben sie euch nicht gleich Blindekuh spielen lassen, fragte sie. Sie hatte das Spiel gehaßt, die blinde Bedrängnis, wenn sie stolperte und gestoßen wurde, nicht wußte woher und nicht wußte wohin, die Scham, wenn die anderen, denen man keinen Schal um die Augen gebunden hatte, um sie herumstanden und lachten, wenn sie stürzte.

Und das hat dir geholfen? fragte sie.

Wie du siehst, sagte Jauer. In seiner Stimme lag Abwehr. Aber das sei nur ein winziger Teil der Therapie, es gäbe Gruppengespräche und Einzelgespräche, vor allem aber völlige Abgeschiedenheit von allem, das den Menschen sonst umgab. Keinen Kontakt zur Dienststelle, hätte der Arzt gesagt. Dabei sah Jauer mit vorwurfsvollem Stolz von einem zum andern, bis er seinen Blick auf Luise ruhen ließ.

Na schön, sagte Luise, schön, daß du wieder da bist. Sie steckte sich ein Stück Lakritze in den Mund. Hans Schütz hatte sein Pfeifenetui aus schwarzem Leder auf den Tisch gelegt und säuberte eine Pfeife nach der anderen. Mit kultischer Ruhe schob er den von Plüschfäden umwickelten Draht durch die Öffnung des Mundstücks, setzte das Mundstück wieder auf den Pfeifenkopf, blies ihn noch einmal durch, um auch die letzte Verunreinigung zu beseitigen, betrachtete ausgiebig zum hundertsten oder zum tausendsten Mal den edlen Schwung, den jede seiner Pfeifen im Profil aufwies, und steckte sie wieder in das Etui. »Sag mal, und du kannst nun wirklich wieder schlafen?« fragte er Jauer mit unüberhörbarer Skepsis.

Jauer lächelte. »Jaja.«

Es gäbe da überhaupt erstaunliche Geschichten, sagte Günter Rassow. Sein Jugendfreund hätte plötzlich und grundlos kurz nach überstandener Pubertät zu hinken begonnen. Man hätte Muskelschwund vermutet, unheilbar. Kurz und gut, bis der Junge zu einem Psychiater gekommen sei, der einen Ödipuskomplex festgestellt hätte. Die Mutter von Rassows Freund hätte in der fraglichen Zeit häufig den schlurfenden Gang und die schlechte Haltung des Jungen bemängelt. Dadurch hätte sich der Junge, der, wie Rassow sagte, mit außerordentlicher Sensibilität ausgestattet gewesen sei, stark verkrampft, zudem aber, und das sei nach Ansicht des Arztes das krankheitsauslösende Moment gewesen, hätte er unbewußt einen objektiven Grund für seinen Gang gesucht, um sich den mütterlichen Ermahnungen zu entziehen. Der Arzt hätte dem Jungen geraten, sich nicht länger gegen die Liebe und Sorge der Mutter zu wehren.

Und, hat's geholfen? fragte Eva Sommer.

Er hätte tatsächlich aufgehört zu hinken, sagte Rassow. Allerdings hätten sich gleichzeitig absonderliche Veränderungen an seinem Körper vollzogen. Es war Rassow unangenehm, den Vorgang im Detail zu beschreiben, seine Stimme knarrte unter der Anstrengung, die ihm die Suche nach unverfänglichen Formulierungen bereitete. »Gewisse physische Rückentwicklungen waren an ihm zu beobachten, nicht offensichtliche, doch aber folgenschwere. Selbst die Stimme klang vorübergehend wieder hell und kindlich.« Rassow räusperte sich und beendete seine Erzählung durch ein tiefstimmiges »Ja«.

Eva Sommer lachte. »Besser als hinken.«

»Wer weiß«, sagte Hans Schütz.

Josefa sah in die Gesichter der anderen, um zu ergründen, ob alle dachten, was sie dachte, daß nämlich Rassow selbst jener außerordentlich sensible Jugendfreund sein könnte. Hans Schütz konzentrierte sich auf den Genuß seiner Pfeife, die endlich gereinigt und gestopft zwischen seinen Zähnen steckte. Luise, die ohnehin nichts von Psychiatern und ähnlichem

Seelenhumbug hielt, kaute Lakritze. Nur Eva Sommer hing gebannt Rassows Geschichte nach.

»Jauer hat seinen Ödipuskomplex bestimmt von Luise«, sagte Josefa.

Jauer verfärbte sich. Man solle das ruhig ernst nehmen, sagte er, und seine Stimme zitterte, er fühle sich jetzt jedenfalls so wohl wie noch nie in seinem Leben, das wolle er sich durch albernes Geschwätz nicht kaputtmachen lassen, und er sähe in der Angelegenheit keinen Gegenstand für Scherze, aus denen nur Ignoranz spräche.

Josefa war bestürzt. Sie hatte mit ihrer Bemerkung eher Luise treffen wollen als Jauer. Sie hatte ihn in den letzten Wochen oft vermißt, und nur das strikte Verbot des Arztes hatte sie davon abgehalten, ihn zu besuchen. Sie stotterte eine Entschuldigung, und Jauer, dem seine Heftigkeit nachträglich wohl unangenehm war, brummte etwas wie »schon gut«. Hans Schütz setzte sich als erster über die beklommene Stille hinweg. »Dicker bist du geworden«, sagte er, nachdem er Jauer lange gemustert hatte. Auch Josefa war aufgefallen, daß Jauers Gesicht sich verändert hatte. Die konkaven Wölbungen hatten sich gefüllt, wodurch das Gesicht zu einem ebenmäßigen Oval geformt wurde. Die gelbliche, Krankheit assoziierende Hautfarbe und die zartrosa Flecken auf den Backenknochen waren verschwunden. Die Haut war heller, die Wangen gleichmäßig gerötet. Am auffälligsten aber war der andere Ausdruck seiner Augen, den Josefa nicht genau bezeichnen konnte, aber das ewig Wunde, das ein für allemal Verletzte konnte sie in ihnen nicht mehr finden.

Als Jauer sich die Haare aus der Stirn strich, bemerkte sie die zarte rote Linie, die quer über seine Stirn lief und links und rechts im Haaransatz endete. Josefa konnte sich an den roten Strich auf Jauers Stirn nicht erinnern. Sie wußte nicht, ob sie ihn früher nur nicht bemerkt oder ob es ihn nicht gegeben hatte. Eine feine rote Kerbe, wie der Abdruck eines Mützenrandes, oder wie ein Kratzer, oder wie eine Narbe, eine ungewöhnlich kunstvolle Narbe. Vielleicht eine Verletzung aus der Kindheit, dachte Josefa, ein Sturz mit dem Roller oder die Kellertreppe hinunter. Sicher wird der rote Strich schon immer über Jauers Stirn gelaufen sein, und sie hatte ihn eben nicht gesehen.

»Ich rauche nicht mehr«, sagte Jauer.

Plötzlich schien es Josefa, als hätte sich auch Jauers Stimme verändert, als spräche er lauter, fester, als wären die Stimmbänder nun endgültig zu seinen eigenen geworden. Überhaupt, stellte Josefa fest, wirkte Jauer nicht mehr provisorisch. Sie erklärte sich Jauers Veränderungen durch die gerade verwundene Krankheit und durch die Abgeschiedenheit, in der er drei Monate gelebt hatte. Selbst als er drei Tage später seine alte gelbe Lederjacke mit den Schweißrändern am Kragen, die ihm vor zehn oder mehr Jahren seine Mutter geschenkt hatte, vertauschte gegen eine sakkoähnliche Wildlederjacke, unter der er helle Hemden mit farblich abgestimmten Krawatten trug, ahnte Josefa nicht, wie tief Jauers Verwandlung reichte. Das sollte sie erst später erfahren, als das Schreiben des Höchsten Rates an Strutzer längst durch einen Boten überbracht worden war und als »diese ungeheuerliche Anmaßung der Genossin Nadler«, wie Strutzer die Angelegenheit nannte, als einziger Punkt der Tagesordnung in der Parteiversammlung behandelt wurde.

Josefa nahm den Hörer erst nach dem dritten Läuten ab, obwohl sie das Telefon dicht neben das Bett gestellt hatte. Niemand sollte denken, sie säße neben dem Telefon und wartete darauf, daß man sie vermißte.

»Warum bist du nicht in der Redaktion?« fragte Christian.

»Bist du krank?«

»Nein.«

»Was sonst?«

»Nichts.«

»Ich denke, heute ist deine Verhandlung.«

»Ja.«

»Mein Gott, nun red doch schon. Ist was passiert?«

»Es ist nichts passiert. Ich geh nicht hin.«

Schweigen.

»Josefa, es muß doch irgendwas passiert sein . . .«

»Nein.«

Schweigen.

»Ich konnte in den letzten Tagen nicht anrufen. Ich hatte viel zu tun, außerdem mußte ich die Thesen ändern.«

»Jaja.«

»Bitte, sei nicht kindisch. Was machst du denn jetzt?«

»Ich liege im Bett.«

Schweigen.

»Soll ich zu dir kommen?«

»Nein.«

Schweigen.

Josefa drückte mit zwei Fingern die beiden weißen Plastikteile in das schwarze Gehäuse des Telefons, legte dann erst den Hörer darüber. Trank einen Schluck Rotwein, um den würgenden Druck in ihrem Hals zu verschlucken. Zog sich das Kopfkissen über das Gesicht, als wäre jemand in der Nähe, der nicht hören dürfte, wie sie laut und haltlos weinte.

Eine Woche hatte sie auf diesen Anruf gewartet. Seit diesem qualvollen Mittwoch, an dem sie Christian zum letzten Mal gesehen hatte. Jeden Tag hatte sie ihn selbst anrufen wollen oder einfach hinfahren, klingeln, wie damals vor zwei Monaten oder vor neunzehnhundertsiebenundsiebzig Jahren. An jedem Tag seit dem Mittwoch, an dem er gegangen war, nachdem sie zwei Stunden geschwiegen hatten, wollte sie den Irrtum der letzten Wochen korrigieren. Und jetzt war es zu spät. Oder es war schon am Mittwoch zu spät gewesen, als es ihr schien, sie säßen in einem Zug, der unaufhaltsam dorthin raste, wo die Schienen endeten. Das Ende als einziges Ziel. Der Zug fuhr und fuhr. Sie würden erst aussteigen können, wenn er kopfüber im Sand steckte. Auf das Unglück warten, und jeder Versuch, die Notbremse zu ziehen, beschleunigte das Tempo. Seit einer Woche grübelte sie, was geschehen war, daß sie so sprachlos einander gegenübersaßen.

Tag für Tag hatte sie erinnert, Szenen angesehen, in denen sie mitgewirkt hatte und deren bestürztes Publikum sie nun war. Warum hatte sie nichts verstanden? Sie hörte Sätze, die sie gesagt hatte, begriff nachträglich, hörte Christians Sätze, die sie nie gehört hatte und die doch gesagt worden waren. Doch, gehört hatte sie, gehört und nicht wahrgenommen, nicht übersetzt in Erfahrung. In dem, was ihnen zugestoßen war und was geendet in zweistündigem Schweigen am Mittwoch, fand sie die gleiche Folgerichtigkeit, die alles und jeden in den letzten Wochen bestimmt hatte.

Christian litt unter Josefas Depressionen, für die er keine ausreichende Erklärung fand. Wenn er auch ihre Erregung verstand angesichts der Unannehmlichkeiten, die sie unausweichlich erwarteten, befremdete ihn doch die Angst, fast Panik, mit der sie den Ereignissen begegnete. Ihr Brief an den Höchsten Rat war einfach lächerlich. Josefas Naivität, infantiler Unberechenbarkeit oft bedrohlich nahe, hatte ihn schon früher amüsiert oder geärgert, je nach dem Grad der Ignoranz, den er darin wahrnahm. Gut, es bedurfte keiner ausgeprägten Sensibilität, um von einer Stadt wie B. bis ins Mark erschüttert zu werden. Josefa war sensibel. Und als sie heulend und Gulaschsuppe löffelnd Schauergeschichten erzählt hatte, als hätte sie gerade eben die Hölle besichtigt, hatte er sie verstanden. Aber dieser Brief war kindisch. »Sag einfach, es tut dir leid«, riet er ihr, als Josefa ihm die Einladung für die Sitzung der Parteileitung zeigte und ihm zum ersten Mal von dem Brief erzählte, »sag, du weißt, der Brief ist idiotisch, sag, du warst betrunken oder du hattest Fieber. Und dann ist es gut.«

Josefa hatte sich einen Stuhl an den Ofen gestellt, ließ sich den Rücken und die Hände von den heißen Kacheln wärmen und zitterte. »Warum ist der Brief idiotisch? Es stimmt doch alles.« Sie riß sich mit den Zähnen die Hautfetzen von der Unterlippe.

Christian stöhnte: »Aber du kannst es doch nicht einer ganzen Regierung schriftlich geben, daß du sie für dumm hältst.«

Josefa sah ihn verzweifelt an. »Ich habe doch nur geschrieben, was ich gesehen habe und was sie vielleicht nicht gesehen haben. Warum verstehst du mich denn nicht mal?«

»Josefa«, Christian zählte die Silben ihres Namens auf wie ein Startkommando, »es gibt gewisse Gepflogenheiten, Normen im menschlichen Zusammenleben, die ein Erwachsener für gewöhnlich kennt. Die können dir gefallen, die können dir auch nicht gefallen, aber zur Kenntnis nehmen mußt du sie schon, wenn du irgend etwas ausrichten willst. Glaubst du denn im Ernst, jemand brauchte deinen Brief, um zu wissen, wie es in B. aussieht? Das stinkt doch weit genug . . .«

Josefa verzog schmerzlich das Gesicht. »Halt mir keine Rede«, sagte sie, »ich verstehe sowieso nicht.«

»Was ist denn daran nicht zu verstehn. Wenn du einen Fisch fangen willst, benutzt du eine Angel und kein Blasrohr. Es geht um die Mittel, um sonst nichts.«

»Du tust, als hätte ich eine Bombe geschmissen.« Sie fuhr sich mit dem Handrücken über die zerbissene Unterlippe. Sie blutete. Christian schwieg. Sie tat ihm leid. Sie verstand es wirklich nicht. Sie begriff nicht, daß es Spielregeln gab. Wie sie, seit sie sich kannten, jede Terminologie mißachtete. Sie erfand sich ihre eigene, je nach Stimmung, und war ungehalten, sobald er sie korrigierte. Wenn er sie berichtigen könnte, sagte sie, hätte er sie offenbar richtig verstanden. Demzufolge wäre seine Übersetzung in seine exakte Wissenschaftssprache überflüssig.

»Schön«, sagte er, »dann mußt du machen, was du für richtig hältst, dann mußt du die Leute mit verrückten Briefen bombardieren. Aber dann zittre hinterher nicht vor Angst. Wenn du das selbst für eine vernünftige Art der Auseinandersetzung hältst, wirst du ihnen das auch erklären können.«

Josefa duckte sich und zog den Kopf ein. »Hör doch mal auf mit deiner Vernunft«, bat sie, »ich begreif's doch nicht. Ich habe einen Brief geschrieben. Na und. Einen Brief kann man wegschmeißen, wenn man ihn nicht will. Es ist nichts passiert. Aber sogar du regst dich auf. Ich habe, glaube ich, nur Angst, weil ich so richtig nichts begreife. Und immer ist dieser Strutzer wieder da. Ich rede mit dem zuständigen Genossen, ich schreibe einen Brief an den Höchsten Rat, und am Ende sitzt immer Strutzer an der einen Seite des Tischs und ich an der anderen.«

Christian setzte sich neben sie an den Ofen. Josefa fühlte seine Schulter und seinen Arm, stellte sich vor, sie könnten so Empfindungen austauschen wie Ströme. Sie würde etwas von ihrer Angst in Christian leiten, dafür einige Ampere Gelassenheit abziehen.

»Willst du kündigen?« fragte Christian.

»Nein.«

»Dann bring das mit dem Brief in Ordnung. Hör dir wenigstens die Vorhaltungen an, ohne zu widersprechen, und sag zum Schluß, du siehst es ein«, sagte er und zitierte einen seiner Lieblingssätze: »Es ist nicht wichtig, recht zu haben, sondern recht zu behalten.«

Diesem Satz gegenüber fühlte sie sich ohnmächtig, seitdem sie ihn kannte. Sie konnte keine Antworten, Reaktionen, Telefongespräche kalkulieren wie die Zutaten für eine Suppe. Sie wußte nicht im voraus, was Strutzer als nächstes tun würde und was sie darum als übernächstes tun mußte. »Ich werd's versuchen«, sagte sie. Und wieder, wie an dem Abend in Brommels Landhaus, dachte sie, ihr Zwiespalt sei leichter zu ertragen, solange sie für Christian bleiben durfte, wer sie war. Allein den Gedanken, sie könnten sich eines Tages wieder trennen, empfand sie als existenzielle Bedrohung.

Die Sitzung der Parteileitung war für den Montag angesetzt worden. Am Montagmorgen waren alle Mitarbeiter der Illustrierten Woche bereits über Josefas absonderliches Vergehen unterrichtet, obwohl die Mitglieder der Leitung, die Strutzer in einer kurzen Zusammenkunft informiert hatte, zu strenger Vertraulichkeit verpflichtet waren. Als Josefa die Tür zu Luises Zimmer öffnete, richtete Luise sich in ihrem schwarzen Kunstledersessel auf, stellte die Teekanne wieder auf den Tisch, sagte: »Nasagmal«, schüttelte den Kopf, kniff die Lippen zusammen, sagte: »Mach mal die Tür zu.« Nahm die Teekanne wieder in die Hand, goß sich Tee ein, sagte: »Was Blöderes ist dir wohl nicht eingefallen.«
»Nein«, sagte Josefa, blieb stehen, überlegte, ob sie etwas erklären sollte, schwieg.
Luise holte tief Luft. »Alsoweeßte . . .«, begann sie, sprach nicht weiter, schlug sich mit der flachen Hand dreimal gegen die Stirn, begnügte sich mit dieser Geste, die offenbar alles ausdrückte, was sie zu sagen hatte. Sie blätterte in einer Zeitung und las. Oder las nicht, wie die nervösen Bewegungen ihrer Augäpfel vermuten ließen. Josefa verließ das Zimmer leise, traf in dem weißen Gang Ulrike Kuwiak, deren Gruß äußerst streng und ernst ausfiel. An Josefas Schreibtisch stand Günter Rassow und winkte ihr eifrig mit dem Hörer ihres Telefons. »Die Chefin«, flüsterte er und lächelte mitleidig.
»Warum rennst'n einfach weg. Also komm zurück«, sagte Luise und legte auf.
Luise gehörte nicht zur Leitung. Anläßlich der letzten Wahl

hatte Strutzer den Versammelten mitgeteilt, daß sie auf Grund ihres schlechten Gesundheitszustandes darum gebeten habe, nicht wieder als Kandidat aufgestellt zu werden. Er bedaure zutiefst, versicherte er, und er wolle danken, und er werde vermissen . . . Er überreichte Luise zwanzig rote Nelken, die Erna besorgt hatte, und griff mit dicken weißen Fingern nach Luises herabhängender Hand. Die Wahrheit war, daß Luise nach jeder Leitungssitzung Kreislauftropfen in ihr Teeglas gezählt hatte, weil sie sich bis zur Erschöpfung mit Strutzer gestritten oder sich über ihn geärgert hatte.

»Hör mal, viel Gutes haste nicht zu erwarten«, sagte Luise. Sie zählte die sieben Leitungsmitglieder an den Fingern ab, die vermutlichen Gegenstimmen an der rechten Hand, die Verteidiger an der linken. Die fünf Finger ihrer Rechten reichten nicht aus, links ragte nur der Zeigefinger aus der Faust. »Hans Schütz. Aber auch nur, wenn du Glück hast. Wenn du Pech hast, kaut er auf seiner Pfeife rum und sagt gar nichts.«

»Und Günter?« fragte Josefa.

Luise schüttelte den Kopf. »Ich habe mit ihm gesprochen«, sagte sie, »wenn er nicht gerade einen cholerischen Anfall kriegt und losdonnert ohne Sinn und Verstand, wird er brav seinen Arm heben. Außerdem geht ihm dein Brief gegen seinen Ordnungssinn. Er hat also sogar eine Rechtfertigung.«

Josefa beobachtete, wie Luises spitze Nase Löcher in die Luft hackte. Zum ersten Mal war sie Luise nicht dankbar für ihre Rechenkünste, für ihren praktischen Geschäftssinn, mit dem sie Kräfteverhältnisse abwog wie grüne Heringe, Antworten kalkulierte wie Preise, sorgfältig berechnet nach dem Prinzip von Angebot und Nachfrage. Zum ersten Mal auch schien ihr, es handele sich dabei für ihre Zwecke um gänzlich untaugliche Mittel. Die letzten Wochen hatten ihre Absichten und Ziele auf ein Minimum schrumpfen lassen: Sie wollte richtig verstanden werden. Was konnten ihr dabei Luises Tara-, Brutto- und

Nettoberechnungen helfen. Satz in dieser Verpackung wiegt leicht, Satz in jener Verpackung wiegt schwer, gleicher Satz im Briefumschlag wiegt am schwersten. Sie wollte richtig verstanden werden, nicht mehr. Allein die Absicht verbot jede Taktik, schon der Versuch, sich auf halbe Wahrheiten zu beschränken, hieße das Ziel preisgeben, auf den Erfolg von vornherein verzichten.

Luise rechnete noch immer, obwohl sie das Ergebnis schon vorweggenommen hatte. Das mindeste sei, hatte sie gesagt, Josefa dürfe nicht widersprechen, müsse sich die Vorwürfe anhören und wenigstens die Spur von Reue zeigen.

Das hatte sie schon Christian versprochen.

Einige Stunde später, eingebettet im nachmittäglichen Dämmerlicht des Vorfrühlings, umgeben von je drei Leitungsmitgliedern an den beiden Längsseiten des Tisches, gegenüber von Strutzer, der ihr die unbesetzte Querseite am unteren Ende des Tisches zugewiesen, sich selbst an die obere Querseite gesetzt hatte, war Josefa sicher, jedes Wort, das gesprochen wurde, schon gehört zu haben und den weiteren Hergang der Verhandlung im Detail zu kennen.

Strutzer las den Brief vor. Sätze, die er für besonders problematisch hielt, bezeichnete er durch ironischen Vortrag und anschließende Pause, während der er die Leitungsmitglieder wissend musterte und sie durch ein Lächeln des Einverständnisses zu Reaktionen ermunterte. ».. . scheint es mir zuweilen, die Stille, die um Sie verbreitet wird durch vorausfahrende Kräder, durch emsige Vorbereitungen Ihrer Besuche, durch falsche Berichte, hindert Sie, die Dinge zu erkennen, wie sie sind«, las Strutzer. Zu jeder Silbe ein Klopfen mit dem Bleistift. Ulrike Kuwiak zischte, das sei wirklich unverschämt, Elli Meseke sah Josefa vorwurfsvoll an, sagte: »Aber Mädel, wie kannst du nur so etwas behaupten.« Strutzer las weiter.

Es müssen zwei Briefe sein, dachte Josefa. Sie hatte einen Brief geschrieben, hatte die lange Adresse auf den Umschlag gehämmert, hatte ihn in den gelben Kasten gesteckt, aber ein anderer Brief hatte den Adressaten erreicht. Postkästen, Postsäcke, Sortierungen, Eingangskästen, Amtsaugen und Amtshirne hatten ihren Brief in eine zynische Beschimpfung verwandelt. Rätselhafte Metamorphose der Sprache auf dem Weg aus ihrer Wohnung in ein Amt, durch das Amt, in Strutzers weiße Finger, in Strutzers Mund, in Josefas Ohren, nicht mehr erkennbar als ihre Worte, zynisch, eitel, das hatte sie nicht geschrieben, nicht so.

»Darf ich den Brief selbst vorlesen?« fragte sie.

»Aber bitte.« Strutzers roter Mund lächelte. Er reichte den Brief an Elli Meseke, die ihn weitergab an Ulrike Kuwiak mit einem widerwilligen Blick auf das Papier wie auf ein ekliges Tier, dessen Anblick sie fürchtete und das sie doch gesehen haben wollte. Ulrike Kuwiak schob den Brief zu Josefa. Kein Zweifel, das war ihr Brief; das Papier, das versetzte kleine e, das ihre Schreibmaschine immer einen Millimeter zu hoch anschlug. Das Papier zitterte leicht in ihrer Hand, sie legte es auf den Tisch, wiederholte noch einmal den Satz, nach dem sie Strutzer unterbrochen hatte: »... die Stille, die um Sie verbreitet wird durch vorausfahrende Kräder, durch emsige Vorbereitung Ihrer Besuche, durch falsche Berichte, hindert Sie, die Dinge zu erkennen, wie sie sind.« Sie las leise, atemlos, ohne ein Wort stärker zu betonen als ein anderes, Punkt und Komma kaum beachtend. So klangen ihr die Sätze wieder vertraut, erkannte sie den Gedanken, der ihnen vorausgegangen war. Sie warf einen schnellen Blick in die Gesichter der anderen. Hans Schütz lächelte auf dem rechten, Josefa zugewandten Mundwinkel. Günter Rassow hielt den Kopf gesenkt, das Gesicht verdeckt durch die Hände, die er wie Scheuklappen an die Schläfen hielt. Die Gesichter der anderen unverändert zwischen Mitleid und demonstrativem Unver-

ständnis. »Da es mir unmöglich gemacht wird«, las Josefa
weiter, »meiner beruflichen Verpflichtung nachzukommen
und die Öffentlichkeit auf dringend notwendige Veränderungen hinzuweisen, mußte ich diesen Weg wählen, um Sie über
die Zustände in B. zu unterrichten. Ich bitte Sie, den Vorgang
zu überprüfen und Ihre Entscheidung zu ändern.« Und
obwohl sie die Sprache als ihre eigene tägliche erkannte, fiel
sie, reflektiert von den kalkigen Wänden und von den
betroffenen Gesichtern, als fremde Sprache auf sie zurück. Sie
hörte die Worte mit den Ohren der anderen, vollzog deren
Gedanken und empfand wie einen Schlag die Anmaßung, die
in dem Brief verborgen war und die sich offenbarte, sobald sie
auf gehorsame Seelen traf. Jetzt endlich, da sie Absender und
Empfänger in einer Person war, begriff sie die zweite Existenz
ihres Briefes. Der ungehörige, arrogante, ja gefährliche, nicht
zu duldende Anspruch des Schreibers trat ihr fremd gegenüber
und verdrängte ihr besseres Wissen um die eigene
Absicht.

»Wollen wir doch mal hören, was uns die Genossin Nadler
selbst zu ihrem Brief zu erklären hat«, sagte Strutzer.

Das Aufatmen der anderen war eher sichtbar als hörbar, die
Spannung schwand aus den Rücken und Schultern; Hände, die
sich an Kugelschreibern festhielten, entkrampften sich.

Josefa war heiß. Und wenn sie nun alle recht hatten, wenn
solch ein Brief tatsächlich staatsfeindlich war? Hatte sie sich
vielleicht wirklich eine Rolle zugedacht, die ihr nicht zustand?
Hatte sie nicht behauptet, mehr zu wissen über B. als alle
Institutionen und alle zuständigen Genossen? Sie starrte auf
den Brief, der immer noch vor ihr lag. »Werte Genossen«, die
Buchstaben verschoben sich ineinander, »Wertossen« zitterte
es vor ihren Augen, Tränen, nicht den Kopf heben, schluk-
ken.

»Bitte, Josefa, du hast das Wort«, sagte Strutzer.

Josefa versuchte, den Mund zu öffnen. Die Lippen klebten fest aufeinander, ließen sich nicht voneinander lösen. Wenigstens sagen, daß sie es so nicht gemeint hatte. Die Zunge zwischen die Lippen schieben, bis sie sich öffneten. Die Zunge war geschwollen und trocken. Ihr Mund war gelähmt. Sprachlos.

»Aus dem Schweigen der Genossin Nadler muß ich schließen, daß sie uns nichts mitzuteilen hat«, sagte Strutzer, »bedauerlich. Dann bitte ich jetzt die anderen Genossen um ihre Wortmeldungen.«

Das kannte sie. So war es schon einmal gewesen. Auch zwischen kalkweißen Wänden. Aber da hatte es noch eine andere Farbe gegeben. Grün. Grüne Tücher, die man über sie gedeckt hatte wie Fahnentuch über den Sarg bei einem Staatsbegräbnis. Und eine Stimme voll geübter Barmherzigkeit: »Nicht ängstlich sein, das ist nichts Schlimmes, das kann heut schon unser Pförtner.« Nicht schlimm. Trotzdem die ledernen Fesseln an den Handgelenken, die schwarze Gummimaske über Mund und Nase, »tief atmen, das ist Sauerstoff«. Die Injektion in den linken Arm. Letzter Gedanke: Ich wache nie mehr auf. Und dann doch. Langsames Erwachen. Kaltes Kneifen in ihrem Bauch. Erkennen, schrecklos. Jemand schnitt ihr in den Bauch, und sie war wach. Gleich, gleich kommt der große Schmerz. Sie will stöhnen. Strengt sich an. Kein Laut. Die Augen öffnen. Nur einen Millimeter. Nur ein Auge. Geht nicht. Nichts geht. Kein Finger. Gleich kommt der Schmerz. Und ich eine lebende Leiche. Sprachlos. Reglos. Bei lebendigem Verstand seziert werden. Abgeschaltet wie eine Waschmaschine. Weiß, was mit ihr geschieht. Weiß, was sie tun müßte, um sich zu retten. Kann nur noch wissen. Tot. Aber nicht tot. Verurteilt zum Dulden. Sie gehört denen. Denen mit den Messern. Dann eine Männerstimme: »Die ist noch ganz schön munter, gebt ihr mal noch hundertfünfzig.« Dann nichts mehr. Später hatten sie ihr erklärt, daß die Muskulatur während der Operation lahmgelegt wurde. Ihre

Muskulatur hätte noch reagiert, das hätten sie bemerkt. – Du bist zu lebendig, du fühlst noch.

Elli Meseke meldete sich, erhobener Unterarm, gerade ausgestreckter Zeigefinger. Sie hätte nur eine Frage an Josefa: Warum sei sie mit ihren Problemen nicht zu ihnen gekommen, zu ihren Genossen?

Wiederum Aufatmen der anderen. Das Wort hatte Josefa. Warum sie nicht gekommen war. Warum nicht? Aber sie hatte ja mit ihnen reden wollen. Sie hatte ihnen alles aufgeschrieben, alles über B. Strutzer hatte es gelesen, Rudi, der zuständige Genosse. Das wußten sie doch. Warum fragte die Dicke das?

Über Günter Rassows mageren Rücken lief ein Zucken, lief in den Arm, der sich langsam hob, komisch, daß er nicht knarrte, bewegte sich störrisch wie ein verrostetes Scharnier. Aber das quietscht und knarrt nicht. Der Arm quietschte auch nicht. Ihn beschäftige eine andere Frage, sagte Günter. Schon wieder eine Frage. Warum merkten sie nicht, daß ihr doch keine Antwort einfallen würde. Eine Frage, sagte Günter, die ihm noch schwerwiegender erschiene. »Wie konnte es geschehen, daß eine Genossin, die wir jeden Tag sehen, mit der wir arbeiten, sich mit Sorgen und Problemen herumträgt, die sie letztlich zu dieser Verzweiflungstat treiben, ohne daß wir davon Kenntnis nehmen? Ja, für mich ist dieser Brief eine Verzweiflungstat. Und ich frage euch, wie konnte es mit Josefa dahin kommen? Was haben wir versäumt?«

Gott sei Dank, er fragte nicht sie. Aber er war verrückt. Verzweiflungstat. Als hätte sie tatsächlich eine Bombe geschmissen. Oder einen Mord begangen. Günter zwinkerte ihr zu. Josefa verstand nicht. Oder glaubte er, er hätte ihr eben geholfen? Er hatte nicht sie gefragt, mehr nicht. Sie müßte etwas sagen. Keine Verzweiflungstat, staatsbürgerliches Recht, Beschwerdegesetz und das alles. Aber ihr Mund war verklebt. Die Zunge hing fest am Gaumen. Darum tranken aufgeregte Menschen im Film immer Wasser. Aber hier war kein Wasser, und darum bitten ging nicht. Würden sie denken, sie spielt Theater. Jetzt hatte Strutzer Günters Schwenk vollzogen. Hob den Bleistift, atmete tief ein. Sosehr er die selbstkritische Haltung des Genossen Rassow auch schätzte, aber da hätte man sich nichts vorzuwerfen. Er selbst hätte lange und intensiv mit der Genossin Nadler diskutiert. Sogar der zuständige Genosse hätte sich bemüht. Aber die Genossin hätte sich unbelehrbar gezeigt. Obendrein sei ihre Arroganz auch dem zuständigen Genossen unangenehm aufgefallen.

Also doch. Das hätte sie fast vergessen. Ihre Vertrauensseligkeit beim zuständigen Genossen. Hatte er ihre Beschimpfungen gegen Strutzer also doch weitergegeben. Oder Strutzer log. Josefa suchte in seinem Gesicht die Kränkung. Nur das Königslächeln spielte um den geschwungenen Mund. Die Augen verborgen hinter getönten Brillengläsern. Fette Qualle hatte sie gesagt. Josefa glaubte nicht, daß der zuständige Genosse Worte wie diese wiederholt hatte. Aber er konnte Strutzer mitgeteilt haben, wie sein Eindruck von der Genossin im allgemeinen ausgefallen war. Arrogant also, na gut.

Strutzer schwieg. Sah abwartend in die Runde, vermied dabei die Richtung, in der Hans Schütz saß. Schütz als nächster Redner wäre ihm nicht recht gewesen. Durch die breite Fensterfront sah Josefa in den Himmel, in weiße und graue Wolkenberge, die sich stetig und ohne Hast ineinanderschoben zu neuen Gebilden, um sich ebenso gemächlich wieder aufzulösen. Ein kalter Himmel, durch keine irdische Verbindlichkeit erwärmt, kein Ast, kein Häuserdach reichte in diese Höhe, in der Josefas Augen den Himmel zu fassen kriegten. Zog endlos über sie hinweg, wie über die vorigen, wie über die nächsten. War einfach da. Einfach da. Der Gedanke breitete sich in ihr aus, warm und überraschend, plötzlich, als hätte sie es nicht schon immer gewußt. Oder doch wissen müssen. Der unteilbare Himmel, nein, doch teilbar, Hoheitsgebiete, das

Wort gab es, aber die Wolken zogen flugverkehrswidrig, nur dem Wind gehorchend. Das blieb. Ihr schien, als wüßte niemand von denen, die außer ihr an dem langen eckigen Tisch saßen, daß die Wolken zogen, wohin sie ziehen mußten, und als dränge darum der Himmel in diesem Augenblick nur für sie durch die Fenster. Was konnte Strutzer an diesem Himmel interessieren, obwohl Strutzer sich selbst als einen Freund der Natur bezeichnete. Er züchtete Tulpen in einem kleinen Gärtchen vor seinem Haus. Geflammte Tulpen, violette Tulpen, von einer Dienstreise hatte er sich holländische Zwiebeln mitgebracht, die er einigen Kennern in der Illustrierten Woche gezeigt hatte. Während der Zeit der Tulpenblüte stellte Strutzer sich hin und wieder ein besonders schönes Exemplar seiner Zucht auf den Schreibtisch und erklärte jedem, der es sah, wie er die Tulpe zu solcher Leistung veranlaßt hatte. Nur im vergangenen Jahr wurde die Tulpenzeit für Strutzer gestört. Wilde Kaninchen hatten sein Tulpenbeet entdeckt, und an jedem Morgen, wenn er nach den Tulpen sah, fand er einige Stiele ohne Kopf. Strutzer legte sich mit einer Schrotflinte auf die Lauer. Aber die Kaninchen, gewitzte Großstadtkaninchen, kamen immer erst, wenn Strutzer müde und voller Hoffnung, seine Tulpen blieben in dieser Nacht verschont, ins Bett gegangen war. Tagelang lief Strutzer bekümmert und mißlaunig durch die Redaktion. An einem Wochenende beschloß er, die ganze Nacht zu wachen. Die Kaninchen kamen in der frühen Dämmerung. Strutzer schoß. Trotz seiner militärischen Ausbildung war er kein guter Schütze. Vor allem aber, sagte Strutzer später, sei die Sicht an diesem Morgen, der feucht und diesig war, schlecht gewesen. Strutzer traf ein Kaninchen, tötete es aber nicht. Getroffen flüchtete es in die Sträucher und starb dort, langsam. Das Kaninchen schrie. Strutzer, zufrieden über seine gerechte Vergeltung, ging schlafen. Die übrigen Bewohner des Hauses erwachten an diesem Sonntag früh vom Schreien des Tiers.

Niemand im Haus, außer Strutzer, besaß eine Waffe, mit der er das Kaninchen endgültig hätte totschießen können, und Strutzer schlief. Am Montag beschwerte er sich bei Luise, der er schon einmal drei von seinen Tulpen geschenkt hatte und von der er wußte, daß sie in ihrem Garten Kräuter anbaute, über seine Nachbarn, die ihn seitdem nicht mehr gegrüßt hätten.

Strutzer interessierten die Wolken nicht.

Josefa konnte nicht aufhören, durch das wellige Glas in die Luft zu sehen, die sich zunehmend dunkel färbte. Schwarz, vermischt mit einem tiefen Violett. Auch die Stimmen rundum hörte sie wie durch Glas, und sie wünschte, alle schwarzen Wolken der Welt könnten sich jetzt in diesem Rechteck über ihnen versammeln, um dann in fünf oder zehn Minuten, länger brauchte sie nicht, in einem schaurigen Gewitter über ihren Köpfen zu explodieren. Donner, Sturzflut, Blitze, alles in einem, daß die Fensterscheiben sich biegen, die erdbebenfesten Wände zittern, Worte und Schreie verschlungen vom schrecklichen Krachen des Donners. Alle blicken in den Himmel und auf die Straßen, wo nichts zu erkennen ist. Nur ahnen können sie, wie Menschen, von Panik besessen, vom Regen in die Hauseingänge gepeitscht werden, wie Autos hilflos auf den überschwemmten Fahrbahnen stehen. Im Getöse das Wimmern der Sirenen. Du lieber Gott, hilf, denken sie, und Worte wie himmlische Heerscharen und Sintflut. Strutzer faltet heimlich die Hände, Ulrike Kuwiak heult, Josefa hat keine Angst, sie weiß, daß die Wolken nur protestieren gegen die mangelnde Ehrfurcht der Menschen, gegen ihre Vergeßlichkeit und gegen ihren Kleinmut. Und dann: Ruhe. Die Wolken ziehen leise lachend ab in die acht Richtungen, aus denen sie gekommen sind, und hinter ihnen wartet die Sonne. Wieder sehen alle in den Himmel, bestürzt und nachdenklich. Josefa und den Brief haben sie vergessen.

Strutzers scharfer Anruf riß Josefa aus ihrer Vision. »Nicht nur, daß du uns nichts zu sagen hast, nein, du hörst uns nicht einmal zu. Wir haben alle, die wir hier sitzen, doch mehr zu tun, als uns mit dir zu beschäftigen.« Strutzers roter Mund legte sich beim Sprechen in scharfe Falten. Mit seinen Händen stützte er sich auf den Tisch, als müsse er ihn festhalten, der Bleistift lag schräg auf dem Schreibpapier. Josefa zuckte zusammen, öffnete den Mund, schloß ihn wieder, ohne etwas zu sagen. Langsam stieg ihr das Blut in den Kopf, begann leise hinter der Stirn zu rauschen und in den Ohren.

»Ich fasse eigens für die Genossin Nadler noch einmal zusammen, was Gerhard Wenzel gesagt hat: Deine Arroganz ist nicht nur dem zuständigen Genossen aufgefallen. Selbst Gerhard, der ja noch nicht lange bei uns ist, hat sich über deine Uneinsichtigkeit, er sagte Selbstherrlichkeit, schon oft gewundert. Es war auch von deiner Arbeitsdisziplin die Rede, nicht wahr, Gerhard?«

Gerhard Wenzel nickte. Die tiefen Falten, die seine Stirn in drei querlaufende Wülste unterteilten und die Wenzels Gesicht immer den Ausdruck außerordentlicher Anstrengung verliehen, rückten noch enger aneinander. »Mal so, Genossen, ich will ja hier niemand anschwärzen, aber bei uns, in der Betriebszeitung, hätten wir das nicht machen können, jeden Morgen zu spät kommen oder 'ne Stunde früher gehen. Die Kollegen in der Halle haben da ganz schön aufgepaßt. Wär ja auch ungerecht gewesen gegen die andern. Noch was: In dem Brief steht, wenn ich das richtig verstanden habe, ein Arbeiter aus B. sollte diesen Brief schreiben, mir fällt jetzt der Name nicht ein, aber ihr wißt schon, der jetzt tot ist. Also, ich weiß nicht, ihr könnt mir glauben, ich kenne die Arbeiter, ich war vier Jahre bei der Betriebszeitung, aber so was Selbstherrliches hätte ein Arbeiter nie geschrieben, schon gar nicht ohne sein Kollektiv.«

»Es ist eigenartig, Josefa«, sagte Elli Meseke, »du schreibst so viel Gutes über die Arbeiter. Ist dir noch nie eingefallen, von ihnen vielleicht auch einiges zu lernen, zum Beispiel Disziplin, zum Beispiel Bescheidenheit?«

Das Rauschen in Josefas Ohren wurde stärker. Der Himmel, unbeeinträchtigt von ihren Wünschen, verdunkelte sich zu einem friedlichen Abend. Günter Rassow stand leise auf und schaltete das Licht ein, das bläulichweiß in den Neonröhren zuckte, ehe es grell und erbarmungslos die letzte Milde zerriß, die über der Runde gelegen hatte. Hans Schütz blinzelte, als sei er aus einem Traum erwacht, und putzte seine Brille, durch die er jetzt, in der Helligkeit, nicht sehen konnte. »Wäre es nicht ratsam«, sagte er, »doch über den Punkt zu sprechen, der zur Diskussion gestellt wurde? Josefa wurde ja wohl nicht wegen ihrer mangelnden Arbeitsdisziplin vor die Leitung geladen, sondern wegen des Briefes, der, wie ich zugeben muß, reichlich naiv ist.«

»Unter naiv versteh ich aber was anderes«, sagte Ulrike Kuwiak.

»Das muß ja nichts heißen. In meinen Augen zeugt der Brief viel eher von Naivität als von Bösartigkeit.«

»Vielleicht solltest du uns dann erklären, Hans, was du unter Naivität verstehst«, sagte Elli Meseke und lächelte versöhnlich.

Hans Schütz nahm zum ersten Mal, seit er sich an dem Gespräch beteiligte, die Pfeife aus dem Mund und setzte sich gerade auf. »Unter Naivität verstehe ich genau das, was das Wort laut Meyers Lexikon bedeutet, aber ich kann es hier gern, falls nötig, für einige Leute noch einmal erklären . . .«

Strutzer klopfte mit dem Bleistift hart auf die Tischplatte. »Genossen, ich muß wirklich bitten, diese Streitereien zu lassen. Unsere Zeit ist kostbar, denkt an Lenin, Ökonomie der Zeit. Der Gegenstand ist auch zu ernst für solches Geplänkel. Also bitte, zum Thema.«

Elli Meseke gab Strutzer zu verstehen, daß sie etwas zu sagen hätte. Strutzer erteilte ihr das Wort.

Elli glättete ihr rosiges Gesicht mit einem Seufzer und faltete die Hände. »Ja, Genossen, wie sage ich das jetzt am besten. Also, ich glaube nicht, daß der Hans recht hat. Ich glaube, daß der Brief mit Josefas Einstellung zu ihren Kollegen und auch zur Disziplin doch zu tun hat. Ob wir das nun selbstherrlich nennen wie der Gerhard oder arrogant wie der zuständige Genosse – es ist letztendlich das gleiche, was uns bedenklich stimmt. Und wenn wir Josefa helfen wollen, und dazu sitzen wir schließlich hier, können wir uns vor dieser Frage nicht drücken. Weißt du, Josefa, nimm das jetzt bitte nicht persönlich, sondern betrachte das, was ich dir sagen werde, als wohlmeinende Kritik: aber wenn ich dich morgens, eine halbe Stunde nach Arbeitsbeginn, mit Stiefeln und Cape und hocherhobenem Haupt durch den Gang fegen sehe, frage ich mich oft: Junge, Junge, wo nimmt das Mädchen bloß das Selbstbewußtsein her?«

»Genau«, sagte Ulrike Kuwiak und kicherte leise. Gerhard Wenzel nickte zufrieden. »Das Bild trifft den Nagel auf den Kopf, wie man zu sage pflegt«, sagte er. Die Sekretärin der Leserbriefabteilung, die nie etwas sagte, saß blaß und mager auf ihrem Stuhl und lächelte. Plötzlich hob sie zögernd den Arm. »Ich finde auch, daß die Genossin Nadler über die Vorwürfe, die ihr hier gemacht werden, einmal nachdenken muß. Zum Beispiel über ihre Beziehung zum technischen Personal. Ich habe ihr vor einiger Zeit, als ich sehr unter Zeitdruck stand, drei Briefe geschrieben, obwohl ich bekanntlich für die Abteilung Innenpolitik nicht zuständig bin. Ein Wort des Dankes habe ich aber nicht gehört. Wenn es auch nur eine Kleinigkeit ist, aber in Ordnung finde ich das nicht.«

Bis zu diesem Punkt der Beratung erinnerte sich Josefa genau, jedes Wort, jede Geste konnte sie rekonstruieren, Stimmen und Tonfälle wie von einem Tonband abhören. Alles, was danach geschehen war, hatte ihr Gehirn nur als ein Wirrsal aus Erregungen gespeichert, Satzfetzen, die sich hart und scharf aus dem Rauschen hoben, der in dem Rest des Geschehens versunken war. Sie erinnerte sich, gesprochen zu haben. Hans Schütz hatte ihr später erzählt, sie hätte anfangs einen ruhigen, fast kühlen Eindruck gemacht. Mit unerwarteter Demut, sagte Hans Schütz, hätte sie auf die Vorwürfe reagiert, so daß er geglaubt hatte, die Sache könnte noch gut ausgehen. Dann aber, und er hatte seinen Ohren nicht trauen wollen, hätte sie versucht, noch immer in jener schlafwandlerischen Ruhe, die Entstehung des Briefes zu erklären; die schwarze Limousine, der tote Vogel, die Stille, es hätte gespenstisch geklungen, sagte Hans Schütz.

Josefa erinnerte sich an Strutzer. In der Haltung des Siegers hatte er in seinem Stuhl gelehnt und ihr zugehört. Und obwohl Josefa seine Füße nicht hatte sehen können, zeigte ihr die Erinnerung den ganzen Strutzer, aufrecht sitzend, der linke Arm auf der seitlichen Lehne des Stuhls, mehr Zierde als Stütze, die rechte Hand auf dem Oberschenkel, der linke Fuß leicht vorgestellt, König Siegfried in der Herrscherpose. Dann der Satz, von dem Josefa nicht wußte, ob sie ihn damals tatsächlich verstanden hatte oder ob sie ihn nur aus den Erzählungen von Hans Schütz kannte: ›Die Genossin Nadler hat eben selbst den besten Beweis für ihre krankhafte Selbst-überschätzung geliefert.‹

Sie erinnerte den wilden, nicht beherrschbaren Aufruhr, der sie erfaßt hatte, in dem ihr Körper unempfindlich wurde und widerstandslos, ihr so wieder ganz gehörte und gehorchte. – Sie stand am Abgrund. Ein halber Meter trennte sie von dem scharfen Schnitt, der die Erde schied vom Unwägbaren, in das sie zu stürzen drohte, wenn sie sich nicht wehrte gegen die Gestalten, die sie umsprangen und mit langen spitzen Lanzen auf sie einstachen, ziellos Beine, Brust und Bauch trafen, sie vertreiben wollten von ihrer Klippe, auf die sie doch gehörte. Sie war ihrem Körper dankbar, weil er auf sein Recht verzichtete, zu fühlen und zu leiden, damit sie sich gegen die

Lanzen werfen konnte mit wilden Schreien, um ihre Bedränger zu verschrecken. Es waren zu viele, als daß Josefa ihre Schläge hätte abwägen können. Sie drehte sich um die eigene Achse und schwang wie eine Keule ihr Recht zu sein, hier zu sein, auf dieser Klippe, betäubte ihre Angreifer durch die Wucht ihrer Schläge, und als sie still waren und von ihr abließen, floh sie, verletzt und hinkend, in eine Höhle am Rande der Klippe, nur über die Steilwand zu erreichen, unerreichbar für jeden, der zurückschreckte vor dem Anblick der Tiefe.

Jetzt, drei Wochen später, hatte das Unwägbare seinen Schrecken für Josefa verloren. Zwischen Decke und Laken gebettet wie zwischen Himmel und Erde und benommen von der Ruhe, die seit einigen Tagen in ihr war, verlor es seine Abgründigkeit, wurde faßbar, denkbar, ordnete sich ein in die Möglichkeiten zu leben. Mehr noch: es ging eine große Verlockung aus von dem Gedanken, sich der Verfügbarkeit, mit der sie von Kindheit an gelebt hatte, zu entziehen, sich abzuwenden von allen fremden Plänen mit ihr. Und der Verdacht, der eher eine Hoffnung war, auf diese Weise wäre ihre Unruhe zu töten, die jede ihrer Handlungen bezichtigte, die falsche zu sein, und der Ausblick, sie könnte dann endlich von sich selbst erfahren, was das Eigentliche war, nach dem sie suchte, was sie, und nur sie, zu tun hatte in den Jahren, die sie leben würde, machten sie heiter.

Damals hatte Josefa zum ersten Mal begriffen, was die Leute meinten, wenn sie von ihrem Privatleben sprachen. Sie hatte bislang nie verstanden, wo die geheimnisvolle Grenze zwischen einem privaten und einem anderen Leben verlaufen sollte, wo das anfing oder endete, das niemanden anging und über das man nicht sprach. Mein Mann, deine Frau, meine Sache, deine Angelegenheit, eine besondere Art von Leben, nur mittels besitzanzeigender Fürwörter beschreibbar, Privateigentum, Betreten verboten, Vorsicht, bissiger Hund. Josefa hatte weder ihre Ehe noch ihr Kind als etwas ansehen können, das zu trennen gewesen wäre von ihrem Leben mit Luise oder Hodriwitzka oder Strutzer.

Damals begann sie, das Doppelleben anderer zu verstehen, wünschte sie selbst, das von ihr gewählte Leben sorgsam zu trennen von dem, das ihr aufgedrängt wurde. Wenn sie abends, in einer Hand das Kind, in der anderen das Einkaufs-netz, über die Treppen in ihre Wohnung stieg, fühlte sie sich am Ziel des Tages angelangt. Für diese letzten Stunden vor dem Einschlafen war sie von morgens an auf der Jagd gewesen. Nun brachte sie die Beute in ihre Höhle, in der sie und ihr Junges sicher waren vor ungebetenen Eindringlingen. Dafür hatte sie unsinnige Leserbriefe beantwortet, den Anblick von Günter Rassows magerem Rücken ertragen, Strutzers Sieger-lächeln wehrlos an sich hinabgleiten lassen. Was jetzt begann, gehörte nur ihr, blieb unerreichbar für alle Strutzers. Sie konnte, wenn sie wollte, alle Wände ihrer Wohnung schwarz streichen oder rot oder lila. Sie könnte den ganzen Tag auf allen vieren laufen und bellen wie ein Hund. Sie könnte unflätig und laut auf jeden schimpfen, der ihr gerade in den Sinn käme. Es ginge niemanden etwas an; und sie müßte nicht darüber sprechen. Erstaunt und amüsiert nahm sie zur Kenntnis, daß ewig belächelte Sprüche wie »Klein aber mein« und »My home is my castle« ihr in die Nähe des Sinnhaften rückten, und sie wehrte sich nicht dagegen.

An manchen Tagen aßen sie zu dritt Abendbrot. Josefa kochte Tee, stelle Kerzen auf den Tisch, verteilte Servietten – eine Neuerung in ihrem Haushalt, die von Christian mit Spott vermerkt wurde. Sie sprach seltener über die Illustrierte Woche, vermied überhaupt Themen, von denen sie befürch-tete, sie könnten Spannung oder auch nur Unruhe verbrei-ten.

Christian hatte ihre plötzliche Veränderung ebenso erleichtert wie verwundert hingenommen. Er war froh, nicht mehr jeden Satz von Strutzer drehen und wenden zu müssen, bis er seine ganze Hinterhältigkeit, die vielleicht nur in Josefas Phantasie existierte, offenbart hatte, zumal Christian der Gedanke bedrückte, Josefas Lage mitverursacht zu haben. Immerhin stammte der Hinweis auf zwei Texte zu einem Thema von ihm. Ihn freute der Ausblick auf weniger aufgeregte Zeiten, in denen er sich wieder häufiger um seine eigene Arbeit kümmern könnte, die er in der letzten Zeit vernachlässigt hatte. Josefa wirkte ausgeglichen, beinahe fröhlich, wenn ihre Ruhe ihm zuweilen auch verdächtig war. Den Gedanken, Josefas Gelassenheit könnte künstlich sein, verdrängte er, denn solange er sie kannte, war sie unbeherrscht und jähzornig, würde also eher in immer neuen Varianten den neben seiner dicken Frau schlummernden Strutzer zerfleischen, als still im Sessel zu kauern und auf den Serienkrimi zu warten.

Nachts im Halbschlaf spürte er oft, wie sie ihn streichelte oder sacht küßte, aber er war zu müde, um noch einmal aufzuwachen oder die Arme nach ihr auszustrecken. Die Gier, die sie während der ersten Wochen bis in die Morgenstunden wachgehalten hatte, war gesättigt. Auch die Angst, auf diese eine Nacht könnte keine nächste folgen, hatte sie verlassen. Josefa lag allein mit ihren Träumen, blutrünstigen Phantasien, gespielt von schaurigen Gestalten und teuflischen Fratzen, die sie quälten und die sie noch verfolgten, wenn sie die Augen öffnete und in das leere Laternenlicht hinter den Fenstern blickte. Dann wollte sie Christian anfassen, die warme Haut, die Brust, die sich hob und senkte, Lebendiges neben ihr. Irgendwann schlief sie ein.

Morgens, wenn sie gemeinsam frühstückten, erzählte sie ihm ihre Träume, nicht alle, nur die, die ihr wichtig erschienen. An einen Traum, einen besonders schrecklichen, erinnerte sie sich genau.

Sie war an diesem Morgen erwacht, lange bevor sie

aufstehen mußte, in der Zeit zwischen Nacht und Morgen. Nur eine Straßenbahn ratterte schnell und hemmungslos lärmend durch die Stille, und Josefa glaubte an dem Geräusch, das sie verursachte, erkennen zu können, daß die Bahn leer war. Sie ging in die Küche, trank eiskaltes Selterswasser, überlegte, was sie essen wollte, biß zweimal von einer sauren Gurke ab und legte sich wieder hin. Christian schlief fest, mit dem Gesicht zur Wand. Josefa lehnte ihren Kopf an seinen Rücken. Ohne zu erwachen, rückte er von ihr ab. Josefa drehte sich auf die andere Seite, so daß sie Rücken an Rücken lagen. Vielleicht könnte sie so noch einmal einschlafen. Als sie die Augen schloß, sah sie in einem Zimmer zwei Menschen, einen Mann und eine Frau, die ihr beide bekannt vorkamen, obwohl Josefa sich nicht erinnern konnte, sie je getroffen zu haben. Der Mann und die Frau sahen sich über einen kahlen Tisch hinweg an.

Ich will an den Ozean, sagte die Frau, ich glaube an das unmenschlich Große, an das Ungesehene, ich glaube an den Ozean.

Es ist zu spät, sagte der Mann, du mußt gehen.

Ja, sagte die Frau.

Das weiße Licht der Lampe, die über ihren Köpfen hing, blendete den Mann. Er zerschlug die Lampe mit der bloßen Hand.

Ich seh dich nicht mehr, sagte die Frau. In der Stimme der Frau war Angst.

Der Mann stand auf. Er hatte nur ein Bein. Er sprang auf dem Bein zum Fenster, holte die Kerze und stellte sie auf den Tisch.

Ich habe keine Streichhölzer, sagte er.

Nimm die Steine.

Der Mann sprang zum Ofen, hob die Steine auf und machte Feuer. Das Licht der Kerze fiel in die Augen der Frau. Die Augen sahen aus, als würden sie brennen.

Komm doch mit, sagte die Frau.

Der Mann saß steif auf dem Stuhl. Er sah die Frau nicht an. Ich
kann nicht so weit gehen, sagte er.
Weil du zu faul bist. Und zu feige. Weil du zu faul und zu feige
bist. Die Frau hatte geschrien.
Der Mann duckte sich unter der schrillen Stimme der Frau.
Sein Mund verzerrte sich zum Sprechen, aber außer einem
gepreßten Röcheln kam nichts aus ihm heraus.
Die Flamme der Kerze schlug hoch an die Decke. Der Mann
sprang auf seinem Bein in eine Ecke des Zimmers und krächzte
rauh: Du willst mich umbringen.
Die Frau nahm ein Glas aus dem Schrank, ließ es voll Wasser
laufen und brachte es zu dem Mann in die Ecke. Das bin nicht
ich, sagte sie, das ist der Wind. Er weht heute vom Ozean.
Der Mann zitterte. Er konnte das Glas nicht halten. Die Frau
führte es an seinen Mund. Der Mann trank hastig, das Wasser
gluckste laut durch seine Kehle.
Schluck nicht so laut, sagte die Frau, das ist widerlich. Sie
nahm dem Mann das Wasser vom Mund.
Geh nicht weg, sagte der Mann.
Nein, sagte die Frau.
Zieh dich aus, sagte der Mann und sprang zum Bett. Die Frau
zog sich aus. Auf ihrem runden Bauch leuchtete ein rotes
Zeichen.
Bist du schwanger? fragte der Mann.
Ja, sagte sie, es wird ein besonderes Kind, das ist das
Zeichen.
Sie legte sich aufs Bett. Sei vorsichtig, sagte sie, sonst machst
du es kaputt.
Der Mann legte sich auf die Frau. Die Frau streichelte den roten
vernarbten Beinstumpf des Mannes.
Ich habe keine Lust, sagte sie.
Der Mann schlug der Frau mit der Faust ins Gesicht. Aus den
Augen der Frau floß Blut.
Ich hätte doch gehen sollen, sagte sie. Die Frau tastete sich zur

Wasserleitung und wusch mit einem nassen Handtuch vorsichtig ihr Gesicht. Sie stöhnte.

Der Mann saß auf dem Bett und weinte. Er hatte das Laken über seinen Beinstumpf gezogen. Kannst du das nicht vergessen, sagte er.

Nein, aber ich kann es nicht mehr sehn, sagte die Frau. Ich kann nichts mehr sehn.

Der Mann lachte wild. Sie kann es nicht mehr sehn, schrie er, sprang zu der Frau, hob sie auf seine Arme und sprang mit der Frau zurück zum Bett. Sie kann es nicht mehr sehn, keuchte er, sie kann es nicht mehr sehn.

Die Frau lag still auf dem Bett. Der Mann bog ihr die Beine auseinander. Die Kerze hatte einen schwarzen Fleck an die Decke gebrannt. Da hast du deinen Ozean, schrie der Mann und stieß sich tief in die Frau. Die Frau stöhnte. Der Mann trieb es mit der Frau. Er drehte sie auf den Bauch, auf den Rücken, auf die Seite. Das Laken war rot von dem Blut, das aus den Augen der Frau geflossen war. Dann fiel der Mann ab von der Frau. Ohne sie anzusehn, fragte er: War es gut? Die Frau antwortete nicht. Der Mann faßte die Frau mit seiner schweren Hand an. Die Frau war tot.

Am Morgen war Christian unausgeschlafen und schlecht gelaunt. Er hatte schon an den Tagen zuvor geklagt, auf die Dauer könne er nicht zu zweit in einem Bett schlafen, weil er sich danach gerädert und zerschlagen fühle. Außerdem bekäme er Rheuma, wenn er noch lange die Nächte an der kalten Wand unter dem zugigen Fenster verbringen müsse. Josefa schlug vor, die Plätze zu tauschen. Sie sei es gewöhnt, an der kalten Wand zu schlafen. Christian lief nervös im Zimmer hin und her, tastete Regalbretter, Couch und Tisch ob, er suchte seine Brille. »Deine Wohnung ist auch viel zu klein für drei«, sagte er, »ich komme hier nicht zum Arbeiten, lese nicht mehr. Gerade mal die Zeitung. Dafür reicht's. Hast du meine Brille nicht gesehn?«

Josefa zog ihre Füße auf den Sessel, als würde sie ihn so weniger beim Suchen stören. Nein, sie hatte die Brille nicht gesehn. Christian wühlte unter einem Stapel alter Zeitungen. »Die könntest du auch mal wieder wegräumen.« Die Brille fand er in seiner Jackentasche. Josefa lachte. »Du lachst auch über jeden Scheiß«, sagte Christian, goß sich Kaffee ein und griff nach der Zeitung. Josefa sah ihm zu, wie er, geübt im Auffinden der wesentlichen Mitteilungen, die Zeitung durchblätterte, Fettgedrucktes überflog, nur kurz die Wirtschaftsseite streifte, länger verweilte bei der Außenpolitik und bei der Kultur, den Sport überschlug, zum Schluß die Todesanzeigen.

»Ich hab was Komisches geträumt«, sagte sie. Sie erzählte die Geschichte genau, mit spürbarem Genuß am blutigen Detail.

Christian sah sie betroffen an, faltete die Zeitung zusammen und legte sie neben den Sessel auf die Erde. »Woher kennst du diese Wut?« fragte er.

»Weiß nicht«, sagte Josefa. Nur langsam senkte sich Christians Frage mit ihrem ganzen Gewicht in ihr Bewußtsein.

Diese Wut. Diese. Nicht irgendeine, sondern eine bestimmte, die er kannte, von der er glaubte, sie sei sein Geheimnis. Und jetzt war er erschrocken, weil sie etwas darüber wußte. Aber sie wußte ja gar nichts, sie ahnte nur. Wenn sie sich manchmal von einer Sekunde zur anderen in seinen Armen verlor, weil er vergessen hatte, zu wem der Körper gehörte, den er gerade festhielt. Wenn sie spürte, daß er sie bekämpfte, nein, nicht sie, das eben nicht, nur ihren Körper, den er ihr heimlich gestohlen hatte und ihn bekämpfte, bis er ihn besiegt hatte, unterworfen; bis er nur noch ihm gehörte und Christian sich wieder an Josefa erinnerte. Heimlich, wie er ihn gestohlen hatte, gab er ihr ihren Körper zurück, küßte ihr Gesicht, reumütig.

»Hast du diese Wut schon auf mich gehabt?« fragte sie.

Christian nahm die Brille ab. Er nahm meistens die Brille ab, bevor er ihr etwas Unangenehmes sagte. Josefa erinnerte sich nicht, diesen Zusammenhang früher schon bemerkt zu haben. Erst seit kurzer Zeit kannte sie diese zögernde Geste, den Griff an die Schläfe, das bedächtige, Zeit dehnende Zusammenklappen der Bügel und den halbblinden Blick auf sie, unter dem sie ihre Verwandlung erlebte in die unscharfe, sich auflösende Josefa, nicht nur gesichtslos, auch körperlos. So, unerreichbar für sie, verschanzt hinter einem Nebel, gegen den nur ihre Stimme ankam, aber kein Lächeln, kein Schreck in den Augen, so konnte er sprechen.

»Anders, als du vielleicht denkst. Man hat sie wahrscheinlich immer, aber meistens schläft sie, und man nimmt sie nicht wahr. Und manchmal ist sie plötzlich da. Es ist eigentlich keine Wut auf dich, vielmehr auf mich, eine ganz grobe und gemeine Wut auf mich, und ich weiß nicht einmal, woher sie kommt. Und solange man sich gegen sie wehrt, wird man sie nicht los. Man muß sie annehmen und weitergeben. Hinterher fühl ich mich schlecht. Ich glaube, den meisten Männern geht es so, mehr oder weniger, mir sicher sogar weniger. Solche Gefühle müssen Lustmörder haben, anders natürlich, schlimmer, eben mit dem Unterschied: die einen morden, und die andern morden nicht. Aber daher muß es auch bei denen kommen.«

Christian schwieg, klappte die Bügel seiner Brille auseinander, legte sie wieder zusammen, spielte unschlüssig mit der Brille, ehe er sie wieder aufsetzte. »Sieh mich doch nicht so entsetzt an, ich bring dich ja nicht um. Bist du sicher, daß Frauen anders fühlen? Vielleicht nicht so körperlich, jedenfalls nicht gegen Männer, weil die meistens stärker sind. Aber was, meinst du, empfinden Frauen, wenn sie ihre kleinen Kinder prügeln, weil sie in eine Pfütze gefallen sind oder nur eine lästige Frage gestellt haben? Oder wenn sie ihre Männer drangsalieren, weil sie schlürfen oder schlecht riechen oder weil ihre Bärte kratzen. Ist das nicht ähnlich? Die Frauen haben ihre Männer schon immer vergiftet und nicht erschlagen.«

Josefa zog die Beine noch enger an den Körper, stützte ihr Kinn auf die Knie. Morgens war es kalt in ihrem Zimmer, und der Ofen wärmte noch nicht. Vielleicht war es so. Alle hatten diese Wut, Männer und Frauen, sie selbst auch. Die Scheidung fiel ihr ein. Sie dachte nicht gern daran. Fünf Jahre hatten sie begraben unter Beschimpfungen, aufgerechneter Schuld, Ekel. Der Streit um die Bücher, Möbel, zum Schluß um ein Küchenmesser für zwei Mark dreißig. Ein halbes Jahr lang hatten sie sich belauert, um nur den Augenblick nicht zu verpassen, in dem der andere die Deckung vergaß und sich preisgab in seiner Verletzbarkeit. Seitdem kannte sie ihre Fähigkeit zur Wut, zur primitiven Gemeinheit, und fürchtete sie. »Besteht nicht unser ganzer Sinn darin«, fragte sie, »daß wir uns gegenseitig raushalten aus unserer Wut, du mich und ich dich? Wenigstens für einen Menschen der sein, der man sein will, wenn man es schon nicht für alle schafft?«

»Das wäre schön«, sagte Chrisitan, und Josefa sah, daß er dabei einen flüchtigen Blick auf die Uhr an seinem Handgelenk warf. »Ich befürchte nur, die Versuchung, gerade den Angreifbarsten und Wehrlosesten zu wählen, ist zu groß. Es verringert den Aufwand, es bereitet sogar Lust, verstehst du, ich finde es so schlimm wie du. Aber es ist so, bei den meisten ist es so.«

»Bei dir auch?« fragte sie leise.

»Es kommt vor«, sagte Christian ausweichend. Er hatte es eilig zu gehen, trieb auch Josefa an, »mach schnell, sonst kommen wir zu spät.«

Unterwegs sprachen sie wenig, der Motor des alten Autos heulte gleichzeitig in allen Tonlagen, und sie hätten schreien müssen, um sich zu verständingen.

Abends rief Chrisitan an, er käme spät, sie solle nicht auf ihn warten. Josefa vergaß das Gespräch.

Sie hatte es vergessen wollen. Sie hatte die Bedrohung, die für sie von dem Gespräch ausgegangen war und die sie empfunden hatte, nicht wahrhaben wollen. Jetzt, da kein Plan mehr für sie galt, kein fremder mehr und noch kein eigener, fiel es ihr wieder ein, erinnerte sie jeden Satz und jede Szene ihres Traums, und sie wunderte sich, wie genau sie schon vor einigen Wochen hätte wissen können, was ihr und Chrisitan geschehen würde. Aber selbst als Christian seltener kam, um, wie er sagte, an seiner Dissertation zu arbeiten, mit der er in Verzug geraten sei, hatte sie keinen Gedanken an dieses Gespräch zugelassen, war ihr nie eingefallen, daß er ihr eine Antwort schuldete, vor der sie Angst hatte.

Was hätte sie vor zwei Wochen angefangen mit der Antwort, die sie inzwischen kannte, ohne daß Christian sie ihr gesagt hatte? Welchen Weg hätte es noch gegeben, der vorbeigeführt hätte an diesem Tag, den sie im Bett verbrachte, weil nichts sie mehr etwas anging, oder auch, weil sie die anderen nichts mehr anging.

Sie dachte an die trostlosen Abende ohne Christian, wenn Strutzer und die Illustrierte Woche das einzige waren, das ihren Tag ausmachte. Strutzer bei Dienstschluß und Strutzer am nächsten Morgen bei Dienstbeginn. Dazwischen nichts. Nur das schlechte Gewissen gegenüber dem Sohn, dessen schrille Stimme sie nicht aushielt, den sie häufig anschrie, ihn abwies, wenn er ihr ein Lied vorsingen wollte, das er gerade gelernt hatte, oder dem sie unter dem Vorwand von Kopfschmerzen die Geschichte vorenthielt, die er vor dem Einschlafen gewöhnt war. Sie brachte ihn früher als gewöhnlich ins Bett, und wenn endlich Ruhe war, blätterte sie ohne sonderliches Interesse in einem Buch, schaltete sich lustlos von einem Fernsehprogramm ins andere. Sie machte sich Vorwürfe wegen ihrer Ungeduld gegenüber dem Kind, das aber inzwischen schlief und an dem sie gern am gleichen Tag noch etwas gutgemacht hätte.

Sie saß im Sessel, die Beine angezogen, das Kinn auf die Knie gestützt, träumte, wartete auf ein Klingeln des Telefons oder auf ein Klopfen an der Wohnungstür. Wenn es wirklich klingelte, schreckte sie zusammen, um danach, weil es nicht Christian war, der angerufen hatte, wieder von der gleichen Unruhe befallen zu werden. Bis ihr die Spannung und das sinnlose Warten auf das Ende des Abends unerträglich wurden und sie zwei Tabletten aus dem Glasröhrchen nahm, auf dessen Etikett »barbituratfreies Schlafmittel« stand.

Sie mochte das Zeug nicht. Der Eingriff in ihr Gehirn war ihr unheimlich. Jede ihrer Bewegungen wurde ihr fremd, Arme und Beine wie nicht zu ihr gehörig. Und die Sekunde, in der sie einschlief, die sie genau wahrnahm. Ein jähes Absinken in schwindelnde Tiefe, aus der sie jedesmal noch einmal auftauchte mit schnellem Herzklopfen, weil sie glaubte zu sterben. Erinnern an die grünen Tücher und die schwarze Maske, die Injektion. Tot. Aber nicht tot. Sie beruhigte sich. Es war nur das Zeug. Eingeschläferte Hirnzellen, morgen würde sie wieder aufwachen. Zum Schluß graue warme Gleichgültigkeit, die sich enger um sie schloß. Na und, was wär schon dabei, sie würde es nicht merken. Nur das Kind . . .

Obwohl die Betäubung ihr widerwärtig war und sie ängstigte, beendete sie mit ihr fast jeden Abend ohne Christian, wenn die Minuten auf sie fielen wie Wassertropfen, regelmäßig und stumpfsinnig.

Morgens wachte sie schwer auf. Die Taubheit der Glieder und des Kopfes hielt länger an, als die Arzneimittelproduzenten es auf dem der Packung beiliegenden Zettel versprachen. Nur langsam, nach kaltem Duschen und einem starken Kaffee, kam Josefa zu sich. Trotzdem nahm sie die ersten Stunden des Tages nur flüchtig wahr, wie eine Landschaft aus einem fahrenden Zug. Die Zeit bis zum Mittag verging schneller als sonst, was sie als angenehm empfand.

Jauer beobachtete sie an solchen Tagen mit merkwürdigem Interesse, und Luise fragte, ob sie krank sei, sie hätte so fiebrige

Augen. Josefa war sofort in den Waschraum gegangen und hatte ihre Augen im Spiegel kontrolliert. Es stimmte, sie glänzten fiebrig, und die Pupillen waren weit geöffnet, wie Jauers Augen, bevor man ihn behandelt hatte. Josefa erschrak, beruhigte sich aber zugleich mit der Überlegung, Jauer hätte das Zeug schließlich jahrelang und in großen Mengen geschluckt, nicht nur gelegentlich wie sie. Sobald sie den Ärger mit Strutzer hinter sich hätte oder sobald Christian wieder öfter Zeit hätte für sie, würde sie darauf auch verzichten können. Noch zwei, drei Wochen, und es würde vorbei sein.

An einem Sonntag, den Christian und Josefa gemeinsam hatten verbringen wollen, rief Christian vormittags an. Er könne nicht kommen, sagte er. Er müsse am Montag die Thesen zu seiner Dissertation liefern, müsse nicht nur, wolle das auch. Es sei nicht zu schaffen, und Josefa müsse verstehen.

Josefa hatte gekocht, diesmal sogar keine Spaghetti mit Tomatensauce, sondern ein ordentliches Essen, Hammelfleisch mit grünen Bohnen und Klößen. Sie hatte sich am Freitag beim Fleischer angestellt, was ihr, eingezwängt zwischen fremden Bäuchen und Hintern, als unzumutbares Opfer erschienen war. Aber sie hatte ausgehalten, war nicht zum Konservenstand gegangen, um zwei oder drei Gläser Hammelgulasch in ihren Einkaufskorb zu legen, obwohl sie und das Kind an Wochenenden noch nie etwas anderes gegessen hatten als Büchsenfleisch. Sie hatte sich von Luise, die als hervorragende Köchin galt, das Rezept für Kartoffelklöße aufschreiben lassen, stand seit einer Stunde in der Küche, rieb Kartoffeln und begoß den Hammel.

»Aber du kommst doch zum Essen«, sagte sie.

»Das hat keinen Zweck«, sagte Christian, »wenn ich erst mal da bin, bleib ich auch, das weißt du doch.«

»Dann bleibst du eben nicht«, sagte Josefa. Sie wußte, daß alle

Versuche, ihn zu überreden, sinnlos waren, sagte knapp: Na gut, dann nicht, legte auf, schaltete den Backofen und das heiße Wasser für die Klöße aus, briet für das Kind Spiegeleier, aß selbst nichts, nahm zwei Tabletten aus dem Röhrchen und legte sich ins Bett.

Dem Kind, das sich mit einem Bilderbuch neben sie legte, sagte sie, es solle fernsehen, falls es vor ihr aufwache. Das Trommeln des Regens an den Fenstern schmolz zu einem dumpfen Dröhnen. Josefa rollte sich dicht an das Kind, dessen leise röchelnder Atem, der von der dauernden Bronchitis herrührte, sie seltsam tröstete. Sie legte ihm die Hand auf die Brust, um den nervösen Husten zu beruhigen. »Bald ist Frühling«, sagte sie, »dann geht der Husten weg.«

»Versteckst du die Ostereier wieder im Park?« fragte das Kind.

»Bestimmt. Und jetzt schlafen wir.«

Das Kind schlief schnell ein, und Josefa betrachtete es lange, wie es, den Kopf seitlich und mit eigenwillig vorgestrecktem Kinn, die lockeren Fäuste links und rechts vom Kopf, neben ihr lag. Napoleon, dachte sie, auch ein Mann. Und eines Tages schläft er mit Frauen und sagt ihnen am Telefon, daß sie umsonst gekocht haben.

Allmählich breitete sich die schläfrige Empfindungslosigkeit über Josefa aus. Nur das Geräusch des Regens schwoll bedrohlich an, schluckte den Rickertschen Staubsauger und den Atem des Kindes, war ein einziges Geräusch auf der Erde, dumpf und dröhnend, eine Armee im Gleichschritt. Josefa erinnerte ein Bild: sie, zehnjährig, auch damals ihr Bett am Fenster. Draußen unter dem Fenster eine Straßenbahnhaltestelle, wartende Menschen im Regen, der wie eine Wand zwischen Himmel und Erde stand. Die Leute standen krumm vor Regen und Nässe. Manche hatten einen Schirm, unter den der Wind sich setzte und ihn immer wieder umstülpte. Josefa kniete im Bett, fest in eine Decke gehüllt, sah, bis sie vor

Müdigkeit in die Kissen fiel, auf die frierenden Menschen, überwältigt von dem Bewußtsein, selbst nicht zu frieren. Nur angesichts der durchnäßten und durchfrorenen Leute auf der Straße fühlte sie genau, was Wärme war. Manchmal hoffte sie auf Regen und Schneesturm für dieses Gefühl, das sie nur heimlich und nie ohne schlechtes Gewissen genoß.

Später, als Erwachsene, hatte sie noch ein paarmal versucht, das Spiel zu wiederholen, hatte, eingepackt in warme Decken, die Frierenden beobachtet und dabei das Gefühl behaglicher Sicherheit in sich beschworen. Aber mehr als die zufriedene und sehr praktische Feststellung, daß sie nicht im Regen oder in der Kälte stand, sondern es geschafft hatte, rechtzeitig in ihre Höhle zu fliehen, stellte sich nie mehr ein. Die Szene hatte ihr Mystisches verloren.

An diesem Sonnabend, als sich in Josefas betäubtem Kopf Geräusche und Empfindungen grotesk verzerrten, klang ihr das Dröhnen des Regens nur bedrohlich, ein nicht ermüdender Ansturm auf dünne Häuserwände, hinter denen sie Schutz gesucht hatten. Draußen die Sintflut, und jeder hoffte auf seiner Arche. Tausend Archen, dreitausend, zehntausend, eine Archenzivilisation, auf jeder Arche ein Mensch, verloren, zum Aussterben verurteilt.

Am Nachmittag kam Christian.

Der Sohn setzte sich auf Josefas Bauch, hielt ihr abwechselnd die Nase zu oder zerrte mit seinen kleinen Fingern an ihren Augenlidern. »Wach auf«, krähte er, »wach auf. Christian ist da. Jetzt mußt du kochen.«

Josefa wußte nicht, warum das Kind am frühen Morgen schon angezogen war und warum sie um diese Zeit kochen sollte. »Wie spät ist es?« fragte sie.

»Halb fünf.«

Christian musterte sie mißtrauisch. Wahrscheinlich lallte sie wie betrunken. Scheußliches Zeug. Allmählich fielen ihr der Hammel ein und die Klöße und das Telefongespräch. Sie war zu müde, um wütend zu werden, rollte sich mit dem Gesicht zur Wand, um wieder einzuschlafen.

»Komm, steh auf«, sagte Christian.

»Ich steh nicht auf«, lallte Josefa, »ich steh nie mehr auf, wenn es regnet. Wenn es regnet, bleib ich im Bett.«

Sie zog sich die Decke über den Kopf. Das Sprechen strengte sie an. Erst am Abend war sie wieder zu sich gekommen, der strenge Geruch von Hammelfleisch und Bohnenkraut hatte sie geweckt. Der Sohn verteilte die Bestecks und wiederholte dabei ständig zwei Sätze: Schön leise sein. Sonst wacht die Mama auf. Schön leise sein. Sonst wacht die Mama auf.

Josefa stand auf, ging leise, um Christian nicht auf sich aufmerksam zu machen, über den Korridor ins Bad. Sie sah in den Spiegel: trübe, vom langen Schlafen verschwollene Augen, eine hellgelbe, ungesunde Haut. Sie hielt sich die Dusche ins Gesicht. Das kalte Wasser lief ihr in Mund und Augen. Ihre Haut fühlte wieder. Josefa überlegte, was sie Christian erklären sollte. Am besten vielleicht gar nichts. Sie hatte am Nachmittag eben geschlafen, was war schon dabei. Sie zog sich an, versuchte mit Hilfe allerlei kosmetischen Krimskrams Ordnung in ihr Gesicht zu bringen. Zum Schluß lächelte sie in ihr Spiegelbild, Lächeln kaschierte noch am ehesten die verschlafene Schlaffheit.

Christian hatte das Bett weggeräumt und das Fenster weit geöffnet. Es regnete nicht mehr, und kühle, klare Luft strömte ins Zimmer. Während des Essens sprach Christian nur mit dem Kind, und Josefa war froh über die gewonnene Zeit, in der sie sich eine Erklärung zurechtlegen konnte, denn später würde Christian sie fragen, und sie würde nicht umhinkommen, ihm eine plausible Antwort zu geben. Sie könnte sagen, sie hätte Kopfschmerzen oder Zahnschmerzen gehabt und hätte versehentlich statt der Schmerztabletten die Schlaftabletten gegriffen. Das klang glaubhaft. Oder sie sagte, sie hätte nachts nicht geschlafen . . . nein, dann hätte sie am Tag keine

Tabletten gebraucht. Sie erwog sogar, ihm zu sagen, wie es wirklich war: daß sie das Warten auf ihn nicht mehr ertragen konnte und daß sie manchmal wünschte, tot zu sein, nicht zu sterben, davor fürchtete sie sich, aber tot zu sein, gar nicht gelebt zu haben, nichts verlassen zu müssen, weil sie nichts kannte. Sie hatte den Gedanken schnell wieder aufgegeben, ohne recht zu wissen, warum sie ihm die Wahrheit nicht zumuten wollte. Aber der unbestimmte Verdacht, ihre Gefühle könnten ihn erschrecken, hatte sie zurückgehalten. Josefa erinnerte den Geruch des Hammelfleischs, auf dem sie lustlos herumgekaut hatte, sie roch die kühle, süßliche Luft jenes Abends, fühlte noch einmal ihre müde Einsamkeit. Wußte nicht, warum sie nicht an diesem Abend schon verstanden hatte, warum er ihr erst einige Tage später diesen Satz hatte sagen müssen: Entscheide nur für dich. Rechne nicht mit mir.

Auch nach dem Essen stellte Christian ihr die erwartete Frage nicht. Sie sahen einen albernen Western, den Josefa schon kannte, es aber nicht sagte, weil sie fürchtete, auch Christian könnte ihn schon gesehen haben. Dann müßten sie den Apparat ausschalten und miteinander reden. Oder, was noch schlimmer wäre, schweigen. Josefa war froh, nichts gefragt zu werden. Trotzdem ärgerte sie Christians Desinteresse. Seinetwegen stand sie beim Fleischer an, rieb Kartoffeln, kochte. Seinetwegen ermordete sie Tage, vergiftete sie hinterhältig mit kleinen weißen Tabletten, und er tat, als ginge es ihn nichts an. Hin und wieder spürte sie, daß er sie beobachtete. Aber sobald sie sich zu ihm umdrehte, sah er wieder geradeaus in den Fernsehapparat. Dann endlich: sentimental-heroische Musik. Der Sheriff lacht. Der Hilfssheriff putzt seinen Sheriffstern verlegen und stolz mit dem Ärmel blank. The End. Josefa drückte auf Aus, zündete sich noch eine Zigarette an, stand am Fenster, lange.

»Ich kenne einen Psychiater«, sagte Christian.

Josefa drehte sich langsam um und sah Christian verständnislos an. »Ja und?«

Christian nahm die Brille ab, rieb sich die Augen, suchte Josefa mit halbblindem Blick. »Der könnte dir vielleicht helfen«, sagte er. »Mit diesen Dingen ist nicht zu spaßen, Josefa. Ich habe vorhin im Küchenschrank die leeren Packungen gefunden.« Christian schwieg, klappte die Bügel der Brille auseinander und wieder zusammen. Josefa stand vor dem offenen Fenster, gerade und steif, starrte ungläubig auf Christians Mund.

»Das kann doch jedem passieren«, sagte Christian, »aber man muß rechtzeitig etwas unternehmen. Du bist jetzt kaputt, ist ja auch kein Wunder nach dem ganzen Theater. Wenn du nicht allein rauskommst aus deinem Dilemma, mußt du dir eben helfen lassen. Der kann dir sicher helfen.«

»Du kannst mir helfen«, sagte Josefa, »ich brauche keinen Psychiater, von dem ich eines Tages wiederkomme wie Jauer mit dicken roten Backen und stumpfen Augen, einfach auf ein anderes Maß eingestellt, langsamer oder schneller wie ein Wecker. Was soll so einer mir helfen. Kann der Strutzers verjagen oder Kraftwerke baun, oder kann er machen, daß du öfter hier bist? Er kann nur machen, daß ich von all dem nichts mehr merke. Größter Erfolg so einer Therapie: ich finde Strutzer reizend, B. eine Stadt wie jede andere, ich höre auf, dich zu lieben, weil ich überhaupt nicht mehr lieben kann, werde dich demzufolge auch nicht mehr vermissen. Ich bin geheilt. Der Rickertsche Staubsauger stört mich auch nicht mehr, weil ich halb taub bin, stumpf auf allen Sinnen. Ich rege mich nicht mehr auf, heule nicht mehr, finde dafür runtergelassene Hosen schrecklich komisch und kann nachts ruhig schlafen. Lernen Sie, die Welt zu nehmen, wie sie ist; finden Sie sich ab; ruhen Sie in sich selbst. Und zum Schluß bin ich ein glücklicher Mensch, weil ich blöd geworden bin. Warum sind wir dann nicht gleich auf den Bäumen geblieben, glückliche

Affen ohne zivilisatorische Schäden? Neben der Atombombe sind die Psychiater die gräßlichste und durchtriebenste Bedrohung für die Menschheit.« Josefa sprach laut. Christian schloß das Fenster, versuchte Josefa zu umarmen. »Bitte reg dich nicht so auf, du hast mich mißverstanden.«

Josefa schob Christians Arm mit einer groben Bewegung von ihrer Schulter. »Hast du gesagt: geh zum Psychiater, oder nicht? Warum auch nicht? Sogar die Kinder brauchen ja inzwischen Psychiater. Weil sie nicht acht Stunden am Tag stillsitzen können, weil ihre Eltern tagelang in die Röhre glotzen und nicht mit ihnen sprechen außer: wasch dich, geh ins Bett, sei nicht so laut. Und wenn die Kinder eines Tages Tobsuchtsanfälle und Heulkrämpfe kriegen, schickt man sie zum Psychiater, oder zum Psychologen, zu irgendeinem, der mit Psy- anfängt. Der stellt die zappelnden Beine schon irgendwie ab und legt den Kopf voller Fragen schon irgendwie lahm.«

Christian gab es auf, Josefa beruhigen zu wollen. Er setzte sich auf den Sessel neben den Ofen, stützte die Hände in den Kopf, nachdenklich oder auch nur geduldig, in jedem Fall ruhig, was Josefa empörte. Wie konnte er bei dem Thema ruhig bleiben. »Hörst du mir überhaupt zu?« fragte sie leiser. »Weißt du, was ich meine? Die pumpen uns mit Tabletten voll, bis uns nichts mehr stört, nichts mehr freut, bis wir müde und zufrieden sind und nichts mehr verändern wollen, weil wir verlernt haben zu empfinden, was verändert werden muß. Psychiater verhindern den Fortschritt. Und zu denen willst du mich schicken, weil das so einfach ist, viel einfacher als zu sagen: ich, Christian, werde dir helfen.«

Erst als sie verstummt war und der letzte Satz in der unerwarteten Stille stehenblieb, schien es ihr, als sei in ihm ihre ganze Hoffnungslosigkeit aufgehoben. Sie hätte heulen wollen, aber auch zum Heulen war sie zu erschöpft. Sie ließ sich in einen Sessel fallen und blieb regungslos in ihm sitzen, bis

Christian sich vor sie auf die Erde kniete, sie streichelte wie ein Kind und behutsam auf sie einsprach. »Es war nur so ein Gedanke von mir. Vergiß es einfach, bitte. Ich will mich auch nicht drücken, bestimmt nicht, ich will dir helfen.« Er wärmte ihr die kalten Hände, und langsam löste sich der schmerzhafte Krampf in ihrem Hals, und endlich konnte sie weinen, weil sie ein winziges Stück neuer Hoffnung hatte.

In dieser Nacht hatten sie sich anders geliebt als in allen anderen Nächten. Sie hätte damals – damals, dachte sie; es war zehn Tage her – sie hätte in dieser Nacht kein Wort dafür gefunden. Jetzt fiel ihr ›Wehmut‹ ein. Und ›entsagungsvoll‹, ein Wort, das sie sonst nie benutzte. Sie erinnerte den salzigen Geschmack dieser Nacht, der von Christians oder von ihren eigenen Tränen gekommen war.

III.

Am nächsten Morgen war der Himmel so blau wie ein Ozean auf der Landkarte, und man konnte den Eindruck haben, die Welt stünde kopf. Blaues stilles Wasser hing schwerelos im Raum, die Häuser standen sicher auf ihren Giebeln, und die Passanten sahen so aus, wie Kinder sich für gewöhnlich die Menschen auf der südlichen Erdhälfte vorstellen: hingen nur mit den Füßen an der Erde und stürzten auf geheimnisvolle Weise doch nicht ab. Josefa streckte die Hand aus dem Fenster, befühlte die laue, weiche Luft und beschloß, keinen Mantel anzuziehen, obwohl sie wußte, daß sie frieren würde, wenn sie abends nach Hause käme, und obwohl sie schon die Peinlichkeit ahnte, die sie befallen würde, wenn sie als einzige unbemäntelt und unbejackt in der U-Bahn stünde, verfolgt vom nachsichtigen Lächeln der weniger Leichtsinnigen.

Sie erinnerte sich, als Kind von dem Getränk Veilchenwasser

gehört oder gelesen zu haben. Seitdem hielt sie Veilchenwasser für das Wohlschmeckendste, das sich denken ließ. Hellblau und glasklar mußte es sein, zart im Geschmack und doch nachhaltig, und am ehesten hatte noch immer die erste unverhoffte Frühlingsluft ihre Vorstellung von Veilchenwasser getroffen, ein See voller Veilchenwasser, in dem sie badete. Josefa stand am Straßenrand und wartete auf eine Lücke zwischen den vorbeifahrenden Autos, als ein rostfarbenes Monster plötzlich fauchte und zischte, bis es stand. Ein Junge mit krausen blonden Locken, auf dem nackten Oberkörper ein mindestens zwei Nummern zu kleines rotes Turnhemd, winkte großzügig aus dem offenen Fenster: please, Madam, rief er. Hinter ihm wartete geduldig eine Schlange kleiner bunter Autos, bis Josefa die Mitte der Fahrbahn erreicht hatte und dem Jungen noch ein Danke zurief. Der Junge lachte, trat kräftig auf das Gaspedal, so daß das Monster heulte, sich schüttelte und lossprang, als gehörte es zu einem Zirkus und nicht zur Städtischen Müllabfuhr. Josefa überlegte, daß eine Regierung, die Wetter machen könnte, es mit dem Regieren leicht haben müßte. Bei Preisregulationen schönes Wetter, bei Popveranstaltungen im Freien oder beim Verkauf von Sommerreisen schlechtes Wetter, zum Empfang fremder Staatsoberhäupter gesundes Wetter, nicht zu heiß und nicht zu kalt, ebenso zu Demonstrationen, zum Kindertag mittelmäßiges Wetter, damit auch Museen und Ausstellungen genutzt werden. Selbst innerhalb eines Tages wären Variationen von Nutzen. Bis acht Uhr warm und sonnig, danach heftiger Gewitterregen und stürmische Böen, wer zu spät kommt, wird naß. Tagsüber trüb und kühl, das hebt die Arbeitsmoral. Zum Feierabend wieder heiter und wolkenlos, um die Reproduktion der Arbeitskraft zu fördern. Allerdings sollte zwischen Industrie- und Verwaltungsbezirken differenziert werden. Für Industriegebiete müßten Sonderregelungen getroffen werden, zum Beispiel speziell programmierte Gewitteranlagen vor jeder Werkhalle, um Normal-, Tag-, Spät- und Nachtschichtler gleichermaßen zu bedenken.

Obwohl Josefa zwanzig Minuten zu spät kam, war der Großraum noch fast leer. Von der Abteilung Innenpolitik saß nur Günter Rassow an seinem wie immer musterhaft geordneten Schreibtisch. Josefa ärgerte sich, daß sie nicht, wie vermutlich alle Abwesenden, unter dem Vorwand eines lange vertrödelten Termins bei einer Bibliothek oder eines anstehenden Gesprächs in einem Pressebüro zwei oder drei Stunden für einen Spaziergang und für einen Kaffee im Espresso herausgeschunden hatte. Auf Günters Tisch standen Tulpen. Immer, wenn Josefa Tulpen sah, bekam sie Lust, sie zu essen. Tulpen sahen aus, als müßten sie eßbar sein. Einmal hatte sie sich nicht beherrschen können und hatte von einer dicken, blutroten Tulpe abgebissen. Sie schmeckte bitter, und Josefa hatte sie wieder ausgespuckt.

Günter Rassow sah hinter sich auf die elektrische Uhr über der Tür. »Na, ausgeschlafen«, sagte er und lächelte mißbilligend. »Weißt du«, sagte er, »es geht mich ja nichts an, also ich meine, mir macht es nichts aus, wenn du zu spät kommst. Aber ich glaube, im Augenblick ist das für dich wirklich nicht günstig. Kannst du dich nicht wenigstens für ein paar Wochen mal ein bißchen anstrengen?«

»Ich schon«, sagte Josefa, »aber das Kind ist morgens so müde. Und wenn ich ihn antreibe, heult er. Außerdem bin ich ja wohl nicht die letzte.«

»Andere Kinder sind auch müde, und die Eltern kommen nicht jeden Tag zu spät. In deiner Situation solltest du wirklich einsichtiger sein.«

Josefa winkte ab. »Hört doch bloß auf mit eurer Scheißpünktlichkeit. Ihr fragt doch auch nicht, wie ich das mache mit Kind und ohne Mann, wenn ich eine ganze Woche auf Dienstreise bin oder an Wochenenden schreibe oder abends. Laßt mich endlich mit dem Quatsch in Ruhe.«

Günter zuckte mit den Schultern, wandte sich wieder seiner Zeitung zu und unterstrich mit Lineal und Rotstift Zeile für Zeile eines Absatzes.

»Kommst du mit Kaffee trinken?« fragte Josefa.

Günter sah noch einmal auf die Uhr, diesmal auf seine Armbanduhr, holte ein Stullenpaket aus seiner Aktentasche und stand wortlos auf.

»Hast du gestern gesehen?« fragte Rassow zwischen zwei Löffelspitzen voll Quarkspeise.

»Was?«

»Na was schon – Frankenstein.«

»Verflucht, hab ich vergessen. War schön?«

»Schön gruslig. Meine Mutter war zu Besuch. Die hat sich nicht mehr nach Hause getraut.«

Wenn Rassow überhaupt von einer Frau sprach, so nur von seiner Mutter. Er war knapp über Vierzig, und es war unwahrscheinlich, daß es in seinem Leben keine Frauen gab. Aber auf alle diesbezüglichen Fragen lächelte er nur mild und vermied jede erhellende Auskunft.

»Am Sonnabend habe ich bis abends im Keller gehockt«, sagte Rassow, »ich brauchte ein neues Regal. Zu kaufen gibt es das ja nicht.«

»Ich hab geschlafen.«

Günter seufzte. »Das möchte ich auch einmal.«

»Mach doch.«

»Ich kann nicht am Tag schlafen. Hab ich noch nie gekonnt, nicht einmal im Krankenhaus. Dumme Angewohnheit. Oder Erziehung. Meine Mutter hat immer gesagt: nur ein Taugenichts schläft am Tag. Das sitzt. Das wird man nicht los.«

»Eltern sind was Schlimmes.«

»Wenn dein Sohn eines Tages so von dir spricht, denkst du darüber wahrscheinlich anders.«

»Wer weiß.«

Günter kratzte den Rest der Quarkspeise aus dem Glasschälchen, leckte sorgfältig den Löffel ab und schob das Schüsselchen ein Stück von sich. »Übrigens«, sagte er und wischte sich Lippen und Fingerspitzen mit einem Taschentuch ab, »habe ich vorhin nicht grundlos über deine Pünktlichkeit gesprochen.« Er sah Josefa eindringlich an, wartete nur auf ihre Frage, um Wichtiges mitteilen zu können.

»Ich seh alles ein«, sagte Josefa ungeduldig, »aber hör jetzt auf. Es ist so schönes Wetter.«

»Ob ich aufhöre oder nicht, dürfte kaum von Bedeutung sein«, sagte Rassow mit gedämpfter Stimme. Er senkte den Kopf und sprach in Richtung der Tischplatte weiter, so daß niemand von den Umsitzenden ihm die Worte von den Lippen ablesen konnte: »Strutzer hat noch allerhand vor mit dir.«

»Na und«, sagte Josefa schroff. Rassows Neigung, jede Bagatelle zum Staatsgeheimnis aufzublasen, nervte sie. »Wieso, gibt's wieder was Neues?« fragte sie trotzdem, als Rassow schweigend in seinem Kaffee rührte.

»Ich darf darüber eigentlich nicht sprechen.« Er flüsterte fast und rückte noch ein Stück näher an Josefa. »Strutzer will dein Verhalten vor der Parteileitung in der Mitgliederversammlung diskutieren. Die Parteileitung hat zugestimmt. Aber Josefa, ich bitte dich . . . kein Wort. Auch nicht zu Luise.«

Der Schreck traf Josefa heiß und scharf im Magen, zog langsam in die Beine, in die Arme. Gleich würden ihre Hände zittern. Sie sah auf ihre Finger, bis ihre Unruhe sie erreicht hatte.

»Aber warum denn?« fragte sie.

Rassow antwortete nicht.

»Warum denn noch mal?«

»Nicht so laut«, sagte Rassow und legte seine Hand auf Josefas Arm. »Reg dich doch nicht auf. Ich hätte es dir nicht sagen dürfen. Mein Gott, ich komm in Teufels Küche, wenn du darüber sprichst.«

»Ist schon gut«, sagte Josefa, ohne Rassow anzusehen. Seine Angst war ihr peinlich. »Ich sag nichts. – Und warum darf ich das nicht wissen?«

»Du bekommst eine Einladung, schriftlich.«

Wie gehabt, dachte Josefa, alles noch einmal, nur größer, alles Quatsch mit dem Veilchenwasser und den Zirkusgäulen von der Müllabfuhr, auf Strutzer machte Frühling keinen Eindruck.

»Warst du auch dafür?« fragte sie.

»Was heißt dafür«, sagte Rassow, »dafür war ich nicht. Es war nur schwer, dagegen zu sein, du hast dich ziemlich unklug verhalten, um nicht zu sagen provokant. Wenn Strutzer darüber in der Mitgliederversammlung sprechen will, ist kaum etwas dagegen einzuwenden. Hätte er noch einmal diesen Brief hochziehen wollen, wäre das etwas anderes gewesen, aber so . . .«

»Und Schütz?«

»War zuerst dagegen. Tja.«

Plötzlich hüstelte Rassow unnatürlich, und Josefa sah Jauer, der mit seiner Tasse in der Hand neben ihrem Tisch stand.

»Setz dich, ist frei«, sagte Rassow, erleichtert, das Thema wieder verlassen zu dürfen.

Jauer erzählte von seinen Wochenendspaziergängen, die er seit seinem Krankenhausaufenthalt in die Umgebung der Stadt unternahm. Jeden Sonntag fuhr er an einen See und lief um ihn herum. Das gehöre zu seiner Therapie, erklärte er. Das Alleinsein, die natürliche Bindung an die Landschaft, auch das konkrete Ziel, eben einmal um den See zu laufen, die Freude am Funktionieren seines Körpers beschwöre in ihm ein ganz neues Selbstwertgefühl. Jauers Terminologie hatte sich in den letzten Wochen auffallend verändert. Er fühlte sich nicht mehr wohl, sicher oder unsicher, sondern er hatte mehr oder weniger Selbstwertgefühl. Er war auch nicht mehr verärgert oder traurig, sondern dekompensiert. Er sprach nicht mehr von seiner Lust oder Unlust zur Arbeit, sondern von seiner Motivation. Zur Zeit sei er hervorragend motiviert, sagte er, und es hatte den Anschein, als spräche Jauer über seine Psyche oder seine Physis wie über etwas Fremdes, das ohne sein Zutun existierte, dessen Werdegang er aber erstaunt und pedantisch zur Kenntnis nahm.

Jauers Erzählung streifte Josefas Gedanken, kreuzte sie und hinterließ in ihnen Zäsuren, die Josefa als unangenehm und belästigend vermerkte, ohne daß sie genau wußte, welcher Art die Assoziationen waren, zu denen Jauer sie drängte. Sie stellte sich die Tage und Wochen vor, die sie jetzt erwarteten, die guten Ratschläge und die Angst und Strutzer, immer, immer wieder Strutzer. Jauers glanzlose Augen sahen sie an. »Training«, sagte er, »man kann die Psyche trainieren wie einen Muskel.« Jauer lief um den See, ohne an etwas anderes zu denken als an den See und die Bäume und den Geruch des Waldes. Das konnte man lernen. Jauer konnte es schon. Wenn sie nur wüßte, seit wann der dünne rote Strich über seine Stirn lief. Aber sie würde es leichter haben als Jauer. Sie wäre nicht allein. Für einen Menschen bleiben, wer sie war. Unerhört kreative Zustände würde er oft auf seinen Spaziergängen erreichen, sagte Jauer mit seiner nicht mehr provisorischen Stimme. Sie brauchte keinen Psychiater. Für kurze Zeit schlug ihr Herz härter und schneller. Nein, Christian würde ihr bleiben. Seit gestern wußte sie wieder, daß er bleiben würde. Sie müßte nicht schlaflos und allein die Nächte ertragen wie Jauer.

»Ich kenne solche Stimmungen«, sagte Rassow, »im Sommer beim Angeln habe ich die besten Ideen. Zum Angeln gehe ich nie ohne Papier und Bleistift.«

Jauer nickte. »Obwohl«, sagte er, »ich schreibe nichts auf. Man muß es in sich sinken lassen, tief ins Unterbewußtsein sinken lassen, das stabilisiert ungemein.«

»Was läßt du sinken«, fragte Josefa, »deine Kreativität?«

»Die Gedanken«, sagte Jauer, »sozusagen das reflektierte Bewußtsein ins Unterbewußtsein. Du verdrängst sie nicht, sondern du machst sie dir ganz und gar zu eigen. Du entäußerst dich deiner Gedanken nicht mehr. Du schluckst sie, du ernährst dich sozusagen von ihnen, und das Unterbewußtsein ist eine Art Verdauungsorgan. Es wahrt ständig das Gleichgewicht zwischen dir und deinen Gedanken, die, wenn du sie nicht äußerst, auch nie mehr in ihrer Urform auf dich zurückkommen können, sondern nur verdaut, durch das Unterbewußtsein verarbeitet.«

»Und das geht?«

»Training«, sagte Jauer, »nur Training.«

Rassow sagte, er wolle das unbedingt ausprobieren, im Sommer beim Angeln wolle er anfangen.

»Das wichtigste ist: die Gedanken nicht äußern, sondern sich von ihnen ernähren. Wenn du das schaffst, kommt der Rest von allein.«

Josefa stand auf. »Ich muß mal telefonieren.« Jauers Frühstückskurse über psychotherapeutische Experimente langweilten sie. Manchmal hielt sie ihn für verrückt. Er war dicker, konnte schlafen, seine Hände zitterten nicht mehr, aber er war verrückt.

Sie überlegte, wohin sie gehen wollte, wippte langsam, Stufe für Stufe, die Treppe hinunter. Auf dem Treppenabsatz blieb sie stehen, lehnte die Stirn gegen die kalte Glaswand, dann den ganzen Körper. Wenn sie bricht, falle ich, dachte sie, ohne Angst zu fühlen. Durch das Glas roch sie die staubige Luft, die in der Sonne von den Straßen aufstieg, hörte sie, wie die winzigen Menschen unter ihr lachten und sprachen. Ich bin lange nicht mehr geflogen, dachte sie und wollte an der Fahne, die auf einem der hohen Gebäude wehte, prüfen, aus welcher Richtung der Wind kam. Aber die Fahne hing schlaff und lappig am Mast. Unruhige Sehnsucht stieg in Josefa auf. Sie schloß die Augen, suchte ein Bild, aber es blieb schwarz hinter den Lidern. Sie atmete tief ein, um die Unruhe zu unterdrücken. Liebe, dachte sie, ich will Liebe. Eine andere Liebe als die zu Christian oder zum Kind. Keine erschöpfte, ewig müde Liebe, eine, in der man leben konnte, die für alle reichte, ich will alle lieben, und alle sollen mich lieben.

Als sie sich von der Glaswand löste, hatte sie das Gefühl, sie stünde in einem Käfig: rechts und links massive Mauern, einsehbar von vorn, der Rückzug nur möglich nach hinten über die Treppe. Sie ging weiter, tiefer, vorbei an der Illustrierten Woche, Stufe für Stufe, langsam, weil sie immer noch nicht wußte, wohin sie gehen wollte. Bloß keine Sentimentalitäten, dachte sie, Liebe für alle, das gab es schon, als Nächstenliebe. Und die meinte sie nicht. Was sie meinte, war einfacher, ganz einfach sogar: sie war heute morgen aus dem Haus gegangen, ein blonder Junge auf einem Monster hatte für sie die Straße gesperrt und hatte ihr gewinkt. Sie hatte zurückgewinkt. Es war Frühling, und sie hatte an Veilchen-wasser denken müssen. Dann war sie in dieses Haus gekommen, hatte von Rassow etwas über Strutzer erfahren, hatte weiterhin Jauers Vorträge über sich ergehen lassen und hatte darüber den Jungen vergessen und den warmen Tag und daß es jetzt bald Sommer wurde. Und sie hatte das nicht vergessen wollen. So einfach war das.

An diesem Tag hatte sie zum ersten Mal daran gedacht, das erdbebenfeste Haus einfach und für immer zu verlassen, die sechzehn Stockwerke runterzulaufen; wenn sie endgültig ginge, würde sie laufen, dachte sie. Sie könnte einen Brief schreiben, darin ihren Entschluß höflich erklären und ebenso höflich um die Zusendung ihrer Unterlagen bitten. Sie hatte auch daran gedacht, das am gleichen Tag zu tun, der ihr geeignet schien für schwerwiegende Entscheidungen. Dabei war sie die Treppen abwärts gelaufen, bis ihr schwindlig geworden war. In der dritten Etage ging sie in die Bibliothek und verlangte einen Bildband über Afrika.

Die Bibliothekarin hatte sich gewundert. Alle wollten in der letzten Zeit Bücher über Afrika, was denn nur los sei, hatte sie gefragt. Josefa war mit dem Fahrstuhl in die sechzehnte Etage gefahren, ohne noch einmal daran zu denken, daß sie das Haus hatte verlassen wollen. Sie hatte lange in dem Buch geblättert, jedes Detail auf den farbigen blanken Bildern begutachtet, als müsse sie sich davon überzeugen, daß es etwas gab auf der Welt, das nichts zu tun hatte mit der Illustrierten Woche, mit Strutzer und mit dem Betonklotz, in dem sie ihre Tage zubrachte. Kahlköpfige junge Mädchen mit großen Ringen in den Ohren, die sie auch nachts nicht ablegten, wie die Bildunterschrift mitteilte, blickten neugierig durch die Kamera in Josefas Augen. Eine Frau, an den großen hängenden Brüsten ein Kind, dessen Bauch gedunsen war. Wer weiß, wieviel Kinder die Frau geboren hatte und wie viele davon noch lebten und woran die anderen gestorben waren. Ein Kind, das Gesicht voller Fliegen. Bilder, die Josefa kannte, die sie so oder ähnlich schon gesehen hatte. Alle mit europäischen Augen gesehen, mit Präzisionskameras geknipst, Fremdartigkeit vorführend; selten, versehentlich nur, Verwandtes. Mit den Müttern fühlte sich Josefa verwandt. Alle Mütter ähneln sich. Sie haben die gleichen Hände, wenn sie ihre Kinder darin halten, ruhige, lockere Hände, die Finger leicht gespreizt, um den kleinen Körper zu bedecken. Josefa überlegte, wer sie wäre in einem Bildband über Europa, welche Gedanken dem unkundigen Fremden beim Betrachten ihres Bildes kommen müßten. Aber wie hätte man sie für solchen Zweck fotografieren müssen? Josefa mit Kind. Oder Josefa am Schreibtisch. Oder Josefa am Schreibtisch, das Kind auf dem Schoß. Das käme der Wahrheit am nächsten, könnte aber falsche Vorstellungen über die Arbeitsbedingungen in einer Industriegesellschaft vermitteln. Josefa entschied sich für ein Bild mit Kind, schwarzweiß auf stumpfem Papier. Wie nähme sie sich aus neben den kahlköpfigen lachenden Mädchen, neben der Mutter mit dem ergebenen Blick? Glücklicher oder unglücklicher, anders oder ähnlich? Die reiche, leider schwindsüchtige Verwandte. Des Königs Töchterlein, in dunklen Gelassen vor der Sonne geschützt, das sehnsüchtig über seinen gestutzten Park hinweg auf die Straße sieht, wo die armen, zerlumpten Kinder Versteck spielen.

Beim Anblick der Bilder befiel sie der gleiche, nur zögernd eingestandene Neid, den sie als Kind der Großmutter Josefa gegenüber empfunden hatte, wenn die Mutter ihr von der schweren Kindheit der Großmutter erzählte und Josefa sich auf eine grüne Wiese wünschte, zwischen viele gelbe Butterblumen, barfuß, neben sich die kauende Kuh und die schlafenden Zwillinge. Etwas auf den Bildern erregte ihren Neid oder ihre Sehnsucht, die Josefa zugleich leichtfertiger Sentimentalität bezichtigte. Als wüßte sie nichts von Hungersnöten, Proteinmangel, Amöben, Säuglingssterblichkeit, Seuchen. Trotzdem war etwas im Blick dieser Mädchen, in ihren durchgedrückten Rücken, in der Art, in der sie ihre nackten Brüste trugen, das jede zivilisatorische Besserwisserei Lügen strafte und das Josefas Verdacht nährte, diese kahlköpfigen beringten Mädchen seien glücklicher als sie. Am Nachmittag hatte sie auf ihrem Schreibtisch den hellgrünen Zettel gefunden, auf dem ihr Rassows Staatsgeheimnis nackt und amtlich zur Kenntnis gegeben wurde: »Die Parteileitung sieht sich veranlaßt, dein Verhalten in der Mitgliederversammlung zur Sprache zu bringen.«

»Daran bist du selbst schuld«, sagte Luise. Und als Josefa Rudi Goldammer auf dem weißen Gang traf, legte er seinen Arm

um ihre Schulter, wiegte den Kopf und seufzte, ›joijoi‹. Josefa
fand, daß Rudi mit seinen herabhängenden Mund- und
Augenwinkeln aussah wie ein bleicher trauriger Clown. »Da
hast du uns aber was eingebrockt«, sagte er.

»Es tut mir leid«, sagte Josefa.

»Jaja«, sagte Rudi, drückte seine Hand fest um Josefas Schulter,
»naja, wird schon werden.«

Dann ließ er den Arm langsam, wie zufällig von Josefa
abgleiten, »wird schon werden«, lächelte müde und ging in
sein Zimmer.

Zum zweiten Mal an diesem Tag hatte Josefa Lust, einfach
zu gehen und nicht mehr zurückzukommen. Der Gang, das
Klappern der Schreibmaschinen und das Klingeln der Tele-
fone hinter den Türen, der glänzend gebohnerte Fußboden,
das Schild ›Vorsicht! frisch gebohnert‹ kamen ihr künstlich
vor und lächerlich, eine monströse, zugleich kärgliche
Filmkulisse, die Wände aus Pappe, Geräusch vom Band.
Und was ihr denn leid tun sollte, dachte sie. Es tat ihr nichts
leid, aber das war ihr Text in diesem Film. Wenn Rudi
aussah wie ein trauriger Clown, hatte sie zu sagen: es tut mir
leid. Irgendwann mußten sie ihre Rollen in dem Stück
vereinbart haben, mußten sie als endgültig angenommen
haben.

Warum sonst hätte sie sagen müssen: Es tut mir leid?

IV.

Jetzt mußte sie nie mehr sagen, daß ihr etwas leid tat. Rudis
trauriges Gesicht ging sie nichts mehr an. Er mußte sich
einen Neuen suchen, dem alles leid zu tun hatte, einen
brauchten sie für die Rolle, schon wegen der anderen, wegen
Jauer und Rassow und Schütz, die auf diese Weise erfahren

konnten, daß sie nichts zu bedauern hatten, daß ihnen nichts leid tun mußte. Aber wenigstens einmal, heute, in einer Stunde, wollte Josefa sie den Verlust spüren lassen. Heute würden sie auf das beruhigende Gefühl, besser, pflichtbe-wußter, vernünftiger zu sein als sie, verzichten müssen. Heute konnten sie den Satz ›Es müßte ihr leid tun‹ gegen alle vier Wände rufen, bis sie heiser wurden, es würde nur ihr eigenes Echo sein, das auf sie zurückfiel, leer und unbestä-tigt.

Aber an diesem Tag, der mit dem rotbehemdeten Jungen auf dem Monster und mit ihrem Appetit auf Günter Rassows Tulpen begonnen hatte, war sie geblieben. Auch am nächsten Tag und am übernächsten war sie wiedergekommen. Sie hatte Materialien gesichtet und abgeheftet, hatte telefoniert und an Versammlungstischen gesessen.

Sie hatte an Brommel mit dem dicken Katerkopf denken müssen, wie er, die Augen zu schmalen Schlitzen zusammen-gekniffen, nach dem Bazillus Zweifel, wie er sagte, in ihr gesucht hatte. ›Vielleicht gehören Sie längst nicht mehr dazu und wollen es nur nicht wahrhaben‹, hatte er gesagt. Wie lange war das her, sechs Wochen, oder weniger. Damals war es ihr unmöglich erschienen, ein derart listiges Leben zu führen, den Scheinfrieden mit Strutzer zu schließen, um heimlich ihr besseres Wissen zu Papier zu bringen, damit es irgendwann gelesen wurde oder vergessen. Inzwischen gab es Momente, in denen sie sich nach der Ruhe sehnte, die ein solches Leben ihr böte, in dem sie Strutzer endlich zur Gleichgültigkeit degradieren könnte. Sie würde sich einrei-hen in die Stummen, scheinbar Hirnlosen, die mit leeren Gesichtern das Ende der Referate und Diskussionen abwar-teten, würde ihre nicht mehr anfechtbaren Manuskripte mit einem nicht anfechtbaren hochmütigen Lächeln auf Strutzers Tisch legen, nur abends würde sie sich an Christian vergewissern müssen, daß sie trotzdem noch immer die alte war. Sie müßte sich die Sätze, die sie früher gesagt hatte, wieder sprechen hören, und sie mußte wissen, daß einer sie hörte außer ihr. Abend für Abend würde sie den Authentizitätsbeweis antreten müssen, um nicht zu vergessen, wer sie war.

Das hatte sie Christian gesagt, zwei Tage nach dem Morgen aus Veilchenwasser, und zwei Tage, nachdem sie die hellgrüne Einladung auf ihrem Schreibtisch gefunden hatte. Und dann stockend, gequält, abverlangt durch ihre Sicherheit, daß es ihn für sie gab, das ›Entscheide nur für dich, rechne dabei nicht mit mir‹.

Ihr Verstand war nicht bereit, den Gehalt des Satzes aufzunehmen, er stellte sich tot, ohnmächtig wie ein Körper, dem unerträglicher Schmerz zugefügt wurde.

»Ich muß dir etwas erklären«, sagte Christian.

»Nein.«

»Bitte hör mir nur fünf Minuten zu.«

»Nein«, sagte sie, diesmal lauter.

Er schob seinen Sessel vor sie, setzte sich, die Unterarme auf die Oberschenkel gestützt, die Hände zwischen den Knien gefaltet, saß, als sei er entschlossen, so mit diesem schuldigen, zugleich nachsichtigen Blick auszuharren, bis Josefa sich eines anderen besinnen würde.

»Ich fühl mich nicht gut in der Sache«, sagte er leise. »Ich fühl mich ganz schlecht, mies.«

»Das ist nicht nötig.«

Sie hatte geflüstert, und Christian hatte sie nicht verstanden.

»Bitte?« sagte er.

»Das ist nicht nötig«, sagte sie.

»So was gibt es doch«, er sprach zaghaft, bewegte sich auf den Worten wie auf dünnem Eis, millimeterweise, um rechtzeitig zu bemerken, wenn es unter ihm brach. »Man kann doch etwas wollen, es unbedingt wollen, es sich immer wieder vorstellen, bis man ganz sicher ist, daß man es will. Und dann, wenn es gekommen ist, wie man wirklich und stark gewünscht hat, ist es anders. Das kann es doch geben.«

»Nein.«

»So ist es aber.«

»So siehst du es. Dann hast du eben nicht wirklich und stark gewollt. Dann hast du einfach so gewollt, einfach so, weil du es nicht hattest. Und das fünfzehn Jahre lang. Das glaubst du doch selbst nicht, daß es so war.«

»Du warst früher anders.«

»Das kommt dir so vor, weil es dich nicht betroffen hat.«

»Nein, du warst anders, du warst souveräner, stärker. Das war es, dafür habe ich dich gemocht.«

»Dann hast du dich eben geirrt.«

»Oder du hast angefangen, mich zu lieben, weil du allein nicht mehr zurechtkamst. Josefa, fünfzehn Jahre ist dir das nicht eingefallen, warum denn gerade jetzt? Du wolltest den Rückzug antreten. Als dir der Boden unter den Füßen wankte, wolltest du wenigstens einen Fuß auf festem Land haben. Ich habe das verstanden, ich wollte das auch. Ich kann aber nicht, wenn du aufhörst, du zu sein. Diese Tabletten, die Vorwürfe, dein ewiges Warten, die Angst. Wann hast du eigentlich zum letzten Mal richtig gelacht?«

»Worüber soll ich denn lachen«, sagte sie, abwesend, kraftloser Versuch eines Protests, sinnlos, nicht ernst gemeint. Still und unausweichlich hatte sich wochenlang etwas auf sie zubewegt, und sie hatte nicht hingesehen, wohl gespürt, daß sich heimlich etwas bewegte, hatte sich blind, taub und fühllos gestellt.

»Und jetzt?« fragte sie.

Er nahm die Brille ab, ach ja, dachte sie, das also. »Ichweißnicht«, sagte er, wußte doch, hörte sie. »Esmußsichetwasverändern« sagte er, versuchte Schonung, warum noch, »istschongut«, sagte sie, starrte noch immer auf den kleinen

braunen Kaffeefleck in der Tischdecke, »nadann«, sagte
sie.

»Ich hätte noch nicht darüber gesprochen«, sagte er.

»Bittehörauf.«

Er schwieg.

Aufspringen, dachte sie, ihn festhalten, schreien, brüllen,
bitten, geh nicht, mach das nicht, ich kann nicht, bitte, bleib,
die Haare anfassen, festhalten, die Ohren, den Hals, ganz fest.
bleib, bitte.

»Geh doch«, sagte sie, »geh jetzt«, sah auf den kleinen braunen
Fleck.

»Glaubmiresfälltmirnichtleicht«, sagte er.

»Hauab«, sagte sie.

Er stand auf, setzte umständlich seine Brille auf, sah Josefa
nicht an, an der Tür lehnte sie sich an ihn. »Nein, warte noch,
noch ein bißchen.« Sie weinte, er streichelte ihren Kopf,
»laßmichlos« schrie sie. Dann schwiegen sie, zwei Stunden
lang.

Als er ging, brachte sie ihn nicht zur Tür. Ich ruf dich an, sagte
er, während er die Jacke zuknöpfte. Sie sah ihm nach, hörte
ungläubig, wie er leise die Tür ins Schloß zog. Sie blieb in
ihrem Sessel sitzen und wartete auf die Verzweiflung, die nun,
da sie allein war und zu verstehen begann, daß sie allein war,
einsetzen mußte. Aber die Leere in ihr blieb schmerzlos und
kühl. Sie betrachtete fremd die Bilder an den Wänden, den
ovalen Spiegel, die vom Zigarettenrauch geschwärzte Decke;
nebenan schlief das Kind: zwischen all dem sie, wie vorher, wie
vor einem Jahr, oder wie vor zwei Jahren. Aber etwas war zu
Ende gegangen, und die Verzweiflung darüber blieb aus. Sie
wird noch kommen, dachte sie, wenn ich aufstehe und mich
bewege, wenn ich erst erwache, wird es losgehn. Sie blieb still
sitzen. Nur nichts durcheinanderbringen in dem Kopf, die
starre Ordnung nicht stören, in der ihre Gedanken sich gerade
bewegten.

Ich muß etwas tun, dachte sie. Wütend werden und schrein, vielleicht würde es helfen, wenn sie zornig würde. Zornig über den Verrat. Wer war der Verräter? Christian? Sie selbst? Beide? Keiner?

Als der Großvater Pawel aus Deutschland ausgewiesen wurde, hatte man der Großmutter Josefa, die Baptistin war, geraten, sie solle sich scheiden lassen und in Berlin bei ihren Kindern bleiben. Die Großmutter hatte zuerst ihre eigene Wäsche gepackt, dann die des Großvaters. Sie war nicht mit ihm nach Amerika ausgewandert und nicht nach Rußland, und sie hatte dem Großvater verboten, auf Wanderschaft zu gehen. Aber später wollte sie mit ihm in das Ghetto ziehen. Das hat man ihr nicht erlaubt. Kein Versuch der Großmutter, die eigene Biografie zu verfälschen oder ihr zu entrinnen. Treue, Liebe, bis daß der Tod uns scheide. Inzwischen aus dem zugelassenen Wortschatz getilgt. Vor Mißbrauch geschützt. Auch vor Gebrauch. Demnach lag in Josefas Fall kein Verrat vor. Es konnte nicht verraten werden, wo nichts zu verraten war. Nein, es war kein Zorn in Josefa, nicht auf Christian, nicht auf sich selbst. Eher Verwunderung, weil endlich geschehen war, was hatte geschehen müssen. Wie nach physikalischen Gesetzen, dachte sie, wir reagieren genau, mit fataler Berechenbarkeit.

Er hat recht, dachte sie, er hat recht.

Am nächsten Tag hatte sie Luise um einige Tage Urlaub gebeten.

Die Knospen der noch kahlen Linde vor dem Fenster glänzten klebrig in der Sonne, noch zwei oder drei Wochen, dann würden sich die hellgrünen Blätter aus ihren Schalen rollen. Noch zwei oder drei Wochen später, und sie würden stumpf und grau geworden sein von dem Straßenstaub. So lange war Frühling. Eine Drossel kreuzte den Himmel. Mit ausgebreiteten Flügeln glitt sie abwärts, dann aufwärts. Zwischen ihren

Flügeln war etwas Weißes. Als der Vogel näherkam, erkannte Josefa die Puppe. Die Puppe trug ein weißes Spitzenkleid, und ihre Plastikfinger waren zierlich gespreizt. Ein weißer Schleier verhüllte ihr Gesicht. Flieg die Braut, schwarzer Vogel. Aus den Trichtern der Gießkanne schallen die himmlischen Trompeten. Die letzten Töne werden mit dem Wasser ausgegossen. Wirf die Braut nicht ab, schwarzer Vogel. Sieh doch, wie ihr Schleier unter der lückenhaften Myrte sehnsüchtig im Wind weht und wie die steifen Finger schon beginnen, sich zu rühren. Bring die Braut zum Bräutigam, damit sie sich vermählen. Sie schlägt ihre klappernden Schlafaugen auf, und ihr Mund bläst den Schleier vom Gesicht. Wo hat sie diese Augen her und diesen Mund. Die gehören mir. Du gieriges schwarzes Miststück, reiß deinen gelben Schnabel nicht auf, diese Braut bekommt dir nicht. Die hat Gift in den Adern und glühende Kohlen in der Brust. Bring sie zu ihrem Bräutigam, damit er stirbt an ihrem Gift und eingeäschert wird in ihrer Glut. Flieg schneller, schwarzer Leichenvogel, flieg mit dem Wind um die Wette. Paß auf, sie bewegt die Beine, gleich die Arme. Was da knarrt, ist ihr künstlicher Kopf unter dem künstlichen Haar. Sie bewegt ihn. Wenn sie lebendig ist, hast du verloren. Sie nimmt ihren Schleier vom Kopf und hält ihn in den Wind. Der Wind reißt ihr den Schleier aus der Hand. Jetzt will sie absteigen. Flieg schneller, Vogel. Sie springt. Hack nicht nach ihr, sonst stürzt sie ab. Sie breitet ihre steifen Arme aus, als wollte sie schwimmen, sie legt sich in den Wind und fliegt. Hol sie zurück. Sie will hoch in den Eishimmel, wo das Gift ihr in den Adern friert und die Glut in ihrer Brust verschwelt.

Der Vogel umkreiste die Linde vor dem Fenster, ließ sich auf einen äußeren Ast fallen und putzte seine Federn. Auf dem Rücken zwischen den Flügeln leuchtet ein weißer Fleck. Josefa hatte noch nie eine Drossel mit einem weißen Fleck auf dem

Rücken gesehen. Vielleicht war sie über eine Baustelle geflogen, und die Lehrlinge hatten einen Farbpinsel nach ihr geworfen. Der Wecker stand breitbeinig auf dem Teppich und tickte Zeit. In einer halben Stunde würde er klingeln. In einer halben Stunde würde Strutzer den großen Versammlungsraum aufschließen und die Wartenden hereinlassen. Noch könnte sie aufstehn, sich anziehn, mit einem Taxi würde sie es noch schaffen. Josefa griff zum Telefon, wählte hastig. – Herrn Grellmann, bitte.

Der Kollege Grellmann ist zu Tisch, in einer halben Stunde vielleicht.

Josefa wählte noch einmal.

Luise? Hier ist Josefa.

Ich ruf zurück, sagte Luise.

Wahrscheinlich waren gerade Strutzer oder Rudi Goldammer bei ihr, falls Rudi kein Zahnweh hatte. Es war anzunehmen, daß Rudi heute Zahnweh hatte.

Josefa ließ ein Bein unter der Decke hervor, ließ es seitlich aus dem Bett hängen. Das Bein stellte sich auf den Teppich. Dann ließ Josefa den Arm aus dem Bett. Er schaukelte gelangweilt über den Fußboden. In zehn Minuten steh ich auf, dachte sie, in zehn Minuten hilft auch kein Taxi mehr. Sie rannte in die Küche, setzte Wasser auf, rannte zurück ins Bett, überlegte, ob sie Tee trinken wollte oder Kaffee. Sie entschied sich für Tee.

Als sie endgültig aufstehn wollte, rief Luise an. Ob was los sei, fragte sie, oder ob Josefa noch mal nachgedacht hätte.

Ist schon gut, sagte Josefa, es bleibt dabei. Sag ihnen, daß ich nicht komme, daß ich überhaupt nicht mehr komme.

Die Drossel auf der Linde putzte noch immer ihre Federn, und es schien Josefa, als sei der weiße Fleck zwischen ihren Flügeln kleiner geworden.

V.

Am gleichen Tag, an dem die Genossen der Illustrierten Woche zu der Auffassung gelangten, es sei zu prüfen, ob die Genossin Nadler würdig sei, weiterhin Mitglied ihrer, in Idee und Disziplin sie einigenden Partei zu sein, beschloß der Höchste Rat in einer nachmittäglichen Beratung, das alte Kraftwerk in B. unter Berücksichtigung der Gesundheit der Bürger von B. und unter Nichtberücksichtigung kurzfristiger volkswirtschaftlicher Vorteile stillzulegen.

Bitte umblättern:

Monika Maron

Flugasche

Roman. 224 Seiten. Kart. Collection S. Fischer Bd. 2317
und Fischer Taschenbuch Band 3784

Josefa Nadler ist Journalistin. Als ihre Reportage über das Kraftwerk B. nicht erscheinen darf, verläßt sie den Freund, den Kollegenkreis und die große Gemeinschaft der Organisierten. Die
realistische Darstellung der Berufswelt und der Wünsche und
Ängste einer Frau, die selbst denken und eigene Gefühle entwik-
keln möchte, macht den Roman »Flugasche« zu einem erstaun-
lichen literarischen Zeugnis unserer Gegenwart.

Das Mißverständnis

Vier Erzählungen und ein Stück
127 Seiten. Kart. Collection S. Fischer Bd. 2324

Gemeinsames Thema ihrer neuen Texte ist die falsche Erwartung: die Hoffnung auf eine höhere Stellung, das Zusammentref-
fen mit einem Mann, der die Rolle Gottes spielt, der unmögliche
Weg in das Land Nordsüd oder die zwanglose Gemeinsamkeit
von Mann und Frau.

Die Überläuferin

Roman. 221 Seiten. Leinen
und Fischer Tschenbuch Band 9197

Die »Überläuferin« ist der Roman eines Stadtviertels (Pankow)
und der Sehnsucht nach dem Überschreiten der Grenzen, des
Rückzugs und des Aufbruchs.

Monika Maron / Joseph von Westphalen
Trotzdem herzliche Grüße
Ein deutsch-deutscher Briefwechsel
132 Seiten. Broschur

S. Fischer · Fischer Taschenbuch Verlag

Die Frau in der Gesellschaft

Band 3746

Band 3755

Band 3782

Fischer Taschenbuch Verlag

Die Frau in der Gesellschaft

Band 4722

Band 3776

Band 3785

Helga Häsing
**Unsere Kinder,
unsere Träume**
Band 3707

Helga Häsing /
Ingeborg Mues (Hg.)
**Du gehst fort,
und ich bleib da**
Gedichte und
Geschichten von
Abschied und Trennung
Band 4722

Elfi Hartenstein
**Wenn auch meine
Paläste zerfallen
sind**
Else Lasker-Schüler
1909/1910
Erzählung
Band 3788

Jutta Heinrich
**Das Geschlecht
der Gedanken**
Roman
Band 4711
**Mit meinem Mörder
Zeit bin ich allein**
Band 3789

Eva Heller
**Beim nächsten Mann
wird alles anders**
Roman
Band 3787

Claudia Keller
**Windeln, Wut
und wilde Träume**
Briefe einer ver-
hinderten Emanze
Band 4721

Sibylle Knauss
Erlkönigs Töchter
Roman
Band 4704

Angelika Kopečný
**Abschied vom
Wolkenkuckucksheim**
Eine Liebesgeschichte
Band 3776

Christine Kraft
Schattenkind
Erzählung
Band 3750

Jeannette Lander
Ich, allein
Roman
Band 4724

Rosamond Lehmann
**Aufforderung
zum Tanz**
Roman
Band 3773

Der begrabene Tag
Roman
Band 3767

Dunkle Antwort
Roman
Band 3771

Der Schwan am Abend
Fragmente eines Lebens
Band 3772

Dorothée Letessier
**Auf der Suche
nach Loïca**
Roman
Band 3785

Eine kurze Reise
Aufzeichnungen
einer Frau
Band 3775

Fischer Taschenbuch Verlag

fi 20 / 12 b

Die Frau in der Gesellschaft

Monika Maron
Flugasche
Roman
Fischer
Die Frau in der Gesellschaft

Band 3784

Die süße Frau
Erzählungen
aus der Sowjetunion
Herausgegeben
von Monika Tantzscher
Fischer
Die Frau in der Gesellschaft

Band 3779

Yvette Z'Graggen
Zeit der Liebe, Zeit des Zorns
Fischer
Die Frau in der Gesellschaft

Band 3757

Fischer Taschenbuch Verlag

Die Frau in der Gesellschaft

Fischer Taschenbuch Verlag

Collection S. Fischer

Lothar Baier
Jahresfrist
Erzählung. Band 2346

Thomas
Beckermann (Hg.)
**Reise durch die
Gegenwart**
Ein Lesebuch. Band 2351

Herbert Brödl
Silvana
Erzählungen. Band 2312

Karl Corino
Tür-Stürze
Gedichte. Band 2319

Clemens Eich

Aufstehn und gehn
Gedichte. Band 2316
Zwanzig nach drei
Erzählungen. Band 2356

Ria Endres
**Am Ende
angekommen**
Band 2311

Dieter Forte
**Jean Henry Dunant
oder Die Einführung
der Zivilisation**
Ein Schauspiel. Band 2301

Marianne Fritz
**Die Schwerkraft
der Verhältnisse**
Roman. Band 2304

Wolfgang Fritz
**Zweifelsfälle für
Fortgeschrittene**
Roman. Band 2318
**Eine ganz
einfache Geschichte**
Band 2331

Egmont Hesse (Hg.)
Sprache & Antwort
Stimmen und Texte
einer anderen Literatur
aus der DDR
Band 2358

Wolfgang Hegewald
**Das Gegenteil
der Fotografie**
*Fragmente einer
empfindsamen Reise*
Band 2338
**Hoffmann, Ich und
Teile der näheren
Umgebung**
Band 2344
**Jakob Oberlin
oder die Kunst
der Heimat**
Roman. Band 2354
Verabredung in Rom
Erzählung. Band 2361

Wolfgang Hilbig
abwesenheit
gedichte
Band 2308
Der Brief
Drei Erzählungen
Band 2342
die versprengung
gedichte
Band 2350
Die Weiber
Band 2355
Unterm Neomond
Erzählungen
Band 2322

Klaus Hoffer
**Der große Potlatsch
Bei den Bieresch 2**
Roman
Band 2329

Ulrich Horstmann
Schwedentrunk
Gedichte
Band 2362

Bernd Igel
**Das Geschlecht der
Häuser gebar mir
fremde Orte**
Gedichte
Band 2363

Fischer Taschenbuch Verlag

fi 176/12 a

Collection S. Fischer

Fischer Taschenbuch Verlag

fi 176 / 12 b

Die Frau in der Gesellschaft

**Deutsche Dichterinnen
vom 16. Jahrhundert
bis zur Gegenwart**
Gedichte und Lebensläufe
*Herausgegeben und eingeleitet
von Gisela Brinker-Gabler*
Band 3701

Diese Anthologie ist der erste Versuch, eine Tradition deutschsprachiger Lyrik freizulegen, die in der Literaturgeschichte verschüttet ist. Eine Einleitung über die Bedingungen schreibender Frauen, Kurzbiographien, Fotos und bibliographische Angaben vervollständigen den Band.

**Eva Weissweiler
Komponistinnen aus 500 Jahren**
Eine Kultur- und Wirkungsgeschichte in Biographien und Werkbeispielen
Band 3714

Anhand von ausgewählten Biographien und zahlreichen Musikbeispielen möchte die Autorin hier die längst fällige Rehabilitation der komponierenden Frau einleiten. Vor dem Hintergrund der jeweiligen gesellschaftlichen Situation und der damit verbundenen Vorurteile der Musikwissenschaft wird hier zum erstenmal ein Überblick über die Entwicklung der weiblichen Kunstmusik im Verlauf der Jahrhunderte gegeben.

Fischer Taschenbuch Verlag